講談社文庫

壊れる心

警視庁犯罪被害者支援課

堂場瞬一

講談社

目次

壊れる心
警視庁犯罪被害者支援課

暴走

第一部

1

「おはようございます」

「おはよう」

子どもたちが挨拶《あいさつ》しながら脇を駆け抜ける。釣られてこちらも思わず返事をしてしまう元気のよさだ。この辺の子どもたちは、きちんと挨拶してくれるから好きだな——大住茉奈《おおすみまな》は、ランドセルにすっかり隠れてしまいそうな小さな後ろ姿を見やりながら、自然に頬《ほお》が緩《ゆる》んでくるのを意識した。

七か月のお腹が重く、通勤は段々苦痛になってきていたが、毎朝ここで子どもたちの姿を見るのは楽しい。七年後には、自分たちの子どもも、この通学路をぱたぱたと駆け抜けていくようになる……いや、分からない。豊洲《とよす》は、都内で数少ない人口増加地域である。自分たちのように、ここに次々と完成するマンションに引っ越してくる若い夫婦が多いからだ。必然的に小学校が足りなくなり、江東区《こうとうく》は対応に追われているという。

自分たちの子どもは、新しくできる小学校に通うかもしれない。遠くないといいんだけど。夫の宏志《ひろし》とも、よくその話をする。彼はいつも笑い飛ばすだけだけど……そんな先のこと、今から心配してもしょうがない。私立に入れるかもしれないし、と。そう言われても、小学校から高校まで公立だった茉奈には、「私立」に抵抗感がある。自分の経験から、高校までは公立で十分ではないかと思っている。何も高い金を出して、私立に通わせなくても……共働きしているといっても、マンションのローン返済も大変なのだし。

この先、子どもが二人になったらどうしよう、と考えることもある。いや、最低でも二人は欲しい。自分が姉と二人姉妹だし、一人っ子よりも兄弟がいた方がいいに決まっている。その場合、何年離したらいいのだろう。年子だとこちらが体力的にきつそうだし、二年も続けて産休を取らなくてはならない……こんなこと、今は考えるだけ無駄よね、と苦笑してしまう。最初の子を授かるまで、結構苦労したんだから。不妊治療を受けようかと思っていた矢先に妊娠が分かった時の高揚感は、今でも忘れられない。今は、この子を無事に産むことだけ考えていればいい。

いつの間にか、お腹に手を当てていた。このところ、これがすっかり癖になっている。いつだって、命の息吹を感じていたい。

さあ、急がないと。出産は出産、仕事は仕事。ぎりぎりまで続ける気で、周りにもそれを宣言しているし、遅刻は許されない。茉奈は少しだけ歩くスピードを上げた。

「危ない！」

誰かが叫んだ。子どもたちに何か？　慌てて振り向く。次の瞬間、茉奈はなぎ倒されていた。何が起きたのか、認知する時間さえなかった。

2

霞《かすみ》が関《せき》という街の最大の特徴――弱点は、生活の香りがまったくしないことである。端的に言えば、朝飯を摂れる場所がない。警視庁の近くですぐに思いつくのは、警察庁などが入っている合同庁舎二号館にあるマクドナルドぐらいだ。警視庁の最寄り駅である丸《まる》ノ内《うち》線霞ケ関駅のA2出口を出るとすぐなので、私はここで朝食を済ませてしまうことが多い。しかし、三十五歳にもなってマクドナルドで朝食というのも何だか情けなく、誰かに見られないよう、こそこそと食べるのが常だった。

今日も慌てて朝食を終え、飲み残したコーヒーを持って、隣にある警視庁の庁舎に入る。昔からこの庁舎は節電をモットーとしていて、一階のロビーでさえ、薄暗い感じがする。上階へ行ってもそれは変わらない。

「総務部犯罪被害者支援課」——それが私の勤務先である。部屋へ入り、ホワイトボードに張ってある「村野秋生《むらのあきお》」の名札をひっくり返した。赤から白へ——在席中。

「おはよう」

隣に座る松木優里《まつきゆり》が、私の方を見もせずに言った。

「おはよう」ゆっくりと腰を下ろし、コーヒーカップをデスクに置く。優里が目を通している新聞にちらりと目をやった。支援課では数種類の新聞を取っており、毎朝それにきちんと目を通すのも正式な業務の一つである。被害者対策のため、都内で起きたあらゆる事件・事故を知っておく必要があるのだ。

私も新聞を一紙取った。社会面は現代社会の縮図だ、とつくづく思う。嫌な事件ばかりが目につき、その背後で苦しむ人のことを考えると胸が潰《つぶ》れる思いだ——だったらこんな仕事をしなければいいのに、と考えることもある。被害者支援はある種のカウンセリングであり、相手の負の側面と向き合うことで、こちらも確実にダメージを受ける。

月曜日の午前中には、毎週恒例のミーティングが開かれる。現場へ出ているスタッフもいるから、だいたい席に穴が空くものだが、今週は何事もなく、全員揃って始まりそうだった。細かな調整やミーティングは毎日のように行われるが、スタッフ全員が集まるのは月曜の朝だけだ。現在抱えている事案を報告し合い、対策を練る。毎週の慣れた会議なのだが、話が進んでいくうちに、朝から気分が落ちこむことも少なくない。

課長の本橋怜治《もとはしれいじ》が、課長室から顔を出す。ここへ来る前は、捜査一課の管理官。感情を表に出さないタイプなので、支援課での仕事をどう考えているかは私には分からない。何しろ先月着任したばかりで、まだ腹を割った話もできていないのだ。

ほぼ全員が席についたままで、立っているのは本橋と若手の課員だけである。課長は話すことに専念し、重要な情報をホワイトボードに書きつけるのは、若い課員の仕事だ。かつて——四年前に着任した時には私もその「若い課員」だったのだが、早々に板書の仕事は馘《くび》になってしまった。あまりにも字が下手だったので。

「それでは、先週のまとめから入ります」

本橋が丁寧な口調で言った。荒っぽい犯罪捜査が専門の捜査一課畑が長かったにしては丁寧な男で、部下に対しても常に敬語を使う。私にすれば、少しくすぐったい感じだった。直接一緒に仕事をしたことはないが、捜査一課時代の先輩、という事情もある。

その時電話が鳴った。狭い部屋の中に、緊張した空気がすっと流れる。こんな早くから鳴る電話は、ろくな内容ではない。私は立ち上がって腕を伸ばし、受話器を摑んだ。今度はいったい誰が泣いているのだろうと思いながら。

「江東《こうとう》署交通課、逢沢《あいざわ》です」

「支援課、村野です」交通事故、それも深刻な事故だと判断して、私はスピーカーフォンのボタンを押した。支援課のスタッフは、全部で二十七人。スピーカーフォンのボリュームを最大にしたところで、全員がはっきりと聞き取れるわけではないが、これが習慣になっている。

「事故です」逢沢の報告は簡潔だった。

「江東署管内で交通事故ですね？」言ってしまってから、言わずもがなだった、と反省する。無駄に念押ししてしまうのが私の悪い癖である。

「通学の子どもの列に、車が突っこみまして……」

その瞬間、椅子を蹴《け》る複数の音が不協和音のように響いた。早くも何人ものスタッフが立ち上がって、部屋を飛び出して行く。電話を取らなければ自分もいち早くスタートできたのに、と悔やみながら、私は逢沢とやり取りを続けた。優里が隣の席で手帳を広げ、メモを取っている。

「現場は？」

「有楽町《ゆうらくちょう》線豊洲駅前……都道三一九号線です。小学校のすぐ近く」

「被害は？」

「現状、登校中の子どもが三人、心肺停止状態」

私は、鼓動が一気に早まるのを意識した。逢沢の次の一言が、さらに私にダメージを与える。

「詳細不明ですが、通勤途中のサラリーマン二人もはねられ、意識不明の重体です」

「クソ！」思わず荒っぽく吐き出してしまった。

「はい？」逢沢が怪訝《けげん》そうな声で言う。

「いや、何でもありません。こちらからもう、人は出ました」

「犯人は逃走中です。まだ、被害者対応ができていませんが……」

ひき逃げか……所轄も、面倒なことになりそうなのが分かっているから、早々にここへ連絡してきたわけだ。その判断は正しい。五人が死亡するかもしれない事故——一般公道で起きる交通事故としては、最悪のレベルだろう。所轄は現場の保存と容疑者確保に追われるはずで、被害者家族の面倒を見ている余裕はない。

「結構です。すぐに署に向かいますので、被害者対応は、こちらに任せて下さい」連絡が早くて良かったと思いながら、私は話を打ち切りにかかった。

「お手数をおかけします」逢沢の口調は最後まで簡潔だった。

電話を切ると、いつの間にか課長が脇に立っているのに気づいた。顔色はよくない。考えてみれば、この春彼が着任してから初めての、大きな事案である。

「支援係は全員出動ですね」

「そうですね」課長が言うまでもなく、支援係は既に私と優里以外、全員が出てしまっている。「それと……」

「事態の重要性を鑑《かんが》み、近隣署にも初期支援員の応援出動を要請します。江東署に支援本部を設置する方向で……それは管理係の方で調整しましょう」

さすがに手順は頭に入っているのだ、と私は安心した。これなら留守は任せておけると、椅子の背に引っかけた背広を摑む。

「現場から逐一《ちくいち》状況を報告して下さい。必要だったら、こちらからも応援を出します。指導係と相談係を待機させますから」普段、現場で直接被害者支援の対応をするわけではないが、支援課には他にも指導係、相談係などのスタッフがいる。彼らはいわば、「含み資産」だ。大変な状況になれば、手助けしてくれる。

「了解です」

優里にうなずきかけ、部屋を飛び出す。彼女もすぐ後に続いた。

「覆面パト、使う？」追いついた優里が訊ねる。支援課は捜査部署ではないが、万が一のために覆面パトカーを二台、確保していた。

「いや、豊洲だったら桜田門《さくらだもん》から有楽町線の方が早い」確か、地下鉄で十分程度だ。車だと、まだ朝の渋滞が続く銀座の雑踏を抜けていかなければならない。

いつの間にか、二人とも暗い廊下を走り始めていた。優里はいつもヒールの低いパンプスを履いているのだが、それでも百七十五センチある私とさほど身長は変わらない。しかも歩くのが――走るのが速かった。高校時代は短距離の選手で、当時の岐阜《ぎふ》県の二百メートル高校記録を持っていたぐらいである。それからは既に十数年が経っているが、きびきびした身のこなしは、アスリートとしての経験をはっきりと感じさせた。

「まずいわね」

「まずいな」

エレベーターを待ちながら、私たちは短い会話をかわした。まずいのは言わずもがなである。被害者が五人となれば、対応しなければならない家族が何人いるか……それに死者が五人だとしても、他にも怪我《けが》を負っている人がいるだろう。そういう人たちの家族に対するケアも必要になってくる。

「最近、ここまで大きい事案、あった？」

「なかったな……ここ一年ぐらいは」

「ちょっと気になることがあるんだけど」

「何だ？」

「江東署の初期支援員、若い子なのよ」

「もしかしたら女性か？」

「そう」優里が不安気にうなずいた。「刑事課の若手なんだけど、彼女もこれだけ大きい事案は初めてのはずだから」

「よくご存じで」

「庁内でも、女性には女性のネットワークがあるから。それに、支援課で常に新しい人をリクルートできるように考えてるのよ」

「使えそうなのか？」

「素質はあると思う。優しい娘《こ》だから。被害者を見守る目があるはずよ」

「そうか」

「それにしても、初めてだから……」

エレベーターには他に人がいなかったが、私たちは何故か口をつぐんだ。会話は中途半端に終わってしまったものの、優里が言いたいことは私にはよく分かった。各所轄に置かれる初期支援員は、刑事課か交通課の人間が務める習わしである。「被害者」というと、まず刑事事件か交通事故、というパターンがほとんどだから。そして最近とみに、「女性を積極的に登用すべし」という声が高まっている。何しろ、支援員が必要とされる事案で最も多いのが、婦女暴行事件なのだ。男性への不信感が膨《ふく》れ上がっている女性被害者に対しては、やはり女性を当てるのが効果的、というのが上層部の判断である。しかし実際には、女性の登用は遅々《ちち》として進んでいない。そもそも警視庁には、圧倒的に女性が少ないのだ。

そんな状況の中で、所轄の初期支援員に指名されたのは、それなりに期待もされているからだろう。しかし、これだけの大事故である。こちらの応援が入るまで何もできず、パニックに陥っていてもおかしくない。

待ってろよ、と私は心の中で見知らぬ彼女に呼びかけた。君がどれぐらいできるかは分からないが、一人でどうにもならなくても恥じることはない。

こういう時のために、私たちがいるのだから。

豊洲の駅を降りた瞬間、私は背筋が凍りつくのを感じた。五月に入り、半袖でも快適な陽気が続いていたのに、急に町中を寒風が吹き抜けたようだった。優里も同様に感じたようで、背筋をぴんと伸ばしたまま、表情を強張らせている。風が、彼女の短い髪をかすかに揺らした。

豊洲駅前は晴海《はるみ》通りと都道三一九号線、通称環状三号線が交わる交差点で、いかにも新しい街らしく広々と開けている。やはり目立つのは、真新しい高層マンション群だ。しかし今は、遠くでサイレンが鳴り、パトランプの赤い光が瞬いて、緊張感溢《あふ》れる景色を作っている。最初の連絡では、事故は都道沿いで起きたという話だったが、実際には少し奥まった場所のようだ。パトランプを目印に歩き出す。私も優里も一言も喋《しゃべ》らなかった。一緒に現場に出ると、よくこうなる。喋らずとも、意識を共有できることもあるのだ。

現場は、都道三一九号線と交わる細い道路で、小学校のすぐ近くだった。現場付近は封鎖され、周囲に野次馬が集まっている。

様子を見た瞬間、私は息を吞み、唇を引き結んだ。事故を起こした車は、あり得ない格好でひっくり返っている。歩道のガードレールに衝突して、縦に百八十度回転したのだろうか——潰れたボンネットが道路の方を向いている。トランク部分も潰れていたが、それは歩道脇にあるマンションに衝突したからだとすぐに分かる。壁のタイルが二メートル四方にわたって剝《は》がれ落ち、衝撃の強さを物語っていた。

「何、あれ……」優里が呆然とつぶやく。

事故の状況は想像できたが、私は敢えて何も言わなかった。おそらく車は、フロントからガードレールに突っこみ、その勢いで、前転する格好でトランク部分からマンションに衝突したのだろう。前後の潰れ具合から、運転手も無事では済まなかったことが想像できる。

私はズボンのポケットに手を突っこんだまま、その場で立ち尽くしていた。警察官になって十三年、交通事故は嫌になるほど見てきたつもりだが、ここまでひどい現場は初めてである。

先に我を取り戻したのは優里だった。「支援課」の腕章を取り出し、ジャケットの左腕にはめると、黄色い規制線をくぐって現場に近づいて行く。私もすぐに、彼女の後に続いた。

近づくと、事故の悲惨さをさらにはっきりと意識させられることになった。歩道にはランドセルやバッグが散乱し——大袈裟《おおげさ》に言えば、血の海の中にそれらが浮いている。既に事故発生からかなり時間が経っているにもかかわらず、アスファルトを濡らした血が乾かないのだ。どれだけ多くの血が流されたか、それだけでも分かる。

どこからか泣き声が聞こえてきた。まだ現場に取り残されている被害者がいるのだ、と焦る。そちらに顔を向けると、小学校低学年の男の子が、マンションの前にある植え込みの土台に腰を下ろして足を投げ出していた。膝からひどく出血しており、足首も不自然にねじれている。側に中年の女性――小学校の先生か親だろうか――がしゃがみこんで頭を撫でていたが、細い泣き声はやみそうにない。

思わずそちらに一歩踏み出そうとして、優里に腕を掴まれた。ゆっくりと振り向くと、優里が首を横に振る。

「私たちがいても、無駄よ」

分かっている。私は唾《つば》と同時に言葉を呑みこみ、うなずいた。ここは現場――しかし私たちの現場ではない。プロに任せるしかないのだ。

救急車が目の前で急停止し、救急隊員が二人、飛び出して来る。足を投げ出した男の子の前に跪《ひざまず》き、小声で話しかけた。男の子はしゃくり上げながら何か話そうとしていたが、言葉が実を結ばないようだ。過呼吸の症状が出始めて、上半身が前後に大きく揺れている。

救急隊員たちは担架をおろし、子どもを救急車に運びこんだ。しばらくその場で停止したまま、どこかと連絡を取っていたようだが、ほどなくサイレンを鳴らして走り出す。そう言えば、つき添っていた中年の女性は、救急車に乗らずにその場に立ち尽くしたままで……だったら親ではなく教師だろう、と私は判断した。やはり放っておくわけにはいかず、彼女に歩み寄って挨拶をした。

「先生ですか?」

「はい、そこの小学校の……」眉根が寄っていた。寒さに耐えるように、両腕で上体を抱きしめる。

「今の子は……」

「うちの生徒です。最後まで残っていて」

私は思わず腕時計を見た。長年使っているオメガの本格的なダイバーズ・ウォッチ、シーマスター。海に潜るわけではないし、スーツにはいかにも不似合いなのだが、常に身につけていなければならない理由がある——頭を振り、過去の記憶から逃れようと努める。今は、自分のことなどどうでもいい。

最初の連絡から、既に三十分。当然、発生からはもっと時間が経っているだろう。その間、あの子がずっとここにいたとしたら……痛みと不安は耐え難いものだったのではないだろうか。私は、消防に対してかすかな怒りを感じたが、すぐに意識して押し潰した。それほど怪我人が多かった、ということだろう。

「怪我の具合はどうですか？　足が……」

「大丈夫だと思いますけど」

「だいぶ痛がっていたみたいですよ」

「歩けるから、骨には影響がないと思います」

それを聞いて、私は安堵《あんど》の息を漏らした。もちろん、先ほどの男の子以外に、もっと重篤《じゅうとく》な怪我で苦しんでいる人もいるのだが。

「警視庁犯罪被害者支援課の村野と申します」私は腕章に触れた。

「被害者……」女性教諭の顔に暗い影がさした。

「捜査をするのではなく、被害者をサポートするのが仕事です」言ってから、もしかしたら学校自体にもサポートが必要になるかもしれない、と思った。事故が起きたのは登校の時間帯で、しかも学校の真ん前である。巻きこまれた子どもたち以外にも、現場を目撃してしまった子どもたちがいる。学校中に衝撃が走っているだろう。それは間違いなく、後遺症として残る。「いずれ、学校に伺うかもしれません」

「ああ……」

「スクールカウンセラーの派遣も考えた方がいいと思います。特に、事故を目撃した子どもたちには、メンタルケアが絶対に必要です。すぐに教育委員会と相談されるのをお勧めしますし、必要があれば我々も手助けしますので」

「そうですね……子どもたちが、衝撃を受けています。今、学校の中はパニックなんです」

「分かります」私はすばやくうなずいた。「とにかくできるだけ早く、手を打った方がいいと思います」

「分かりました」

一礼して、女性教諭が学校の方へ走って行った。それを見送り、私は小さく溜息をついた。

ちらりと優里を見て、「余計なことだったかな」と訊ねる。

「いいと思う。向こうも、やるべきことに気づいていなかったみたいだし」

「ああ」

「どうする？　そろそろ署に行く？」

「そうだな」

私はもう一度腕時計に視線を落としてから、周囲を見回した。登校中の子どもの列に車が突っこんだとしたら、いったい何人がはねられたのだろう。それに車の壊れ具合を見ると、相当スピードが出ていたのが想像できる。明らかに暴走車の事故なのだが、運転手はいったい何をしたのだろう。現場は片側一車線だが見通しのいい直線道路で、交差点まで二百メートルほどの位置である。朝だから交通量も多く、それほどスピードを出せる状況ではなかったはずだ。ブレーキとアクセルを踏み間違えたぐらいで、これほどのひどい事故になるものか……。

レッカー車が現場に到着した。鑑識の連中が集まり、事故車を引き上げる準備を始める。ここでは手伝えることはないと判断し、私は一歩を踏み出した。その瞬間、視線を感じる……立ち止まり、もう一度周囲をぐるりと見回すと、近くにある団地やマンションのベランダから、無数の目がこちらを見ているのに気づいた。今は単なる野次馬根性から現場を眺めているだけかもしれないが、これも危険な行為である。自分たちが直接巻きこまれなかったとはいえ、近所のひとたちは激しい衝突音や悲鳴も聞いているはずだ。忘れたつもりでいたのが、ある日突然、何のきっかけもなしにそういう記憶が蘇《よみがえ》ることはままある。そしてその記憶が、トラウマになることも珍しくはない。

スマートフォンが鳴る。先に支援課を飛び出した、同僚の長住光太郎《ながすみこうたろう》だった。私より三歳年下の巡査部長——もしかしたら、支援課の地雷になるかもしれない男。

「何やってるんですか？　所轄の方、大混乱ですよ」いきなり文句が飛び出した。

「現場を見ていたんだ」

「呑気《のんき》な話ですね。だいたいうちは、現場は関係ないんじゃないですか？」

「……そうだな」私は静かに答えた。現場を見て感じるもの――この感覚を人に説明するのは難しい。特に長住のように、支援課の仕事を軽んじている人間に対しては。

優里は私と同じ感覚を共有しているようだが。「これから所轄に向かう。しばらく持ちこたえてくれ」

「はっ」長住が白けたように言った。「持ちこたえるもクソもないでしょう。淡々とやるだけですよ。交通課の連中の邪魔にならないようにね」

私は何も言わず電話を切った。この男が支援課にいること自体が問題である。明らかな人事のミス。捜査を担当する部署が支援課を邪険に扱うのは理解できないでもないが、身内の人間がこんなことでどうする。だが私は、一々文句を言わないことにしていた。どうせ長住は、このポジションを腰かけだと思っている。骨を埋める覚悟でいる私とは違うのだ。

「長住？」

「ああ」

「どうせまた、愚痴《ぐち》言ってるんでしょう」

「そうだけど、一番先に飛び出したのは間違いない。どう評価すべきかね」

「さあ」優里が肩をすくめた。「私は査定する立場じゃないから」

「そうだな」

「どうする？　江東署まで結構遠いけど」

「ああ……」江東署の最寄り駅は地下鉄東西《とうざい》線の木場《きば》駅なのだが、そこからも結構歩くし、地下鉄を乗り換えていくのも時間の無駄だ。もちろん、歩いたら三十分以上はかかるだろう。パトカーは道路を埋め尽くすほどの台数が停まっているが、「署まで乗せていってくれ」とは頼めない。

「タクシーだな」経費削減の折、自腹になってしまう可能性もあるが。

「そうね」

　優里がさっさと歩き出した。緊張している……というか、怒っている。悲惨な事故の被害者と対峙《たいじ》する時の気の持ちようは、人それぞれだ。優里の場合は怒り。犯人に対する憤怒《ふんぬ》の気持ちを原動力にして、被害者に対応する。私は——。

　私はその都度判断する。百の事件には、百通りの被害者の哀しみがあるからだ。同じ事件、同じ被害者像は一つとしてない。

3

江東署は、三ツ目通りを挟んで都立木場公園の向かいにある。六階建ての茶色い煉瓦造りで、庁舎の前には駐車場があるのだが、そこと、さらに三ツ目通り沿いにも報道陣の車が停まっているせいで、大渋滞が起きていた。必然的に、私たちは署のかなり手前でタクシーを降りざるを得ず、最後の二百メートルほどを走る羽目になった。幸い今日は、左膝の古傷は痛まない。

並んで庁舎に飛びこみ、交通課に顔を出す。こちらも混乱していたが、交通課の人間たちが忙しくしているせいではなかった。大挙して押しかけてきた報道陣が、交通課、それに副署長席の近くの警務課を占拠してしまっているのだ。これでは話にならない……優里が舌打ちして、スマートフォンを取り出した。先着していた支援課のスタッフに電話を入れ、居場所を確認する。

「二階」

短く言い残して、優里が階段を二段飛ばしで駆け上がり始める。私もすぐ後に続き、生活安全課の隣にある会議室に飛びこんだ。

既に支援本部の設置は終わっていた。といっても、特別の装備があるわけではない。テーブルと椅子を並べ替え、被害者との面談などができるようにすれば十分だ。ざっと見渡すと、十数人の人間がいる。女性は優里ともう一人——江東署の初期支援員だろう——だけ。あとは黒っぽい背広の男たちばかりだった。この場のチーフになる支援係長の芦田《あしだ》浩輔《こうすけ》が私を見て、ほっとした表情を浮かべる。長年、盗犯担当の捜査三課に籍を置いていたこの警部は、被害者支援の仕事を苦手にしている。彼とて、大切な物を盗まれた被害者とのつき合いには慣れているはずだが、支援課が向き合わなければならない被害者は、抱える事情がまた違う。

私はその場を仕切ることにした。各所轄から集められた支援員は年齢も階級も様々だが、やはりここは本庁の慣れた人間が主導権を握るのが筋である。

「本庁の村野です。ちょっと聞いて下さい」

かすかに「ちっ」という舌打ちが聞こえた気がした。どうせ長住だろうと、無視することにする。私は部屋の奥にあるホワイトボードの前に立ち、全員の顔を見渡した。これまでも被害者のケアをしたことはあるはずの連中だが、これほどの大事故を経験する機会は滅多にない。平然としているのは、見たところ優里一人だった——元々表情が変化しないタイプなのだが。

「まず、被害者の人数と怪我の状況を確定する必要があります。一人、交通課に詰めて、情報を収集して下さい。既に署に来ている家族がいるかもしれないので、その場合はすぐにこの部屋へ誘導して下さい。病院へ向かった家族に関しては、割り出した後、現場で接触。状況を見て、必要だと判断したらこちらに連れて来て下さい。それと、この部屋が狭くなった時のことを想定して、もう一つ部屋を押さえておきたいんですが……芦田係長、江東署と交渉をお願いできますか？」

「分かった」かすかにほっとしたような表情を浮かべ、芦田がうなずいた。部下の指示で安心するのも情けない話だが。

「では、すぐに取りかかって下さい。ところで、今のところ分かっている被害状況は？」

私は、江東署の支援員——問題の若い刑事だ——に視線を向けた。小柄で丸顔の女性で、困惑の表情を隠そうともしない。

「どうした？」

「いえ……」

言葉が続かない。何をしていいか、まだ頭に染みこんでいない様子だ。こういう時は、とにかく体を動かすに限る。

「君、交通課に詰めてくれ。被害者の名前が分かり次第、こっちに連絡してくれないか？」

「分かりました」

弾かれたように、彼女が部屋を飛び出して行った。それがきっかけになったように、支援員たちが動き出す。長住がぶらぶらと近づいて来て、私にメモを渡した。

「消防の方に病院を確認しました。結構広い範囲ですよ」

「それぞれの病院に誰が搬送されたか確認できたら、すぐに現場に向かってくれ。病院の名前を書き出してくれないか」

私は水性ペンを長住に渡した。彼はいかにも嫌そうに受け取ると、私からメモを取り返して板書し始める。一々文句の多い男だが、字が上手いことだけは認めなければならない。病院の名前がホワイトボードに並ぶ。現在判明しているだけで七か所……軽傷まで含めると、負傷者がどれぐらいになるのか、考えただけでぞっとした。

会議室の隅で電話が鳴る。一瞬、その場にいる全員が固まった。私はいち早く駆けつけ、受話器を摑んだ。

「あの……江東署の安藤梓《あんどうあずさ》です」

先ほど交通課へ行かせた初期支援員の声だと気づく。

「状況は？」

「五人の死亡確認です」

「よし」最悪だ……感情を押し潰し、私は早口で指示を飛ばした。「死亡した被害者の名前、搬送先の病院の順番で一人ずつ言ってくれ。その他の個人情報は後でいい」

「はい」梓の声が震える。「大住茉奈、三十二歳、江東中央病院に搬送、死亡が確認されました」

「名前の字《じ》解《と》きも」

「大きい『大』に住居の『住』……」

事務的な話になったので、梓は多少冷静さを取り戻した様子だった。私は大声で情報を繰り返した。ホワイトボードを見ると、長住が「江東中央病院」と書いた下に、大住茉奈の名前を書きつけている。書き終えると、不機嫌そうな表情のまま、茉奈の名前の下に赤い水性ペンでラインを引いた。死者を表すマーク……「バツ」印をつけないぐらいの良識はあるのだ、と少しだけほっとする。この部屋に被害者家族が来て、バツ印を見つけた時、どんな思いを抱くかは簡単に想像できる。

五人全員の名前を聞き取り、私は一度電話を切ってホワイトボードの前に立った。死者のうち三人が小学生。子どもが三人も、ほぼ同時に亡くなった……その事実を嚙み締めているうちに、下顎《したあご》が痛くなってくる。はっと気づいて力を抜いた。こんな状態が続いたら、歯を痛めてしまう。

スマートフォンで誰かと話していた優里が、ちらりと私の顔を見た。いつもの無表情。長住から水性ペンを奪い取ると、ホワイトボードの片隅に「重傷３　軽傷４」と書き加えた。

「消防庁？」

訊ねると、優里が無言でうなずく。この段階では、負傷者の情報は東京消防庁が一番正確に摑んでいるはずだ。

芦田が戻って来たので、私は無言でうなずきかけた。ホワイトボードを埋めた情報に気づいたらしい芦田が、思わず顔をしかめる。ゆっくりとこちらに向かって来ると、「ひどいな」とぽつりとつぶやいた。

「情報が確定したわけではないですが、そろそろ動きましょう」

「どうする？」

「死亡者が搬送された病院へ、すぐに人を派遣するんです。残りはここで待機して、署に来る被害者家族に対応」

「病院は……四か所か。四人でいいな」

「いや」私は芦田の言葉を否定した。「二人ずつ出しましょう。今回は重要案件です。絶対にミスがあってはいけない」

「ミスって何ですか？」

長住が白けた口調で訊ねた。私は怒りを嚙み殺しながら彼に向き合った。

「お前みたいに、無神経なことを言って家族を怒らせることだ」

反論してくるかと思ったが、長住は肩をすくめるだけだった。こいつのやる気のなさは……完全に支援課の仕事を——あるいは支援課の存在自体を馬鹿にしている。いずれ、正面からきっちり説教してやらねばならないだろう。支援課の仕事を軽んじる人間は多いが、内輪にこういう男がいると、組織は内部から崩壊しかねない。

私は芦田に視線を向けた。彼はまだ、戸惑いの表情を隠そうとしない。

「二人で、というのはマニュアルからは外れているんじゃないか」芦田が遠慮がちに言った。

「確かに、普段は一人で対応することになっています。うちは、人手が潤沢《じゅんたく》にあるわけじゃないですし、家族にプレッシャーがかかる可能性もありますからね。でも今回は特別です。これだけ大きな事故ですし、被害者同士のつながりもあるかもしれない」そう、車は登校中の児童たちの列に突っこんだのだ。同級生や近所の子どもたち……親同士が顔見知りである可能性も極めて高い。「現場で判断しなければいけないことも出てくると思います。その際、一人より二人の方が間違いがないでしょう」

「分かった。それじゃ、まずこの四か所の病院に二人ずつ派遣しよう」

「俺も行きます」私は手帳を取り出し、江東中央病院と大住茉奈の名前を書きつけた。

「誰と一緒に行く？」

「そうですね……」

「安藤梓」優里がぽつりと言った。

私は彼女の顔を見やった。意図は……分かっている。若い女性刑事に、支援課の仕事の重要さをきっちり教えてやれ、ということだ。彼女は常々、「支援課にはもっと女性スタッフが必要だ」と訴えている。実際、女性が彼女一人だけという現状は、課の性格から考えてもバランスが悪い。刑事としても駆け出しで、まだ変な色に染まっていない梓なら、教育――影響を及ぼしやすいと考えているのだろう。学生時代からの長いつき合いで、しかも普段デスクを並べて仕事をしている人間の考えなど簡単に読める。

「分かった。下で拾っていく」

一応、芦田に事情を説明する。支援課の仕事と内情にまだ慣れていない芦田は、特に反対も賛成もしなかった。

「課長への説明、お願いします。もしかしたらもっと援軍が必要になるかもしれないので」

「ああ、報告しておく」うなずき、芦田が手帳を広げた。そこに、急遽《きゅうきょ》集められた各所轄の支援員たちの名前が書き連ねられているのを見て、私は少しだけほっとした。一応、指揮を執る準備はできている。

あとは、優里にここに残ってもらえばいい。江東署が今後も前線本部になるのは間違いないから、よく事情を知った人間が張りついていれば安心だ。しかしそれは状況次第だな、と考えた。人手が足りなくなれば、彼女も外へ出ざるを得ないだろう。長住は……この男を計算に入れてはいけない。

江東中央病院は、都営新宿線の東大島《ひがしおおじま》駅近くにある。「中央」と銘打つ割には、江東区の東の外れに近い。足がないので仕方なくタクシーを拾った。病院まで十分ほどと読んで、私は梓の個人情報を集めにかかった。個人情報というか、仕事の経験を。

「刑事課にはいつから？」

「今年の四月です」

「交番勤務から上がったんだ」

「ええ……」

「刑事課は、希望して？」

「そう、ですね」

どうにもはっきりしない。こういう状況だから元気一杯に、というのは無理だろうが、もう少し背筋を伸ばして欲しかった。

「支援員はいつから？」

「刑事課に来たのと同時です」

「これまでに、支援員としての仕事は？」

「まだなかったんです。勉強している最中で」梓が、巨大なトートバッグから「被害者支援対策マニュアル」を取り出した。実に二百ページ強に及ぶもので、支援課にとってはいわば「聖書」でもある。歴代の先輩たちが逐次《ちくじ》アップデートして、最新版は今年の四月に配付されている。しかし梓のマニュアルは既にだいぶ皺《しわ》が寄り、あちこちから付箋が突き出ていた。

「だいぶ勉強しているみたいだな」

「ええ。でも、難しいです」

「一度、全部忘れた方がいいかもしれない……一ページ目を除いては。大事なことは、一ページ目に全部書いてある」

梓が表紙をめくった。目次の前に、「犯罪被害者支援基本三か条」がある。

1、常に自分のことと考えて被害者に接する

2、過剰な思い入れは排する

3、時には沈黙を選ぶこと

実は、それぞれが微妙に相反する内容だ。しかしそれこそ、被害者支援の肝でもある。本当はこの三か条の上に位置する、もっと大事な原理を書いておくべきかもしれない。「臨機応変」。

「その三か条の意味だけ、よく考えて頭に叩きこんでくれ」

「はい」梓が返事をしたが、どこか上の空だった。こんな抽象的な「三か条」よりも、マニュアルの具体的な指示に従いたいと考えているのだろう。気持ちは分からないでもない。普通の捜査が相当マニュアル化されている——何しろ明治以来の積み重

ねがあるのだ――のに対し、正式な被害者支援にはわずか二十年弱の歴史しかない。もちろんそれ以前にも、現場の刑事たちが様々な手法で被害者や被害者の家族を気遣ってきたのだが、それは本筋の捜査の「ついで」のようなものだった。

梓がマニュアルに視線を落とし、熟読し始めた。この仕事では、彼女も魂を削られる経験をするだろう。この四年間、私もずっとそうだった。それでも仕事を続けるだけの理由が私にはあるのだが、そんな事情を梓に話しても仕方がないだろう。いずれは話すことになるかもしれないが、それは彼女自身が相当追いこまれた時だ。そういう状況を考えると気が重い……被害者家族対策は、担当する警察官にも大きなダメージを与えるのだ。それ故、所轄の初期支援員は、一年で交代させるのが暗黙の了解になっている。本当は長く続けさせて、経験を積ませることが大事なのだが。

「これから会いに行く被害者は、成人二人のうちの一人だな」

「そう、ですね」マニュアルに視線を落としたまま、梓が言った。いつの間にか眼鏡をかけている。

「家族構成は？」

「まだ分かりません」

「本当は、それが分かってから対応した方がいいんだが」実際には、調査している時間などない。その場でアドリブのようにやるしかないわけで、これは梓には荷が重いだろう。小学生が犠牲者だったら、出てくるのはまず親だと分かるのだが、大住茉奈の場合、家族は親なのか配偶者なのか……それによって、こちらも対応を変えざるを得ない。

そしてしばらく後、私たちは最悪の事態に直面することになった。

大住茉奈に関しては、犠牲者は一人ではなく二人だったのだ。

4

私はまず、大住茉奈を処置した医師を摑まえて話を聴いた。名札を確認し、「照《てる》屋《や》」という名前を頭に叩きこむ。名前からして沖縄《おきなわ》出身ではないかと思った。眉が太く、目鼻立ちがはっきりした顔立ちも、いかにも沖縄出身という感じがする。しかし今、ハンサムなその顔を覆《おお》うのは苦しみの表情だった。

「妊娠していまして」

「子どもは？」

私は思わず詰め寄ったが、照屋は力なく首を振るだけだった。

「助からなかったんですか？」

「残念です。病院としては全力を尽くしたんですが」

私は思わず天を仰いだ。真っ白な廊下の天井が目に入る。清潔さの象徴であるこの「白」は、今は死を強く意識させる。本当は、廊下の壁に拳《こぶし》を叩きつけたかった。まさか、妊娠していたとは。この事故の犠牲者が何人になるかはまだ分からないが、常に「＋1」を頭に入れておかなくてはならない。

「何か月だったんですか？」

「七か月ですね。通っていた産婦人科と連絡を取りました……女の子だったようですが」照屋が唇を噛む。

照屋はまだ若い。たぶん私より少し年下の三十代前半、というところだろう。自分たちよりもよほど頻繁に死に接しているはずだが、まだ感情を殺して事態に接することができるほどの経験は積んでいないはずだ。私は思わず、彼の肩を叩こうかと思った。「あなたは頑張ったのだ」と。だが日本では、大袈裟に親しみを表す仕草は嫌われる。私はただ彼に向かってうなずきかけ、その努力に敬意を表した。

「搬送された時の状態はどうだったんですか？」

「既に意識不明で、心肺停止状態でした。どうも、一番最初にはねられたようです」

「死因は……」

「脳挫傷《のうざしょう》、ということになるんじゃないでしょうか」照屋の口調は淡々としていた。そういう口調を保つことによって、冷静さをキープしているのではないかと思える。

「詳しいことは、解剖待ちですが」

「分かりました。ご家族は？」

「まだ見えてませんね」

「連絡は取れたんですか？」私は、胃に小さな痛みを抱えこんだ。まだ連絡が取れていないとしたら、その仕事も私たちに回ってくる。第一報を伝える任務には、未だに慣れない。

「ご主人がいるようですが、まだ連絡がつかないみたいです」

私はスマートフォンを取り出し、照屋に頭を下げてその場で江東署に電話をかけた。これだけの非常時だ、「携帯禁止」の原則も無視しよう。

交通課を呼び出してもらったが、しばらく待たされた。捜査の中心は当然現場だろうが、署に残った人間も大騒動に巻きこまれているのは間違いない。連絡役として、やはり交通課に支援員を一人残しておくべきだった、と悔いる。それでも何とか交通課員を摑まえ、大住茉奈の家族に対する連絡状況を確認してもらった。茉奈のハンドバッグから携帯が見つかり、そこから夫の名前が割れたのだが、かけても出ない。何度か試した後で留守番電話にメッセージを残したのだが、まだ連絡がこないということだった。

「ご主人、サラリーマンですか？」

「そこまでは分からないんですが……あ、ちょっと別の電話が……」電話はいきなり切れてしまった。

既に事故発生からは一時間半が経過している。それでまだ連絡がつかないというのは、どういうことだろう。今時、頻繁に携帯電話をチェックしない人間はいない。留守電なりメールなりが入っていたら、すぐに気づくはずだ。もしかしたら海外へ出張に行っているのではないか、と私は懸念した。

私は優里の携帯に電話をかけた。

「大住茉奈のご主人と連絡が取れていない」

「携帯は？」

「所轄の方でかけてくれたんだけど、まだ折り返しがないそうだ」

「分かった。ちょっとやってみる……ねえ、私が交通課に詰めておいた方がよくない？」

ている。

「ああ、そうしてもらえると助かる」

電話を切り、私はちらりと梓に視線を投げた。ペットボトルの水を両手で握り締めている。

「喉でも渇いたか？」

「いえ……あの、ご家族が来た時に、落ち着いてもらおうと思って」

私はうなずいた。その場に相応《ふさわ》しくないので笑いはしなかったが。内心ではにんまりとしていた。やはり彼女は、優里が見こんだ通り、支援課向きの人材のようだ。思いやりの心を自然に身に着けている。

三十分後、私たちは騒ぎに巻きこまれた——いや、騒ぎが向こうからやってきた。内容を聞き取れないぐらいの怒声。叫び。暴動でも起きたのか、と私は一瞬身構えた。いったい何人が騒いでいるのか。次の瞬間には、たった一人の男が、早足でこちらに向かって来るだけなのだと気づく。だが彼は、何人もの人間——いずれも病院関係者——を引き連れていた。というより、病院関係者が彼を追っていたのだ。

「医者は！」

ようやくまともな台詞《せりふ》が聞き取れたが、私はそこに危険な香りを嗅ぎ取った。この男がおそらく、大住茉奈の夫なのだろう。三十代前半、細いストライプのスーツに白いワイシャツ、シルバーをベースにしたストライプのネクタイという、ごく普通のビジネスマンの格好である。左手に黒いブリーフケース、右手にスマートフォンというのも、街を歩くサラリーマンの集団に埋もれそうな感じだ。ただし、表情は凶悪そのものである。

「医者は！」もう一度叫ぶ。声はかすれていた。「どこだ！」

意を決したように、照屋が前に出る。白衣の男を見て、夫がいきなり走り出した。まずい——私は咄嗟《とっさ》の判断で、照屋の前に立ちはだかった。同時に、パンチが飛んでくるのが見える。腕が伸び切る前にパンチを受けるため一歩を踏み出し、顔を少し下げて衝撃に備えた。拳が額《ひたい》にぶつかり、激しい痛みが突き抜ける。しかし向こうは、もっとひどい痛みを味わったかもしれない。殴りかかってきた時の様子からすると、格闘技にも喧嘩にも慣れていない、素人丸出しのフォームである。しかも拳は、私の顔ではなく硬い頭にヒットした——力は自らに跳ね返り、手を痛めた可能性もある。指の骨というのは案外細く脆《もろ》く、簡単に折れてしまうものなのだ。

「何だ、あんたは！」

男が息巻く。私は額の痛みを堪《こら》えるのに精一杯で、何も言えなかった。廊下の端にいた梓が遠慮がちにバッジを示し、「警察です」と告げる。

「警察？」男が梓とバッジ、それに私の顔を交互に見た。何とか事情は呑みこめた様子だが、それで医者への怒りが収まったわけでもなさそうだ。「警察が何で……」

「犯罪被害者支援課です」ずきずきする痛みに耐えながら、私は何とか説明した。素人パンチだと舐めていたのだが、それなりのダメージは受けている。

「ああ」ようやく男が我を取り戻したようだった。それと同時に顔を歪《ゆが》め、自分の右手首を左手できつく摑む。やはり指を折ったのかもしれない。

「失礼ですが、大住茉奈さんのご主人ですか？」

「そうです。茉奈は？」男の目は、照屋を見据えていた。この時点ではまだ、警察ではなく医師を頼りたいようだ。

「残念ですが……」照屋が蒼褪《あおざ》めた表情のままで言った。

「子どもは！」男が叫ぶ。

「申し訳ありません」照屋が頭を下げた。「手遅れでした」

「そんな……」男が膝から廊下に崩れ落ちる。痛めた右手を拳に握り、床に叩きつけた。泣き声は聞こえない。骨折の痛みを自分に負担させることで、涙をこらえているのかもしれない。

その姿を見ながら、彼に対するケアは相当厄介なことになるだろう、と私は覚悟した。彼は、まるで床が敵であるかのように、拳を叩きつけ続けている。

大住茉奈の夫――宏志が落ち着くまでに、午前中一杯かかった。遺体との対面でまたも我を失って暴れ始め、抑えるのに、私と病院の職員三人がかりの力が必要だったぐらいである。私は一言も言わず、ただ彼の近くに寄り添い続けた。

結局彼が最悪の哀しみから脱したのは、骨折の痛みに耐えかねたからだった。それはそうだろう。おそらく、私の額に一発見舞った時点で、指の骨は折れていた。その後も何度も、硬い床を拳で殴り続けたのだから、複雑骨折している可能性もある。

「治療を受けて下さい」

私が言うと、大住は素直に従った。治療が行われる間、私と梓は部屋の外で待ち続けた。ベンチに座っていたのだが、梓がちらちらと私の顔を見る。

「俺は、怪我はないよ」言いたいことがあったら言えばいいのに、と思いながら私は自分から説明した。痛みは残っていたが、治療する必要はない。

「どうして殴られたんですか？」

「照屋さんを殴らせるわけにはいかないだろう」

「ああ……医者ですね」

名札には気づいていたのだ、と分かって私はまた少しだけ嬉しくなった。少なくとも彼女は鈍くはない。細かいところにまで目が届くタイプではあるようだ。

「でも、止めるなら別の方法もあったでしょう」

「そうだな」

「どうして黙って殴られたんですか」

「あそこで抑えたら、ご主人の怒りは行き場を失ってしまう。少しぐらい爆発して、発散させた方がいいんだ」

「そんなの、正しいやり方とは思えません」

「少なくとも、マニュアルには載ってないだろうな」

私の皮肉は、梓には通じていなかった。顔を上げると、極めて真面目な表情を浮かべて私を詰問する。

「いくら被害者家族とはいっても、やっていいことと悪いことがあると思います」

「彼がやったのは悪いことか？」

「当然です。警察官に対する暴行じゃないですか」

「俺のマニュアルには『殴られてはいけない』っていう項目はないんだけどな」

「何なんですか、それ」

梓が目を見開く。冗談のように目が大きいのだ、と初めて気づいた。小柄な体格と合わせて、どことなくアニメのキャラのようである。

「単に、医者を庇《かば》っただけだから」

面倒臭くなり、私はそれで会話を打ち切ろうとした。しかし梓は案外しつこかった。

「支援課にいると、こんな目にも遭わないといけないんですか」

「いや」

「でも……」

「俺一人の考えだから、気にするな。全員が同じようにやらなくちゃいけないわけじゃないし」

梓が唇をぎゅっと閉じる。自分も殴られる羽目になったらどうしよう、とても心配しているのだろうか。それは少し考え過ぎで……私の経験では、暴力的になる被害者や被害者家族はほとんどいない。悲しみも怒りも胸の内に呑みこんでしまうのは、国民性なのかもしれない。

「とにかく、よく見ておいてくれよ」

「はあ」梓が気の抜けた返事をした。見るからに腰が引けており、顔色が悪い。

治療室のドアが開き、大住が顔を見せた。右手はギプスで固定され、指先だけが覗いている。顔面は蒼白で、左手を、右手を下から支えるように添えている。あれは、重たく感じるんだよな……私は図らずも、自分の過去の記憶と対面することになった。ギプスは、実際にはそれほど重いわけではないのだが、甲冑《かっちゅう》を被るのはこんな感じでは、と思わせるのだ。

「あの、どうも……」

先ほどまで激怒していたのが信じられないほど、大住の声は弱々しかった。私はベンチから立ち上がり、彼に向かって軽くうなずきかけた。悪意はない。逮捕もしない。無言でそれを伝えたつもりだったが、大住は私の無言のメッセージを読み取るほどの余裕もないようだった。

「どうもすみません。あの、怪我は……」

「ご心配なく」私は額を擦《さす》った。瘤《こぶ》があるような気はするが……。「頭蓋骨《ずがいこつ》は人より硬いもので……平気ですよ。あなたの方こそ、大丈夫ですか?」

「人差し指と中指が……」

「折れてましたか?」

大住が無言でうなずく。咄嗟に右で殴りかかったということは、右利きなのだろう。これからしばらくは、食事するにも苦労するはずだ。

「今回は、大変なことでした。改めてお悔やみ申し上げます」私は深々と、それこそ膝に頭がつきそうなほど深く頭を下げた。ゆっくりと五つ数えて顔を上げた時にも、大住は困惑しきったままだった。

「他に連絡するところはありますか？」

「はい？」意味が呑みこめない様子で、大住が首を傾《かし》げる。

「ご実家とか」

「ああ……」大住が唾を呑む。「あの、実家……うちの実家には連絡しました。たぶん、茉奈の実家にも連絡がいっていると思いますけど」

「分かりませんか？」

「確認していないので」

うなずき、私は周囲を見回した。廊下の両側にはベンチが置いてあるが、当然距離は開いている。隣同士に座るのもまずい。取り敢えず必要最小限の情報を聴くのにも、不適当な環境だった。しかしまずは、必要なところに連絡が伝わっているかどうかを確かめないと。

「他に、奥さんの関係で連絡しておかなくてはいけないところはありますか？」

「あ、会社……」はっと気づいたように大住が顔を上げる。

「どちらにお勤めですか」

「帝都《ていと》バスです」

主に二十三区東部で路線バスを展開している大手バス会社だ。私はうなずき、頭の中で地図を広げた。

「あそこの本社は……確か有楽町でしたよね？」

「ええ」

なるほど、有楽町線で豊洲から一本か。通勤としては非常に楽なはず——と考えてしまうのは、東京に住む勤め人の性《さが》だ。

「大住さんは、どちらにお勤めなんですか」

「私は……東《とう》テレイベンツです」

「東テレの関連会社ですか？」

「ええ」

「やっぱり、芝《しば》の方なんですか」芝大門《しばだいもん》というか、浜松町《はままつちょう》。東テレの巨大な本社ビルは、あの辺りの新しいランドマークになっている。

「そうです。東テレの本社と同じビルに入っています」

「なるほど……」

　私は梓にちらりと目配せした。念のため、帝都バスに連絡を――そう訴えたつもりだが、私の要求は高度過ぎたようだ。首を傾げるばかりなので、言葉に出して指示する。

「帝都バスに連絡して、奥さんの事故の情報が伝わっているかどうか、確認してくれ」と言ってから大住に向き直り、「奥さんの所属はどちらですか」と訊ねる。

「企画部です」

　それを聞いて、梓がその場を離れた。何となく、ロボットがぎこちなく走っているようにも見える。まだ緊張しているのか、元々走るのが得意ではないのか……いずれにせよ、すぐには戦力として当てにならないだろう、と判断する。今回の事故――事件が、飛躍のきっかけになってくれるといいのだが。

「少しお時間、いただけますか」

「あの、茉奈は……」

「これから、いろいろと調べることになっています。もう少しお時間、いただけますか」

　私が繰り返して念押しすると、大住の喉仏《のどぼとけ》が上下した。ひどくやつれて見えるのは、元々痩せているせいもあるだろうが、一気に心労が襲いかかってきたせいだろう。尖った顎、こけた頬、眼鏡の奥の暗い目。何か支える物がないと、崩れ落ちるのは時間の問題だ。

「ご家族は——あなたのご実家の方たちは、こちらに向かっていますか？」

「はい、たぶん……確認してませんけど」

「どちらからですか」

「静岡《しずおか》です」

ということは、結構時間がかかる。こういう時は親が一番頼りになるのだが、しばらくは私が精神的なつっかえ棒にならなければいけないだろう。しかも彼には、やってもらうことがある。覚悟を決め、「少しおつき合いいただけますか」と切り出した。

「はい……」

「お茶でも飲んで、落ち着きましょう」病院の九階に食堂があることは、来た瞬間に確かめていた。とにかく何か水分を摂ってもらわなければ。

「そんな気分じゃないんですが」

「これからのことをお話ししようと思います」そう、まずは捜査がある。もちろん補足的な捜査なのだが、早めに済ませておくに越したことはない。大住はこれから、大変な騒動に巻きこまれるのだ。通夜、葬儀、茉奈が勤めていた会社や役所での細かな事務手続き……一人の人間は、実に多くの絆で社会とつながっていることが、死によって初めて分かる。とにかく大住にはやるべきことが多過ぎるので、少なくとも数日は、警察の事情聴取は難しくなるだろう。そうなる前に基本的な情報を摑んでおきたい——私とて、警察官である。しかも元刑事。捜査の重要性は分かっているし、それを邪魔するつもりはない。

実際、多数の犠牲者が出た重大事故ということで、既に本庁の交通捜査課が出動している。この病院にも二人詰めていて、大住の事情聴取を一刻も早く始めたいと待ち構えているのだ。もちろん、彼らの自由にさせる手もあるが、私は自分が間に立つ方法を選んだ。いきなりの事情聴取は、いくら何でも大住にとって荷が重過ぎる。

「奥さんの会社と連絡、取れました」梓が戻って来た。少しだけほっとした表情を浮かべている。「今、上司の方がこちらに向かっています」

大住は無反応だった。妻の上司と会っても、何を話していいか分からないのだろう。早くも彼が倦怠感《けんたいかん》に支配され始めているのを、私は感じ取った。家族が事件や事故に巻きこまれると、残された人たちは回復までの間に、いくつかの段階を辿《たど》ることになる。最初に怒り、そして悲しみ、その後にくるのが喪失感と倦怠感だ。この二つは、怒りや悲しみほど分かりやすいものではなく、深い沼から引っ張り出すには時間がかかることも多い。そうなるともう、警察の仕事ではなく、民間組織である「東京被害者支援センター」の出番になる。警察はあくまで、発生直後に遺族に対応するだけで、長期的視野に立ったケアが必要な場合は、センターの出番になるのだ。中には気丈に、自分たちだけで乗り越える人もいるが、大住の場合、それは難しいだろう。彼は同時に二人の家族——妻と娘を失っているのだ。

「大住さん、とにかく少しだけおつき合い願います。時間はかかりません」私は振り返り、交通捜査課の二人の刑事に視線を投げた。年長の男——古市《ふるいち》がうなずき返してくる。去年、新宿で起きたひき逃げ事件の捜査で一緒になった男だ。支援課の仕事にも理解を示してくれているから、面倒なことにはならないだろう。

「ご家族が到着するまでの間で結構です。簡単で構いませんから、お話を聴かせて下さい。私も同席します」

「あなたが聴くんじゃないんですか」大住が首を傾げる。声には一切、感情が感じられなかった。これはまずい——心を閉ざす一歩手前だ。

「私の仕事は、あなたに付き添うことです。捜査は別の人間が担当しますから」

ようやく大住がうなずいた。ほっとして、私はすぐに彼をエレベーターの方に誘導した。ここからが本番。長い戦いになるのは分かっている。だが私には、それに対する備えができていた。

私には、彼の気持ちが理解できるから。


古市は、交通捜査畑一筋に歩いてきた男で、特にひき逃げ事件捜査のエキスパートである。私は新宿のひき逃げ事件の捜査で一緒になった時に、彼の嗅覚と経験を目の当たりにしていた。同時に彼は、支援課向きの人間でもある。落ち着いたぶれのない話し振りは、私たちにも求められるものだ。

私と梓は、あくまで「念のため」に同席している。支援課の人間が被害者遺族への事情聴取に同席するのは、取り調べを担当する刑事たちの「暴走」を防ぐ意味合いもあるのだ。ともすれば犯人逮捕を優先するあまり、刑事たちは被害者家族に対して、容疑者に対峙する時と同じような態度で突っこんでしまう。しかし今回は、そういう状況ではない。古市もそれが分かっており、話を急かすつもりはないようだった。

古市がやろうとしていたのは、茉奈の動きの確認である。家を出た時間、通勤路などを細かく確かめていく。大住は何とか冷静さを保ったまま答えていたが、ところどころで話に穴が空いた。肝心の今日の茉奈の動きに関して、はっきりしないのだ。イベント関連の仕事をしていることもあって、大住の出勤時間はばらばらである。昼に出勤して深夜まで仕事が及ぶこともあるし、早朝、それこそ始発電車に乗る日もある。今日も始動が早い一日で、朝七時半には地下鉄に乗っていたという。行き先は海浜幕張《かいひんまくはり》。幕張メッセで、東テレで放映されている人気アニメのコンベンションが開催されることになっており、イベント担当として、オープニングの準備にかかわらなければならなかった。地下鉄、そして京葉線《けいよう》に乗っていた時間は四十分ほど。幕張メッセに到着して準備を始めた頃にスマートフォンに着信があったが、しばらく気づかなかったようだ。それ故、戻って来るまでに時間がかかったという。

「奥さんの出勤時間は、毎朝決まっていたんですか?」古市が切り口を変えて訊ねた。

「だいたい、豊洲から八時二十五分の池袋行きに乗ります」

「始業が九時ですか?」

「ええ」

依然として、大住の口調は空疎《くうそ》だった。何も考えず、条件反射だけで答えている様子。こういう姿を、私は何度も見てきた。古市は冷静に、淡々と——被害者家族に接するには理想的な態度だ——事情聴取を続けていたが、私は少しだけ心配になった。

大住が虚無状態に陥《おちい》るのが早過ぎる。私を殴りつけて冷静になったのかもしれないが、もしかしたら「まだら」状態になっているのかもしれない。冷静になったつもりが、突然怒りを思い出す人間もいるのだ。

「奥さんは、小学校のすぐ近くで事故に遭いました」

言って、古市が地図を取り出した。小学校を中心にした地域が拡大コピーされている。大住がまた唾を呑み、喉仏が大きく動くのが見えた。緊張感が高まっているのを、私も意識する。古市が、赤いサインペンでマンションの一つを囲んだ。

「こちらが、大住さんのご自宅ですね」

大住が無言でうなずく。私は豊洲駅前の光景を思い出していた。確かにタワーマンションが何棟も建っているが、まだ土地に余裕がある。マンハッタンで、イーストリバーぎりぎりのところまでコンドミニアムが建ち並んでいるのに比べれば、空が広く見える光景だった。一方、事故が起きた小学校の近くには、比較的古い団地もある。その付近にあるマンションは低層のものが多く、比較的早くから開発が進んだ地域だということが一目で分かる。そう言えば駅前の一角にだけ、古くさい商店街が生き残っていて、豊洲が意外に歴史の古い街だということを意識させられた。

「小学校がこちら、駅がここになります」古市のサインペンが道路を赤く染めていく。元々几帳面《きちょうめん》な性格なのか、定規を使ったわけでもないのに、赤い線はほぼ真っ直ぐだった。「ご自宅から駅まで一番近いルートだと思いますが、通勤ルートはこれで間違いありませんか？」

「……はい」

「時々他の道を歩いたりということは……」

「ないです……ないと思います。妻は予定外のことをするのが嫌いな人間なので」

「分かりました」古市が地図を畳んだ。

「あの……」遠慮がちに大住が切り出す。

「何でしょうか」

「犯人はどうしたんですか」

古市が口元をぎゅっと引き締める。私は大住の脇に座っていたのだが、椅子を動かして少しだけ距離を詰めた。古市が助けを求めるように私を見た——支援課の判断を求めているのだ——ので、素早くうなずいてやる。事実関係をねじ曲げる必要はない。後から嘘だとばれた方が、ショックは大きくなるのだ。

「逃げています」

「じゃあ、ひき逃げなんですか」大住が目を見開いた。

「通常のひき逃げとは違いますが、事故を起こして、通報も救護措置もせずに逃げたので、ひき逃げになります」

「そんな……何なんですか！」

大住がまた、突然爆発した。椅子を蹴倒すように立ち上がって、古市に摑みかかろうとする。ギプスに包まれた彼の右手が古市の顔に届こうとする瞬間、私は彼の無事な左腕を両手で抱えこみ、後ろに体重をかけた。私もそれほど重い方ではないが、大住はさらに体重が軽く、へたりこむように椅子に座ってしまう。

「大住さん」私は彼の名前だけを呼んだ。「やめましょう」も「駄目です」もなし。頭に血が上っている時、人は命令されるのを嫌う。そんなことをされれば、ますます怒りが募るだけだ。名前を呼んで、自分が何をしようとしているか思い知らせる——それで十分だ。すぐに冷静になれる。

大住が溜息をついた。左手を額に当て、テーブルと向き合うようにうつむいてしまう。古市が、私に非難の視線を向けてきた。今のは言わなくてもよかったんじゃないか——と。私は無言で首を横に振った。結果は結果。今のは、いつかは伝えなくてはならないことだった。

「大住さん」

私はもう一度、静かに呼びかけた。大住の肩が上下し、必死に呼吸を整えようとしているのが分かる。過呼吸を起こす心配はなさそうだ、と一安心した。

「ひき逃げ事件で、犯人が捕まらないことはほとんどありません」

「百パーセントじゃないでしょう」

大住の口調には、わずかな皮肉が混じっていたが、これでいい、と私は思った。皮肉が言えるぐらいならまだ救いはある。

「とにかく、捜査は続けています。早く犯人を捕まえるためにも、ご協力をお願いします」

「ええ……」

大住が小刻みに体を揺らした。やがて小さく溜息をつくと、もう一度肩を上下させる。それでようやく落ち着いた様子で、震える手を伸ばしてコーヒーの入った紙コップを摑んだ。何とか零さず口元に持っていき、一口啜《すす》る。一瞬目を閉じると、ゆっくりとカップを下ろした。大丈夫――何とかやっていけると判断して、私は彼から少しだけ距離を置いた。

しかし……私は嘘をついた。「犯人が捕まらないことはほとんどありません」というのは、無理のある言い方だ。

ひき逃げ事件の捜査技術は、年々向上している。さらに増加する防犯カメラが、犯行の状況を記録していることも少なくない。だがそれらはあくまで普通のひき逃げ——被害者をはねた車がそのまま逃げる——に関してだけ、威力を発揮する。

今回の事件は、極めて異例だった。

犯人は、車を現場に置いたまま、徒歩で逃走したのだ。

5

昼食を摂り損ねたまま、私は午後遅くに江東署に戻った。朝食べたマクドナルドのツナマフィンは、とうに胃から消えている。疲れ切った様子の梓に声をかけた。

「食事、まだだよな？」言わずもがなだった、と悔いる。江東署を飛び出して以来、ずっと一緒にいるのだから。「今のうちに食べておいた方がいいぞ」

「いいです」声にも力がない。「食べる気になれません」

事件のたびに一々ショックを受けていたら、支援員などやっていられない——しかし経験がゼロに等しい梓に、毅然《きぜん》とした態度を求めるのは酷だろう。問題はこれからだ。初日が終わっても、支援員の仕事が終わるわけではないのだから。

支援本部に入ると、優里の疲れた顔を見つけた。向こうも、私の空腹と疲労感をすぐに察したようだ。

「お昼、食べてないでしょう」

「何で分かった？」

「長いつき合いじゃない……食べ物、用意してあるわよ」

確かに、テーブルの上にはコンビニの袋がいくつも置いてある。

「被害者家族は？」

「ここには入れないことにしたわ。係長が、他に会議室をいくつか確保したから、そっちで対応してる。ざわついてない方が、話もしやすいでしょう」

「了解」一安心して、私はコンビニの袋を探った。サンドウィッチを引っ張り出し、賞味期限を確認する。

「相変わらずね」優里が短く笑った。

「腹を壊したくないからね」

「賞味期限を過ぎたら、すぐに食べられなくなるわけじゃないわよ」

「気分的な問題もあるんだ」

ミックスサンドは、賞味期限内だった。丁寧に袋を破き、かぶりつく。ゆっくりと顎を動かしながら、緑茶のペットボトルを開けた。本当は温かいお茶が欲しいところだが、仕方がない。冷たい緑茶でサンドウィッチを流しこみ、一息つく。何だか大リーグのロッカールームのようだな、と思った。あそこでも、試合の後には自由に食べられる食事が大量に用意してあるという。

ただし、私たちの試合は始まったばかりだが。

「あなたも食べなさい」優里が梓に声をかけた。

「あ、でも私は……」

「無理にでも食べておいた方がいい」私は言った。「今日は長くなるし、次にいつ食べられるか分からないから」

梓が渋々袋に手を伸ばし、握り飯を取った。しかしすぐに食べる気にはなれないようで、先にお茶に口をつける。ボトルから口を離すと同時に、盛大に溜息が漏れ出た。

「君は？　今夜は大丈夫なのか？」梓を無視して、私は優里に訊ねた。

「何とか。子どもは旦那に任せたから」

「旦那さんも大変だな」

「何言ってるのよ。夫婦はお互い様なんだから。それに、何のために暇な都庁の職員と結婚したと思ってるの？　こういう時のために決まってるじゃない」

さすがに苦笑せざるを得ない。子育ての負担が女性にばかりかかるのは間違っていると思うが、こうも露骨に言われると……彼女の夫は十歳も年上で、教育庁で文化財保護の仕事をしている——残業は少ない部署だ。子どもは双子の女の子で、まだ小学校入学前。何かと手がかかる年頃だが、夫とその実家——彼女の家から徒歩三分の場所にある——の協力は完璧なようで、いざという時に彼女が職場を離れざるを得なかったことは一度もない。

「一度、情報を整理したいんだけど、係長は？」

「今、家族面談中」

「それが終わったら、打ち合わせだな」

「そうね。もうすぐ夕方だし、明日以降の方針も決めないといけないから」優里がうなずいた。

ふと見ると、梓は食事に手をつけていなかった。テーブルにはついていたが、惚《ほう》けたように握り飯を持ったままである。

「彼女、大丈夫かな？」優里が心配そうに訊ねた。

「あまり大丈夫じゃないだろうな」私は声を潜めて言った。

優里が眉根を寄せ、私の腕を摑んで部屋の隅に引っ張って行った。

「村野、ちゃんとフォローしたの？」

「いや」

「ほったらかし？」

「勘弁してくれよ。彼女の面倒を見るのは俺の仕事じゃない」

「駄目よ。貴重な人材かもしれないのに」

「貴重かどうかは、まだ分からないんじゃないかな。実質的に、これが初めての被害者支援だから、そもそもこの仕事に向いているかいないかは……」

「そうかもね」優里が唇を引き結ぶ。「でも、ちゃんと見てあげてね」

「できる限りで」優里と言い争っても必ず負ける。私はうなずき、手元を見下ろした。食べかけのサンドウィッチが、急に汚い物のように思えてくる。

「ちょっといいか」

芦田が部屋に入って来て、大声を上げた。部屋に残っていた支援員が、一斉に彼を見る。芦田はホワイトボードの前まで大股で歩いて行き、大きく引き伸ばした写真、それに地図を張りつけた。近くにいた梓が慌てて立ち上がり、マグネットを持って芦田を手伝う。全ての資料を張り終える頃には、部屋にいた全員がホワイトボードの前に集まっていた。

「遅くなって申し訳ないが、現段階で分かっている状況を確認する。今後の被害者支援の参考にして欲しい」

芦田はワイシャツの袖をまくり上げていた。そこまで暑くはないのだが、やはり走り回って興奮したのだろう。少し広くなった額には汗が浮いている。薄い青のワイシャツの脇には、かすかな汗染みもできていた。

「まず、現場の状況から」

写真を使い、芦田が説明を始めた。捜査三課出身の人間にしては、交通事故の説明が上手く、頭にすんなり入ってくる。私の場合、先に現場を見ているせいもあるのだが。

「容疑者の車だが……」芦田が少し立ち位置を変えると、歩道の上でひっくり返った車の写真がよく見えるようになった。「車種はボルボのS60」と言ってから、ナンバーを読み上げる。私たちが知る必要はない情報だったが、何人かは手帳を広げて熱心に書き取っていた。警察官の多くは「メモ魔」なのだ。

「所有者は、荒木《あらき》勇人《はやと》、四十二歳。住所は江東区豊洲五丁目」

芦田がマンションの名前を読み上げる。私は持ちこんだパソコンで地図を検索し、住所を確定した。晴海通りの南西側に建つマンションのようである。

「この荒木は、現場から徒歩で逃走した。目撃者は複数いるが、事故の後に豊洲駅まで行って地下鉄を利用したことが、カードの記録から分かっている。王子駅《おうじ》で降りた記録があるが、その後の足取りは消えている」

王子駅か……その付近に逃げこむ場所があるのか、それとも当てずっぽうなのか。

「怪我はどうなんですか」優里が訊ねた。

「足を引きずっていたという目撃証言はあるが、一応普通に歩いていたようだな」

「マジですか」長住が立ち上がり、ホワイトボードから事故現場の写真を外してじっと見た。「これだけの大事故で、足を引きずる程度の怪我？　さすがにボルボは丈夫ですねえ」

皮肉を吐いて、写真をホワイトボードに戻す。先ほどまで座っていた椅子にまた腰を下ろすと、足を組んで煙草を引き抜いた。会議室は禁煙なので、鼻の下にあてがって香りを嗅ぎ、パッケージに戻す。

「とにかく」芦田が咳払いする。彼の声も苛ついていた。支援課には、長住と馬が合う人間などいないのだ。「荒木は現在も行方不明だ。所轄の交通課、本庁の交通捜査課と交通機動隊が中心になって足取りを追っている」

「自宅はどうなってますか？」私は訊ねた。

「所轄の連中が張りついている。独身で、同居の家族はいないようだ」

「ようだって……推測なんですか？」

「はっきりしたことは分からない。家は、家族向けのマンションらしいんだがね」

芦田が言い訳するように言った。所轄は事前にきちんと把握していたのだろうか、と私は訝《いぶか》った。プライバシーを重視するマンションが増え、戸別調査がやり辛くなっているのは確かだが、そこはもう少し頑張ってもらわないと。普段から様々な状況を摑んでおかないと、いざ捜査に取りかかろうとする時、完全にゼロからのスタートになってしまう。

「いずれにせよ、目撃証言などから、運転していたのが荒木本人だということは確認できた。既に逮捕状を取って、指名手配になっている。いつまでも逃げ切れるとは思えないが……」

「捜査の本筋はともかく、こっちの仕事は大変だと思いますよ」

私が指摘すると、芦田が表情を強張《こわば》らせてうなずいた。ごく普通の交通死亡事故でも、被害者家族は大きな精神的ダメージを受ける。それがひき逃げ、しかも非常に特殊な形でのひき逃げとなったら、怒りの持って行きようがなくなるのではないか。あるいは怒りが、歪んだ形で噴出する可能性もある——例えば、矛先《ほこさき》が警察に向くとか。

それを受け止めるのも警察の仕事だが、とにかく一刻も早く犯人を逮捕しなければならない。

「これまで、犠牲者は五人」芦田が話を先へ進めた。ホワイトボードに書き出された犠牲者の名前のうち、三人の年齢が一桁、という事実は重い。「ただし、このうち大住茉奈に関しては妊娠七か月だった。実質的に、犠牲者は六人だったと考えるべきだな」

静かな、怒りに満ちた沈黙が部屋を支配する。私は感情を遮断した。ここで怒っても悲しんでも、自分の仕事は果たせない。

「今後の方針はどうしますか？」私は訊ねた。

「家族とは全て連絡が取れて、一回は接触している。小学生の子の親御さんが多いから、そのところを十分注意してフォローしてくれ」

「支援センターの方は？」

「連絡済みだ。今回は、センターの全面的な協力を得ることになると思う。向こうも臨戦態勢で待っているから、いつでも話を持っていっていい」

少しだけほっとして、私は近くの椅子を引いて座った。やはり疲労を意識する。空腹は収まっていたが、エネルギーが切れているのは認めざるを得なかった。

「今後は、捜査している交通課と情報共有を密にし、被害者家族のフォローを進める。状況によっては、センターに引き継ぎだ。その見極めをしっかり頼む。まず、それぞれの家族に関して報告をしてくれないか」

順番に報告が始まった。小学生の子どもを亡くした親たちの話は、慣れている私が聞いても悲惨過ぎる。次第に部屋が静まり返り、手帳の上を走るペンの音さえ聞こえるようになってきた。私は最後に立ち上がり、大住が激怒のあまり二度、パニックを起こしたことを報告した。

「……それで、その瘤か」

指摘され、額に触れてみる。確かに腫《は》れてはいるが、見て分かるほどではないはずなのに……芦田は意外に観察眼の鋭い男なのだ、と初めて意識した。

「大したことはないですよ」

「災難だったな」

「これも給料のうちですから」ある意味労災だが、そんなことはどうでもいい。こんな痛みよりも、はるかに辛い悲しみを背負った人がいるのだ。

「大住さんに関しては、センターへの引き継ぎは必須だろうな」芦田が指摘する。

「一応、ご両親が来てから少しは落ち着いたようですが」

「それでも、目を離さないようにしてくれよ」

「ええ」指示されて、少しだけ妙な気分になる。私は支援課に配属されて四年で、多くの事件を経験してきた。一方芦田は、一年前に管理職として支援課に来たわけで、現場での経験は圧倒的に少ない。それ故、時折自信の無さが窺《うかが》えてしまうのだが、今の指示は堂々としていた。本番で実力を発揮するタイプなのかもしれない。

「では、今日はもうしばらく頑張って下さい」芦田が話をまとめにかかった。「家族の様子を見て、どこまでつき添うかは個々の判断で。私はずっとこちらに詰めているので、何か状況が変わったらすぐに連絡して下さい」

半数の支援員が立ち上がったが、半分は座ったままだった。やはり刑事とは違う。捜査会議で情報を共有し、気合い入れをした後は街へ散っていく――というわけではないのだ。

私は二つ目のサンドウィッチに手を出した。今のうちに食べておかないと、今度はいつ食べられるか分からない。今のところ大住は落ち着いているはずだが、ちょっとしたきっかけでまた爆発する恐れもある。緊急出動も想定しておかないといけない。

「ああ、一つ言い忘れた」芦田が声を上げた。「夕方五時から、被害者家族の中で希望者には現場を見せることになっている。そこでフォローが必要になる可能性があるから、何人か現場に出てくれないか」

大住は来るだろうか……実際、家のすぐ近くではあるのだが。私はサンドウィッチをすぐに置いて、またパソコンで地図を確認した。見た限り、彼の住むマンションと現場の間には団地があるが、大住の部屋は十四階である。団地越しに現場を見渡せるのではないだろうか。それに気づけば、今後は部屋にいるのさえきつくなるかもしれない。

私は梓に向かって手招きした。ちょこちょこと近寄って来る様子は、小動物を連想させる。おそらく、交番勤務時代の制服は似合わなかっただろうな、と想像した。

「これからどうする？」

「どうするって……」梓が困り顔になり、バッグからマニュアルを取り出した。

「それを見ても、答えはないよ」

「そうなんですか？」

「個別の細かい状況にどう対応するかまでは書いてないからね。臨機応変にいかないと」

「だったら……」

「君はどうする？」私は再び疑問を投げかけた。ここは彼女自身に答えを出してもらいたい。

「それは……分かりません」

早くもギブアップか。仕方ないなと思いながら、私は指示を出した。

「五時……四時半に事故現場へ行ってくれ」

「向こうで大住さんと落ち合うんですか？」

「いや」

訳が分からないと言いたげに、梓が首を傾げる。私はお茶を一口飲み、彼女が自分から言葉を発するのを待った。反応なし。少しは自分で考えろよ、と思いながら続ける。

「大住さんは、来るかもしれないし来ないかもしれない。交通課としては、どちらでもいいことだ。家族が来ても、捜査の役に立つわけじゃないし」

「じゃあ、どうして現場を見せるって……」

「見たがる家族がいるからだよ。問題は、今回の一件は大事故だということだ。たぶん、現場にはまだマスコミも張ってる。個別に家族に接触させないためには、時間を決めて一斉に呼んだ方がいいんだ」

「そうなんですか」梓が目を見開く。

「マスコミに囲まれたら、面倒なことになるだろう？　メディアスクラムから家族を守るのも大事な仕事だ。こっちも数で対応するんだよ」

「ああ……そうですね」

どうにも反応が鈍い。こういうのは、ちょっとした想像力があれば分かることなのだが。被害者家族が、取材の矢面に立たされてしまうことはままある。もちろん、警察が取材を直接規制するわけにはいかないが、ぎりぎりの線で守ることはできる。その辺は、実はマニュアルに書いてあるのだ。「マスコミ対応」の項目には、被害者家族、マスコミどちらも怒らせることなく家族を守るための方法が、具体的に記載されている。私も一部を書いたのでよく覚えているのだが……おそらく支援課の方から、江東署の交通課に家族を守るように念押しの連絡が入ったのだろう。

「大住さんは来るか来ないか分からない。でも、俺たちは現場に行くんだ。そこに大住さんがいたら見守る」

「何かしなくていいんですか」

「三か条の三番目は？」

梓が慌ててマニュアルをめくった。一瞬視線を落とし、「時には沈黙を選ぶこと、ですね」と言う。

「そう」

「どういう意味なんですか」

「それは、自分で考えてもらわないと」私は肩をすくめ、それで会話は終わり、と無言で訴えた。立ち上がった梓が、恨めしそうな視線を向けてくる。私はそれを無視して、残ったお茶を飲み干した。

スマートフォンを取り出し、支援課に電話を入れる。驚いたことに、課長の本橋自らが出た。支援課本体も、相当ばたついているようである。

「すみません。こちらの状況はもう伝わっていると思いますが……」

「芦田係長から報告を受けています。五時の現場……ケアをお願いしますよ」

「了解です。それと、マスコミの方なんですけど、どんな扱いですか？　ニュースをチェックしている暇がなかったので」

「夕刊は、早版から各紙とも一面トップですよ」

黒い凸版《とっぱん》見出しが脳裏に浮かぶ。五人も死亡した事故だからそれも当然か……後で確認しなければ、と私は頭の中にメモした。被害者家族はニュースを気にするものだから、当然こちらも頭に入れておかなければならない。

「テレビの方はどうですか」

「まだ集計中ですけど、放送時間はかなり長くなっていますね。ワイドショーでも取り上げられていましたから」

私が現場に到着した時には、まだ騒ぎはそれほど大きくなっていなかった。しかしあれから報道陣が殺到し、現場を混乱させたであろうことは想像に難くない。しかも犯人が逮捕されない限り、この騒ぎはしばらく続くだろう。テレビは……ストレートニュースならまだしも、ワイドショーの連中が騒ぎだすと面倒なことになる。

「学校の方は？」はっと思い出し、慌てて訊ねた。

「ご心配なく。相談係と指導係から派遣しました。子どもたちのケアと、先生方に対するマスコミ対策を徹底しています。教育委員会とも連絡を取り合っていますから」

「だったら心配いらないですね」

「今のところは。学校側も、大きなトラブルにはなっていないはずです」

本来、支援課は名前が示す通り、「犯罪被害者」と「被害者家族」を対象に仕事をする。しかし発足から二十年近く、最近は「犯罪被害」の範囲をより広く捉《とら》え始めている。例えば一つの事件が、地域のコミュニティにどんな影響を及ぼすか……特にケアしなくてはいけないのは、就学児童だ。子どもが犠牲になった場合はもちろん、学校の近くで大きな事件や事故が起きても、子どもたちはショックを受ける。今回は「学校のすぐ近く」で「子どもたち」が犠牲になったのだから、悪い要素が二つ重なったと言える。

「今日は、午前中で授業を打ち切ったそうですよ」本橋が告げる。

「それが正解ですね」

「今後もフォローが必要かと思いますが……センターの方にも、この件は連絡済みです」

「係長から聞きました。センターも大変でしょうね」

「ええ……とにかく、密接な協力体制で臨まなければなりません」

少し硬い課長の決意表明を聞いて、私は電話を切った。いつの間にか優里が脇に立って、私を見下ろしている。

「何か？」

「今の、センターの話よね」

「そうだよ。学校のフォローで」

「あなた、センターに電話した？」

優里が右の眉をすっと上げた。普段はあまり表情を変えないのだが、気に食わないことや心配なことがあると、こういう態度で不満を表明する。今の怒りは、五段階レベルでまだ「1」程度だが。

「分かってるでしょう。電話するいい機会じゃない」

「別に、こんなことじゃなくても電話する必要があればするよ」

「そう？　最近電話もメールもしてないでしょう」また少し眉の角度がきつくなる。

「何でそんなこと、知ってるんだ？」

「友だちだから」事も無げに優里が言った。

「ああ……それは分かるけど」

厄介な人間関係だ、と私は苦笑した。学生時代からだから、もう十五年以上もつき合いは続いている。普段は特に問題ないし、この関係に助けられることもあるのだが、優里はある勘違いをしている。しかも、私が何度否定しても、自分が間違っていると理解してくれないのが面倒なところだ。最近は、一々反論するのも面倒臭くなって、適当な言葉で誤魔化《ごまか》すようにしている。

「とにかく、俺が電話するようなことじゃないと思う。もう、課長がきちんとお願い

「何で俺が」

しているんだし」

「個人的にもプッシュしておいた方がいいんじゃないの？　これから大変になるのは間違いないんだから」

「個人の伝《つて》を頼って仕事をするのはまずいよ」実際には、そんなことはない。警察に限らず、あらゆる仕事に求められるのは伝とコネだ。知り合いがいるかいないかで、仕事がどれだけスムーズに進むかが決まる。

「いいチャンスなのに」

「チャンスって……それは君の勘違いだよ」あるいは思いこみと言うべきか。

「あなたが、自分に嘘をついてるだけじゃないの？」

「俺はいつでも正直なつもりだけどね」私は肩をすくめた。立ち上がり、空になったペットボトルをゴミ箱に捨てる。優里はそれほどしつこくないので、この問題にいつまでも固執《こしつ》するわけがないと分かっていたが、いつかはしっかり釘を刺さねばならないだろう。普段は頼りになる相棒だが、ことこの問題に関しては、途端に厄介な存在になる……。

　それはさておき、仕事の準備だ。まず、梓をどう指導していくか――その梓は背中を丸め、マニュアルの上に屈みこんで熟読している。右手にはマーカー。時折線を引きながら読んでいるようだが、これは受験勉強ではない。

二百ページのマニュアルも、あくまで指針に過ぎないのだ。そして支援課の場合、「指針」は「守らなければならない絶対の方針」ではない。単なる参考だ。

私たちの仕事は、日々変化するから。

6

夕方になって急に気温が下がり、私は現場で無意識のうちに足踏みを始めていた。ふと交番勤務時代を思い出す……あの頃一番嫌だったのが、交番の前での立ち番だった。周囲を警戒しつつ、街の人たちに制服姿を見せつけることで、ある種の「抑止力」を発揮しようという狙いなのだが、その時間の九十九パーセントは無駄だったと思う。ただし気を抜くわけにもいかず、ひたすら耐えなければならない時間……そういう時、左右の足に順番に体重をかけて、体を横に揺らす癖がついてしまった。

現場は歩道の一角なので、いつまでも封鎖しておくわけにはいかない。昼過ぎまではブルーシートがかけられて現場検証が行われていたのだが、今はそれも取り払われ、黄色い規制線が張られているだけだった。問題は、それだけだとどこからでも丸見えになってしまうことである。しかし今さらブルーシートを使うわけにもいかず、江東署員と各署から集められた支援員が「人間の壁」になっていた。規制線の外側で列を作り、報道陣や野次馬が近づけないようにしている。私もその壁に加わり、背中でシャッター音を聞きながら、現場の様子を観察し続けた。

五家族が全部集まったわけではない。ショックでまだ現場を見られない家族もいるのだ。しかし大住は来ていた。背広姿から、ジャケットにジーンズという軽装に着替えており、父親らしき年配の男がつき添っている――つき添っているというか、肘《ひじ》の辺りを摑んでいた。そうしないと、今にも倒れてしまうとでもいうように。実際、大住の足取りはふらついており、こんな場でなければ、泥酔《でいすい》していると判断してしまいそうだ。いや、実際に泥酔しているのかもしれないが。手っ取り早く悲しみを麻痺《まひ》させるには、酒が一番だから。そしてこういう状況では、それも非難できない。

ボルボが衝突して壁のタイルが剝がれた前は、花畑のようになっていた。近所の人たちや学校関係者が供えたであろう花束が歩道を埋め、五月の風に吹かれてかさかさと揺れている。他にもペットボトルやソフトドリンクの缶、お菓子の箱などが置かれていて……白く見えるのは手紙ではないだろうか、と私は思った。視力は一・五あるのだが、距離があるので内容までは読み取れない。しかし、薄い鉛筆の文字で、何かが書いてあるのは想像がつく。同級生たちが手紙を寄せたのだろう。

大住は、父親らしき男に支えられて、何とか現場にたどり着いた。その場で蹲踞《そんきょ》の姿勢を取ろうとしても体が揺れて、結局片膝をついてしまう。そのまま両手を合わせたが、震えて手が離れてしまった。頭を垂れて固まり……私は無意識のうちに頭の中でカウントを始めた。五……十……大住は顔を上げようとしない。まるでその場で凍りついてしまったようだった。

やがて、父親らしき男性がそっと背中を叩く。それで目覚めたように、大住がはっと顔を上げた。膝に手を置きながらゆっくり立ち上がると、もう一度、今度は手を合わせずに頭を垂れる。丁寧に祈りを捧げているというより、自分の頭の重みに耐えかねているような感じだった。彼が踵《きびす》を返したところで、私も歩き出す。家に帰るのかどこかに行くのか……落ち着くまではフォローしなければならない。

梓がすっと近寄って来た。まだ戸惑ってはいるが、とにかく現場では体を動かそうという意思は窺える。だがすぐに、動きは固まってしまった。花が供えてある辺りから、爆発するような号泣が聞こえてきたのだ。耳に痛い、というより脳に直接突き刺さるような女性の泣き声。梓が一瞬後に歩き出したが、実際には歩き方もぎくしゃくしてしまっていた。右手と右足が一緒に出るような感じで……背中を掌《てのひら》で叩いて現実に戻らせようかと思ったが、遠慮した。ここは自分で乗り越えなければならないところだ。私たちの仕事は、むき出しの悲しみや怒りと向き合うことから始まるのだから。どうしても避けては通れない。

父親らしき初老の男性につき添われながら、大住がとぼとぼと歩いて来る。私はすかさず彼の脇に立った。梓は反対側から挟みこむ。予想通り、報道陣が殺到してきた。それに先んじて、応援に来ていた江東署の制服組もわらわらと集まり、報道陣から守るように大住を取り囲んだ。

「一言お願いできますか」

「今のお気持ちを聞かせて下さい」

無神経な質問が私の胸にも突き刺さる。だが、ここで物理的な行動を起こすのは私たちの仕事ではない。一番大事なのは大住の気持ちだ。報道陣の質問に答える気があるなら答える。私たちにはそれを止める権利も義務もない。話したくないなら、沈黙を守ればいいだけだ。

大住は後者を選んだ。うつむいたまま、スピードを上げて報道陣を振り切ろうとする。テレビカメラが勢い余って彼の方に突っこんできたので、私は肩でカメラマンをブロックして遠ざけた。「おい！」と文句が上がったが無視する。こんな状況で一々文句を言われても困る。

クラクションの音が聞こえた。大住を中心にした塊《かたまり》が、車の通行を邪魔してしまったのだ。制服警官がすかさず前に飛び出して、人の塊を歩道に押し戻す。そのまま車を通すかと思いきや、車道上で両手を前に突き出し、車を停めてしまった。よし、いい判断だ。私は大住に「行きましょう」と声をかけた。

大住はすぐに私の言葉の意味を理解したようで、小走りになった。一瞬虚《きょ》を突かれた格好になった報道陣は取り残され、大住と父親は無事に車道を渡り切る。報道陣もそこまで追いかけて来るつもりはないようで、歩道に取り残されたままだった。

「どうも、すみません」父親らしき男が、私に向かって頭を下げた。

「これが仕事ですから……これから家に戻られますか？」

「はい」

会話が途切れた。聞きたいことはあったが、やはり口をつぐんでおくことにする。肝心の大住が沈黙を保ったままで、一本の線になるほどきつく唇を引き結んでいたから。歩く速度は速くなり、一刻も早くこの場から離脱したいと強く思っているのは明らかだった。

現場から五分……予想していた通り、大住のマンションは近かった。窓が現場の方を向いていれば、嫌でも目に入ることになるのではないか。ロビーでは女性が二人、待っていた。両家の母親だろう。父親らしき男は、大住を二人に預けると、改めて私と梓に向かって頭を下げた。

「茉奈の父親です……勝田《かつた》晴雄《はるお》と申します」

「この度は御愁傷様でした」私は一音一音をはっきりと発音してから頭を下げた。「大変残念な事故でした」

「まだ信じられません。あんな、学校に近い場所で事故なんて……」

私はちらりとマンションのホールを見た。大住は、二人の母親に挟まれる格好で、エレベーターの方に向かっている。こちらの話を聞かれる心配はなさそうだ。

勝田に向き直る。六十歳を少し過ぎたぐらいのようだが、髪はふさふさして黒く、背筋もぴんと伸びている。小柄だが、若い頃から体を鍛えてきた人間に特有の、しゃきっとした姿勢だった。

「前橋《まえばし》から来られたんですよね?」茉奈の実家だ。

「ええ……驚いて……慌てました」

「大変でした」

私は名刺を差し出した。受け取った勝田が眼鏡をずらし、名刺に顔を近づけて確認する。

「被害者支援課、ですか……」

「そうです」簡単に自分たちの仕事を説明した。「私たちは捜査はしません。被害者や、家族の皆さんのお役にたつことが仕事です」

「いろいろとご迷惑をおかけすると思いますが……」

「とんでもありません。それより大住さんは、どんな様子ですか？」

「落ち着かなくて……精神的にだいぶ不安定になっています。泣き出したかと思ったら、急に怒り出して。ぱったり倒れて、突然寝てしまったりして、先が読めません」

「今は、一緒にいてもらえますか？　私たちの方でもフォローしますので、何か困ったことがあったら連絡して下さい。二十四時間、いつでもかまいません」

「お手数おかけします」勝田が頭を下げた。顔を上げると、その目に涙が光っているのが見えた。「子どもが……孫がね」

「ええ」私はあらゆる慰《なぐさ》めの言葉を頭から消した。慰めるべき場面と、そうでない場面がある。今はただ相槌《あいづち》を打って、勝田に好きに喋らせておこう。慰めが必要なタイミングだと判断すれば、頭の引き出しに入っている無数の言葉から、適切な物を選べばいい。

「まさか、妊娠七か月であんな事故に遭うなんて、考えもしませんよ」

「分かります」

「初孫だったんですよ。家内も楽しみにしていて……それに夫婦も、ね。結婚して四年になるんですけど、子どもができる気配がなくて、不妊治療を始めようか、なんていう話をしていたところだったんです。その矢先に妊娠が分かったから、家族全員で喜んでね……順調だったんです」

「ええ」

「それが、こんな事故で……せめて、孫だけでも助からなかったんですかね」

「ひどい衝撃だったようです」

「本当に、残念です」勝田が溜息をついた。「これからどうなるんでしょう」

「捜査の流れはありますが、お葬式の準備をしていただいても大丈夫だと思います」

「いえ、それは分かっていますが、犯人は……」

「残念ですが、それはまだ」

「どうして捕まらないんでしょうね」

「ひき逃げとしては異例の事件なんです」言い訳めいて聞こえるかもしれないと思いながら、説明せざるを得なかった。これはひき逃げ——交通事故というより、傷害や殺人などの刑事事件に近いのではないか。事件が発生して、犯人が現場から徒歩で逃走……本当は、機動捜査隊にも応援を頼むべきなのだ。あの連中は、交通捜査課とはまた違う、人捜しのノウハウを持っている。もちろん今頃、荒木勇人は東京から逃げ出してしまったかもしれないが。そうだったら、捜索はぐっと難しくなる。

「そうですか……でも、こんな賑やかなところで事件を起こして、どうして普通に逃げられたんでしょうね」

「犯人は地下鉄を使いました」

「地下鉄を？」勝田が目を剝いた。そうすると、眉毛に結構白い物が交じっているのが分かる。「そんなこと、できるんですか？　それなのに見つからないんですか？」

「ええ。現場から駅までは、歩いて数分です。残念ながら、警察官が到着する前に、容疑者は現場を離れてしまいました。目撃者はいたんですが、事故のショックが大きすぎて、状況をはっきりと見ていないんです」

「そうだったんですか」勝田が溜息をついた。「捜査のことはよく分かりませんが、よろしくお願いします。犯人が捕まらないと、宏志君の無念も消えないでしょうから」

「捜査の担当者によく伝えておきます」自分は捜査する立場ではないのだから、「頑張ります」とは言えない。これが、他の捜査担当部署から、支援課が軽んじられる原因でもある。被害者のお守りをするのはいいけど、警察の本筋は犯人を追いかけている俺たちだろう、と。

そういう風に言われるのには、慣れっこになっている。仕事にやたら軽重をつけたがる人間ほど、ろくに仕事をしていないというのも、経験的に分かっていた。だが私は何も言わない。支援課の仕事は大事だという誇《ほこ》りがあるから。それならばこそ、敢《あ》えて声高に言う必要はなく、自分が納得していればそれでいい。

「とにかく、何か気になることがあったり、困ったことがあったら連絡して下さい。捜査の状況についても、差し支えない範囲でお伝えできると思います」

「何かあるなら、今教えてもらった方がありがたいんですが」

「残念ですが、今の段階では分かっていることが少ないんです」そのことを考えると、さすがに腹が立ってくる。捜査している連中も、隠しているわけではないだろうが……あまりにも動きが鈍い。少なくとも犯人の人となりや普段の生活ぶりについては、とっくに丸裸にしていてもおかしくないのに。

勝田を見送った後、私は梓に顔を向けた。相変わらず戸惑っている、というか困り顔だった。

「どうした」

「いえ」ショートカットにした髪が、風に揺れる。「あれでよかったんですか？」

「他に何かやりようがあったかな」

「分かりませんけど……」

悩め、もっと悩めと私は心の中で彼女に呼びかけた。支援課の仕事に正解はない。分厚いマニュアルはあくまで曖昧《あいまい》に方向性を示すものに過ぎない。あのマニュアル通りに仕事をしても、上手くいく保証はないのだ。だからこそ私は、あのマニュアルのタイトルを次の改訂版では「ガイド」に変更すべきだと常々主張している。

「戻ろう。ただし、常に待機だ。いつ連絡があるか、分からないから」

「分かりました」表情を強張らせたまま、梓がうなずく。「今日、徹夜ですかね」

「うちの仕事は、そういう感じにはならない。ただ、いつ何が起きるか分からないから、常に緊張している必要はある」

「はい」

「取り敢えず、しばらく酒は控えておいた方がいいな。稀《まれ》にだけど、夜中に呼び出されることもあるから」

「今は、呑む気になりませんよ」

「それならそれでいい。呑み会の誘いがあっても断った方がいいよ」

「はい？」

「呑み会の席だと、ざわざわしているから、携帯が鳴ったのに気づかないこともあるだろう？『連絡が取れない』と言ってブチ切れる相手もいるから」

「そうなんですか？」

「俺は一度、経験してる」

私だけではない。支援課の多くのスタッフ、それに所轄の支援員も、同じような目に遭ったことがあるはずだ。電車に乗っていて、電話に出られないこともあるのだが……気持ちが不安定になった被害者家族は、思いもかけない時間に誰かにすがりたくなる。そこですがるべき相手――私たちが摑まらないと、途端に精神状態が更に悪化するのだ。

「だから寝る時も、枕元に携帯を置いておいた方がいい」

「あ、でも、大住さんに携帯の番号を教えていませんでした」

基本中の基本なのに……こんなことから教えなければならないかと思うとうんざりしたが、私は内心の苛立《いらだ》ちを抑えて、彼女に「名刺」と言った。

梓がバッグを探って名刺入れを取り出す。私に差し出そうとしたので、思わず苦笑してしまった。

「それに、自分の携帯電話の番号を書いて」

言われるままに、梓が名刺の裏側に番号を書きつける。小さな名刺入れを下敷き代わりにしているので、ひどく書きにくそうだった。

「書いたら、インタフォンで事情を説明する。それから名刺を郵便受けに入れる」

「私がやるんですか？」

「君の名刺だろう？」

梓が唇をねじ曲げた。今にも泣き出しそうな様子だったが、それほどショックを受けることだろうか？　今日の彼女は、まだ致命的なダメージを受けてはいないはずである。脆弱《ぜいじゃく》過ぎるな、と心配になった。

「それぐらい、自分でやってみてくれ」

「……分かりました」不満——不安かもしれないが、表情を歪ませたまま、梓がマンションのホールに入って行った。身を屈めてインタフォンに話しかけ、向こうの声に耳を傾ける。私は敢えて、会話の内容を聞こうとは思わなかった。任せるといったら任せる。余計な手出しは無用だ。

やがて梓が、ホールから出て来た。名刺はまだ持っている。

「拒否されたのか？」大住の精神状態は不安定だ。

「いえ……郵便受けには、外から投函できるので」

「そうか」

梓がマンションの裏に回り、すぐに戻って来た。手から名刺は消えている。これで一安心……できたわけではない。大住の精神状態が気にかかる。夜中に突然電話がかかってくる可能性は低くないと考えた方がいいだろう。

それは注意しておかないと。彼女は目覚めがいい方だろうか、と心配になる。眠そうな声、不機嫌な態度が、人に悪い印象を与えることもあるのだから。もちろん、普通の精神状態にある人なら、夜中の二時に誰かに電話するようなことになったらまず詫《わ》びる。相手が寝ぼけていれば、自分のせいだと分かるものだ。だが、被害者家族は違う。どんな我がままを言っても、自分たちは悪くないと考えがちだ。それでいいのだと私は思う。何があっても自分の胸の内に抱えこんでしまうのが日本人の性癖であり、それ故ストレスが膨らむことになる。誰かに気持ちを吐き出し、時には悪者にすることで精神状態が安定するなら、自分たちがその役目を請け負えばいい。

皮肉屋の優里は、時折私たちの仕事を「ゴミ箱」と自称するのだが、間違ってはいない。そしてこのゴミ箱は、光っていなくてはいけないのだ。誰かがいつでも見つけ出し、頼れるように。

7

午後九時過ぎ、全体の打ち合わせを終えて、今日の仕事は終わりになった。さすがに疲労感を強く意識する。

「じゃあ、俺も引き上げるが」芦田が遠慮がちに言った。彼の自宅の最寄り駅は北総《ほくそう》線の新鎌《しんかま》ヶ谷《や》駅だ。霞ケ関からも一時間。これから帰ることを考えると、うんざりだろう。

「お疲れ様でした」

私が声をかけると、芦田が怪訝そうな表情を浮かべて足を止めた。

「まだ帰らないのか」

「一度、本庁に戻ります」

「もう遅いぞ」わざとらしく腕時計を見る。元々支援課は、残業や休日出勤の少ない部署なので、業務管理を心配しているのかもしれない。

「近いから大丈夫ですよ」警視庁の最寄り駅の一つである霞ケ関まで、自宅のある中《なか》目黒《めぐろ》からは日比谷《ひびや》線で十数分。電車内で本を読んでいる暇もなく着いてしまう。今から本部に寄って、あれこれ雑用を片づけ、それから帰宅しても十一時ぐらいだろう。後は寝るだけだし……と思ったところで、結局夕飯を摂り損ねてしまったことに気づく。まあ、いいか。家にも、何か食べるものぐらいあるだろう。そもそも今日は、食事のリズムは滅茶苦茶になっているのだし、一度夕食を抜いたぐらいで死にはしない。

「そろそろ出る？」優里が声をかけてきた。

「先に行ってくれ。俺はちょっと交通課に寄っていくから」

優里が眉を上げる。これは彼女なりの警告だ。

「喧嘩、売らないでよ」

「今まで一度も、そんなことをした記憶はないけど」

「あなたがそう思ってないだけで、言われた方は、喧嘩を売られたみたいに感じるのよ」

「度量の小さい連中が多いよな」私は肩をすくめた。「これは、被害者支援教育のいいチャンスなんだぜ」

「今回は、交通課もトラブルなくやってるじゃない。今のところ、指導することもないと思うけど」

「それにしても、念押しは大事なんでね」刑事たちの不用意な一言が、被害者家族を傷つけてしまうこともままある。その意識を変えてもらわなくてはいけないのだ。現段階では上手くいっているからといって、気が緩《ゆる》んで暴言――言った方が意識しなくても――を吐かれたら何にもならない。

「まあ……穏便《おんびん》にね」

「分かってる」

優里を見送ってしばらくしてから、私は腰を上げた。支援本部にはもう、梓をはじめ数人しか残っていない。

「今日はもう、帰れよ」私は彼女に声をかけた。

「ええ……」

「何か、ここでやることがあるのか？」

「いえ、特にないですけど……」梓が眼鏡を外し、拳を目に押し当てる。

「疲れたか」

「疲れました」素直に認める。「初めてだったので」

「最初は誰でもそうだよ」

「村野さんもですか？」

「俺？」私は自分の鼻を指差した。「俺はそうでもなかったな」

「どうしてですか？」眼鏡をかけ直し、首を傾げる。

「まあ、いろいろある……おいおい、話すよ」

「ここで話せないようなことなんですか？」

「積極的に話したくないだけだ。そうだ、もしも君が、支援課に異動願を出してくれたら、話してもいいな」

「それは……」梓の表情が強張る。「私には、支援課の仕事は無理じゃないかと思います」

「どうして」

「私、そんなに強くないですから」

「俺だってそうだよ。でも、普通に刑事の仕事をしていても、ショックを受けることはあるだろう？　それと何の違いがある？　それに、支援課の仕事は大事なんだ。誰かがやらなくちゃいけない——しかもエキスパートを育てていく必要がある。これからますます、支援課の役割は大事になってくるんだから」

「はあ」

はっきりしない返事だった。分からないでもないが……貴重な女性スタッフになるかもしれないと期待したのは、私の見当違いだったのだろうか。

だが考えてみれば、私もこの仕事に向いているかどうかは分からないのだ。資質、というか資格はあると思っているが、それと向き不向きはまた別の問題である——まだこれか、と自嘲気味に考える。実際に事件に遭遇し、被害者家族と向き合っていると、いつもこんな風に悩み始めてしまうのだ。俺でいいのか。被害者家族は納得してくれるのか。

「何もなければ早く帰った方がいい。もしも大住さんから電話があったら、俺にも必ず連絡してくれ」

「はい……お疲れ様でした」

気のない様子で梓が頭を下げる。今は何を言っても記憶に残らないだろうなと思い、私は無言でうなずきかけてから部屋を出た。

実質的な捜査本部は、一階の会議室に置かれていた。普段なら、交通課を使うところだろうが、あそこは一階のオープンスペースにあるので、報道陣に侵入されるのを嫌がったのだろう。

会議室のドアが細く開き、灯りが漏れてきていた。話し声も。それほど人数は多くないが、まだ仕事は終わっていないようだ。私は顔が入る隙間の分だけドアを開け、中を覗きこんだ。知った顔は……いた。本庁の交通捜査課の係長、酒井《さかい》。しかし、話しかけにくい雰囲気を漂わせている。昔ながらの角刈りの髪型に鋭い目つき。背広を着ていても、がっしりした上半身のシルエットが窺い知れる。普段から人を寄せつけない気配を発しているのだが、今夜は特に濃厚だった。腕組みをしたまま部屋の中央に立ち、周囲を睥睨《へいげい》している。苛立っているのは、未だに犯人の発見に至っていないからだろう。

思い切って部屋に足を踏み入れた。その瞬間、酒井がこちらを睨みつける。えらく敏感になっているな、と驚いたが、私は何とか平静を保って右手を上げた。酒井がうなずいたので、話す許可を得たと判断し、近づく。

「犯人は……」

「まだだ」短い否定。苛立ちに加えて怒りが滲み出た。「ちょっと煙草につき合え」

「まだ吸ってるんですか」しばらく前に禁煙したと聞いていたのだが。

「今日、再開した」

「残念でした」

「しょうがない。これだけの事件だから」

不機嫌に吐き捨て、酒井が大股で部屋を出て行った。私は彼の背中を追いながら、かすかな煙草の臭いを嗅いでいた。おそらく既に一箱を灰にし、二箱目も少なくなっているのではないだろうか。

喫煙場所は、庁舎の裏にある駐車場の一角に限られている。この時間でも、当直以外の署員が結構残っているようで、数人が煙草を吸っているために、駐車場の隅では紫煙が渦巻いていた。煙草を吸わない私にすれば、悪い環境だが……仕方がない。捜査の状況をできるだけ詳しく知るのが優先だ。

酒井が慌ただしく煙草に火を点けた。禁煙したと言っている割に、ライターは使いこんだジッポーである。私がそれをじっと見ているのに気づき、言い訳するように説明した。

「こいつは、デスクにしまっておいたんだよ」

「こういう時があるかもしれないと思って？」

「嫌な予感は当たるもんだな」酒井が寂しそうに笑った。「で？　何が知りたい」

「捜査状況を、被害者家族に説明しなくちゃいけません」

「残念ながら、話すことはあまりないんだ」酒井が深々と煙草を吸った。「状況は難しくない。暴走した車が歩道に突っこんだ、というだけだからな。ただし……」

「犯人が見つからない」

「そういうことだ」酒井が目を細めた。「それが一番の問題だ」

「ちょっと不思議なんですけど、もう指名手配して、捜索も強化していますよね？それに本人は、怪我している可能性が高い。未だに捕まらないのはおかしくないですか？」

「お前に言われなくても、おかしいのは分かってるよ」むっとした口調で言って、酒井が灰皿の縁で煙草を叩いた。

「立ち寄り先は……」

「もちろん、全部チェックしてる。親戚、実家、友人……今のところ、完全に行方不明だ。銀行やカードを使った形跡はない」

「携帯は？」

「電源を切ってるようだな」

時間の問題だろう、と私は自分を安心させようとした。少し知恵が回るなら、現代の人間はありとあらゆるところで「監視」されていることを知っている。携帯の電源を入れておけば、微弱電波で居場所を突き止められる。クレジットカードを使ったり、銀行から金を引き出したりすれば、それも証拠として残ってしまう。当面は手持ちの現金に頼って逃げるしかないはずで、それにも限界はあるだろう——しかも意外に近い限界が。クレジットカードや電子マネーの普及で、財布に入れておく現金の額は減っているはずである。仮に手持ちが一万円しかなければ、首都圏を離れてまで逃げるのは難しいし、その後何日も潜伏しているのはまず不可能だろう。いずれにせよ、どうしようもなくなって自分から出頭するか、炙《あぶ》り出されるに決まっている。

ただし……人間はカードを使わなければ生きていけないわけではない。身分を明かさなくても、手軽に現金を稼げる仕事はいくらでもあるのだ。ただし、泥沼にはまった人生になるのは目に見えているのだが。

「犯人の荒木って、どんな男なんですか？　仕事は？」

「アーバン・リゾートホテルって知ってるか？」

「ええ」リゾートと名はついているが、実態はビジネスホテルだ。都内よりも、地方都市の駅前で多数のホテルを展開しているはずである。

「そこの本社に勤めてる」

「車で出勤してたんですか？」都内のサラリーマンでは、これは珍しい。

「ああ」

「ずいぶん給料もいいんでしょうね」まるで長住のような言い草だと思いながら、つい皮肉を吐いてしまった。「豊洲のマンションに住んで、愛車はボルボですか……」

「独身なんだぜ？　稼いだ金は全部小遣い、というパターンだ。実際、給料も悪くないらしい」

「会社の方ではどう言ってるんですか？」

「どうって？」

「いや……どういう男なんですか、荒木は」

「そこまでは調べてない。ひき逃げ事件の捜査では、関係ないからな」

「そうですか」ちょっと手を抜き過ぎだ。これでは、被害者家族にきちんと説明できないではないか。身内を失った者は、その原因になった人間の人となりを知りたがるものなのに……クソ野郎だと分かれば、何の躊躇《ちゅうちょ》もなく憎める。そして時には憎しみが、回復の源にもなる。

「何か気にいらないみたいだな」

「そういうわけでもないですけどね」

「お前は……首を突っこむなよ」

「突っこんでませんけど」

「どうせ突っこむつもりだろう？」酒井が苦笑する。ルール違反だと分かっていても、私が聞くはずがない、と承知しているのだ。

「誰かを不快にさせるようなことはしませんよ」

「まあ……無理しないようにな。こっちの捜査の邪魔をしなければ、あとはお前の勝手だけど」

私は無言でうなずいた。何も捜査の邪魔をしようとは思っていない――結果がどうなるかはまた別の話だ。この辺りのことについては、現場の刑事たちといくら話し合っても結論が出ないことである。目指す結果は同じはずなのに、アプローチの方法が違い過ぎる。時にはまったく逆になり、互いの利益を侵すことにもなるのだ。

8

私が住む中目黒は、巨大ターミナル駅の渋谷からごく近い割には、基本的に静かな街である。昼から夜にかけてはひどく賑わうが、朝は静かで、落ち着いた住宅街の顔を見せる。住むには悪くない街だ――そう思うのは、自分が昼間いないせいかもしれないが。

最大の問題は、朝飯を食べる場所がないことだ。隣の代官山まで足を伸ばせば、美味い朝飯を食べさせる店が何軒かあるのだが、毎朝そこまで行って食事をしている暇はない。特に支援本部を抱えた今のような状況では。

しかし今日は、しっかり食べておかなくてはならない。結局昨夜も食事を抜いてしまい、明らかにエネルギー不足だったから。あまり気は進まなかったのだが、駅のすぐ側、線路脇にある牛丼屋に入って朝食を摂ることにする。こういう店が嫌いなのは、何となく落ち着かないからなのだが、それを言えばマクドナルドも同じである。本当に、朝食を専門に出してくれるような店が家の近くにあると助かるのだが……一つ期待しているのは、駅と私のマンションの中間地点辺りで、カフェを建設中ということだ。マンションの一階にできる予定のこのカフェは、張り紙による予告を見た限り、朝七時に店を開ける。ここを自宅の台所――ほとんど使っていないが――の延長にできれば、私の朝食生活は多少は豊かになるかもしれない。

量の多い朝食で生じた膨満感を抱えたまま、私は満員電車に乗りこんだ。何とかポジションを確保した瞬間、左膝に鈍い痛みが走る。雨が近いな……と分かった。この膝の痛みとも数年越しのつき合いになる。普段は何ともないのだが、低気圧が近づくと未だに痛みに悩まされる。足を引きずるほどではないにしても、関節の中で小人が小さなハンマーを振るっているような不快感が続くのが堪え難い。さすがに台風などになると、普通に歩くのもきつくなる。

しかし、意地でも休まない。休んだら負けになる。この痛みと折り合いをつけて生きていくのも、私が自分に課した義務なのだ。

江東署に着くと、梓は既に支援本部に入っていた。各紙の朝刊を広げ、昨日の事故の記事をスクラップしている。これは昨夜、私が指示しておいたことだ。こうやってスクラップブックを作り、支援本部に置いておくことで、支援員全員で情報を共有できる。もちろん、捜査の大筋は自分たち警察の方が詳しく知っているのだが、報道陣は家族や関係者に遠慮なく突っこんでいくので、こちらが知らない情報が載っていることもあるのだ。

各紙とも、社会面にぽっかり大きな穴が空いていた。夕刊段階では一面だったのが、朝刊になるとさすがに社会面に落ちたようだが、扱いの大きさは変わらない。それはそうだろう。五人もが犠牲になれば、家族から一言ずつコメントを取っても長い記事になる。こちらとしては、家族が話す気になったら止める権利はないわけで、辛い話が紙面に掲載されるのを防ぐ手段はない。

私は、テーブルに散らばった記事の一つを取り上げた。

子どもが孫が　朝の惨劇

どうしてこういう、嫌な見出しをつけるのだろう。ざっと目を通していくと、小学生の孫を失った祖父の話がトップに載っていた。初孫で、祖父母が大好き。誕生日などの記念日の度に、手書きのカードをくれた……小さな幸せは、これから先の人生で、悪夢の記憶と結びついて思い出されることになる。私は、昨日話した勝田の顔を思い出していた。娘を亡くした気分も、筆舌《ひつぜつ》に尽くし難いものがあるだろう。気丈に振る舞っていたから突っこんだ話はしなかったが、本当は彼にもケアが必要だ。

私は切り抜きをテーブルに戻し、「ちょっと出て来るから」と梓に声をかけた。

「大住さんのところですか？」

「いや」

梓が首を傾げた。その時私は、彼女の格好がこの仕事に適したものではない、と気づいた。気を遣っているのかもしれないが、黒のパンツスーツ姿なのだ。働く女性、しかも公務員としてはごく普通の格好なのだが、暗い服装を嫌う被害者家族もいる。喪服のように見えてしまうからだ。だから服装は、落ち着いたグレーや紺色に限る——この件は後で指摘しよう、と決めた。今さら着替えてこいとも言えないし。

「君は、ここで待機。大住さんから連絡があったら、きちんと対応してくれ。会いたいというなら、すぐに出向く。いいな？」

「はい」うなずいたが、不安気な顔つきだった。「村野さんは、どちらへ……」

「犯人――荒木が勤めていた会社に行って来る」

「何なんですか？　捜査の手伝いですか？」

「いや。この捜査は専門家がやってるから、俺が手を出したら邪魔になる」

「じゃあ……」

「荒木っていうのが、どういう男なのか知りたいんだ。大住さんや他の家族も、知りたがるかもしれないだろう」

「それは、交通課に聞けばいいんじゃないですか」

「刑事事件ならそれもありだと思う。でもこれは、あくまでひき逃げなんだ。交通課の連中も、荒木の立ち寄り先を調べるために交友関係の捜査はするだろうけど、それ以上のことはしないはずだ。犯人の人となりが浮かび上がってくるのは、実際に逮捕してからだけど、被害者家族はそれまで待てない」

「それも、支援課の仕事なんですか？」

「マニュアルには書いてないよ」私は、梓が傍らに置いたマニュアルを指差した。昨日に比べて、さらに付箋が増えている感じがする。もしかしたら、昨夜も夜遅くまで読みこんでいたのかもしれない。「俺が自分で判断してやってるだけだから」

「本来の業務からは外れている感じもしますけど」梓が首を捻った。

「支援課の『本来の業務』なんて決まってないんだ。そもそも、できてから二十年ぐらいしか経っていないんだから。新しいセクションは、どんどんやり方を変えていっていいんだ。たぶん他の課だって、発足してからしばらくは仕事の進め方が定まらなかったと思う。試行錯誤しながら、いい方法を見つければいいんじゃないかな」

「そう、ですかね……」相変わらず鈍い返事だった。

「じゃあとにかく、後は頼む。もしも厄介なことになったら、電話してくれ」

「あるいは、私に相談してくれれば」

突然優里の声が聞こえて、私は鼓動がかすかに跳ね上がるのを感じた。優里は背が高い割に動きが俊敏で、しかも常に足音を立てないよう意識している感じなのだ。気づかぬうちに後ろに立たれていたりして、驚かされることも多い。

「おはよう」優里が無表情に朝の挨拶をした。

「ああ」

「新聞の方、どう？」

「いつもの感じだな」

「こういう記事、いい加減やめればいいのに。書いた記者は人間ドラマだと思ってるかもしれないけど、そういう感覚は古いんじゃない？」

「新聞に指導はできないよ——家族に迷惑がかからない限りは、放っておくしかない」

「村野は甘いね——マスコミに対しても」

「結構厳しくやってるつもりだけど」

優里がうなずく。険しい表情だった。仕事一筋の、鬼の形相。学生時代からのつき合いで、しかも同期だからかなりの時間を一緒に過ごしてきたのに、私には彼女の母親としての顔が想像できない。そう、彼女には何度か驚かされたものである。結婚した、妊娠した、産まれたら双子だった——仕事中の厳しい態度を見る限り、家庭人としての優しい顔がまったく脳裏に浮かばない。そういえば、学生時代もプライベートな話はあまりしなかった。

「で、今日は？」

計画を説明した。優里は表情を変えずに聞いていたが、かすかに鼻に皺が寄ったので、懸念《けねん》しているのが分かった。

「やめておいた方がいいんじゃない？」

「その言い方は、積極的に引き止めてるわけじゃないよな？」

「私はあなたの上司じゃないから」

「同僚としては？」

「怪我をするのは、あなたの勝手だから」優里が肩をすくめる。

「仕事のやり方はどんどん変えていくよ」

「だったらまた、マニュアルを書き直さないとね」

私は、梓のマニュアルにちらりと目をやった。もちろん優里も、マニュアルを信用していないことは分かっている。私たちのように、支援課が長い人間にとっては、このマニュアルは一種の皮肉の的に過ぎないのだ。定期的に異動する管理職、そして所轄の支援員のためのものである。私や優里は、基本的にアドリブで動く。それで失敗したら、やり直せばいいだけだ。責めは自分一人が負うべきである。

「じゃあ、こっちは頼む」

「分かった」

優里がテーブルにコーヒーショップの袋を下ろす。あの大きさから見ると、最低でもカップが六つは入っているはずだ。朝が和食だったので、一つ失敬したくなったが我慢する。これから出勤してくる連中の目覚まし用に残しておこう。

きつい仕事をする時には、きちんと目を開けておかなければならないのだから。

誰かに話を聴こうとする時にも、様々な手がある。急ぐ話でなければ、きちんとアポを取る。特に、相手が警察に対して悪意を持っておらず、しかもきちんと資料を揃えてもらう必要があるような場合だ。一方、事件の関係者などに話を聴く時は、できるだけ事前に連絡せず、急襲するに限る。理想は、いきなり相手の職場や家を訪ねることだ。心の準備――嘘や適当な言い訳を用意する暇を与えないのが肝要である。

しかし支援課の仕事は、基本的にそれほど焦るものではない。私は今回、ハイブリッド方式でいくことにした。事前に電話はかけるが、会うのは電話を切ってから五分後だ。これなら向こうが準備をする暇もない。

アーバン・リゾートホテルを運営する「アーバンHD」の本社は、ゆりかもめの有《あり》明《あけ》駅前にあった。なるほど……東京では珍しく土地が余っているこの辺りでは、駐車場を確保するのも難しくはないのだろう。それで会社も、マイカー通勤を許可しているのかもしれない。しかし荒木の場合、車を使う必要があるとは思えなかった。豊洲から有明までは、ゆりかもめでわずか数分である。車で通勤していたのは、「見栄」

だったのだろうか。ボルボで見栄が張れるかどうかは分からないし、そもそも最近、そういう考え方は流行らないはずだが。

それにしても、この辺りも東京らしくないというか……ひたすら平らな埋め立て地に、突然高層ビルがいくつか出現しただけ、という感じだった。いつかこの辺も、ビルで埋め尽くされることがあるのだろうか。今は……わずかなビルの他には、ゆりかもめと湾岸道路しか存在しないように見える。

ふいに、多摩《たま》ニュータウンを思い出した。数十年前、希望に燃えた若い家族が大量に引っ越してきて生まれた新しい街は、今や高齢化が進み、不便な街に変わりつつある。豊洲や有明も、五十年後には老いた街に変わるだろう。やがては完全に取り壊され、まったく新しい街に変わる。

東京は、そんなことの繰り返しばかりだ。いいことか悪いことかは分からないが。

アーバンHD本社は、有明駅前のビルの五階と六階部分を占有している。他のフロアも全て埋まっているようで、一階のホールには各社の受付があった。そこには立ち寄らず、ホールの片隅でスマートフォンを取り出した。昨夜のうちに割り出しておいた荒木の所属先――「開発企画本部」に電話を入れる。誰に打《ぶ》ち当たるか……同僚や直属の上司が一番話が聴きやすいのだが、取り敢えず行き当たりばったりでいくことにした。何しろ、開発企画本部の構成がどうなっているかも分からないのだ。何百人もいるような部署だったら、話を聴くべき人間に行き当たるまでが大変である。

「開発部です」女性の涼しげな声が耳に飛びこむ。

「警視庁犯罪被害者支援課の村野と申します」

警視庁の名前が、女性を一瞬沈黙させた。まずいな……彼女は単に、鳴った電話の一番近くにいただけだろう。ここから、話をすべき人間にたどり着くのは、相当な手間がかかりそうだ——しかしその懸念は、すぐに覆《くつがえ》された。

「昨日の事件……荒木さんの関係でお話を伺いたいのですが、上司の方はいらっしゃいますか」

「私ですが」

おっと、女性の上司だったのか。ベテランというか、中年以上の男性を想像していたのは、我ながら先入観に囚われ過ぎだと思う。普段から「支援課にもっと女性を」と訴えているのが、単なるプロパガンダになってしまうではないか。

「ちょっと荒木さんのことでお話を聴かせてもらえませんか」

「はい、あの……警察に行かなくちゃいけないんでしょうか」

探るような口調は弱気で、案外若いのではないかと思わせた。荒木は四十二歳だが、それよりも年下かもしれない。

「それには及びません。今、下にいますので」

また短い沈黙。彼女が気味悪さを感じているのは容易に想像できる。突然訪ねて来た警察官に対して、堂々と対応できる人はまずいない。こちらとしてはそれが狙いでもあるのだが。

「お時間は取らせませんので。ちょっと会っていただけますか？」

「はい……でしたら、すぐに下に降りますので。そのまま待っていてもらえますか」

「分かりました」

目印が何かは、敢えて聞かなかった。見抜く自信はある。大抵慌てて、険しい表情を浮かべながら小走りに近づいて来るものだから。

五分後、一人の女性がエレベーターの方から小走りにやって来て、急ぐあまりゲートに引っかかってしまう。あれは膝を強打したな……痛みを予想して私は顔をしかめた。膝の痛みなら、嫌というほど知っている。首からぶら下げた社員証をもう一度ゲートに翳《かざ》すのを見た瞬間、私は電話で話した相手だと確信した。

荒木の上司である杉本綾子《すぎもとあやこ》は、小柄な梓と同じぐらいの身長で、明らかに荒木より年下に見える。童顔と言っていい顔つきで、三十代前半……もしかしたら二十代ではないか、と私は訝った。交換した名刺を確認すると、「アーバンＨＤ開発企画本部開発部長」の肩書きがある。

「部長さんですか」

「ええ」

確か荒木の肩書きは、「開発部主任」だった。どこの会社も同じような職制になっているわけではないだろうが、四十二歳で主任というのはどうなのだろう――私も三十五歳で本部では主任だが、これは警部補という階級とリンクしたものである。試験に通らなければ肩書きも重くならないのが警察の世界だが、民間企業はまったく事情が違うのではないだろうか。年功序列と業績で出世が決まる。年下の部長と四十二歳の主任がどういう関係なのか、私は野次馬的に興味を引かれた。

「上に会議室を用意しました」

硬い口調で言って、綾子がゲスト用のカードを差し出す。私は一礼して先に歩き出し、ゲートを抜けた。綾子は一歩遅れて付いて来る。いかにも乗り気でないのが見え見えだった。

五階に用意された会議室は、四人も入れば一杯になってしまう程度の広さで、息が詰まりそうだった。まだビル自体が真新しく清潔なのは救いだったが……窓から見えるのは道路と何もない駅前の広場ぐらいである。やはりあまりにも素っ気ない光景で、ここが「街」に育つには、長い時間がかかりそうな気がした。東京オリンピックが変化の切り札になるのだろうが、大きなイベントがきっかけで街が一変することには、どこか違和感を覚える。

向かい合って座ると、綾子が溜息をついた。ごく近くで正面から見ると、彼女がそれほど若くないことに気づく。目尻には細かく皺が寄っているし、肌もくすんでいた。

「昨日から、いろいろと大変だったでしょう」

「はい」

綾子が顔を上げる。細い目に、こちらを非難するような色が浮かんでいるのを私は見て取った。

「警察とマスコミと……何なんですか？　まるで会社が悪いみたいな扱いだったんですけど」

私は黙ってうなずいた。マスコミの連中は、突っこめるところにはどこへでも突っこむ。

「昨日、警察に聴かれたことと被るかもしれませんが、了解してもらえますか？」

「ええ……はい」

どうせ「嫌だ」と言っても無駄だろうと、既に諦めている様子だった。彼女の想像通りなのだが。警察としては、同じ話を別の人間が繰り返し聴くのは普通の手順なのだ。相手が替わると、忘れていた話を思い出したり、話に矛盾が出て嘘がばれたりする。

「荒木さんは、あなたの直属の部下なんですね？」

「そうです。三人いる主任の一人で、東北と関東を担当していました」

「と言いますと？」ホテル業界のことはほとんど分からない。ここは素直に確かめていこうと決めた。仕事のことなら彼女も話しやすいはずだし、それで気持ちが解れたら、徐々に厳しい方向に話を持っていけばいい。

「あ……開発企画本部というのは、ホテルの新規オープンを担当する部署なんです。要するに土地探しとマーケティング、最終的には地元との調整ですね」

「それなら、出張も多かったんですね」

「そうですね。平均して、月の三分の一は東京にいなかったと思います」

「荒木さんは、こちらの仕事が長かったんですか？」

「いえ、まだ五年ぐらいだと思います」

「その前は？」

「ホテル業界で、あちこちで仕事をしていたみたいです。実際にホテルの現場で働いたり。でも、裏方というか、こういう仕事の方が面白いと気づいたようですね」

「じゃあ、仕事ぶりは……」

「真面目でした」私の質問に被せるように綾子が言う。

「特に問題を起こしたことはないんですか？」

「ないですけど、それと事故とどういう関係があるんですか」綾子がいきなり食ってかかった。

「話の流れです」私はできるだけあっさり聞こえるようにと意識しながら言って、話題を変えた。「会社へは、車通勤が許されているんですね」

「ええ」

「荒木さんは、常時車だったんですか？」

「そうだと思います。駐車場の使用許可を出すのは総務の方なので、私は正確には知りませんが」

「何で車なんですかね？　豊洲から通うなら、ゆりかもめの方が便利でしょう」

「その辺の事情は分かりません」綾子が首を振る。「そういうことで、彼と話したことはありませんから」

「年上の部下は扱いにくくなかったですか？」

綾子が一瞬固まった。言葉の意味を捉《とら》えかねていたのかもしれないが、すぐに苦笑して「勘違いですね」と指摘した。

「勘違い？」

「私、四十四なんですけど」

「失礼しました」私は拳を固めてその中に咳《せき》をした。「お若く見えたものですから」

綾子が無言でうなずいたが、まんざらでもない表情になっていた。若く見られて喜ばない人間はいない。

「車の通勤は、いろいろ危ないですよね。東京のサラリーマンで、車通勤を許可されている人はあまりいないと思いますが」

「でも、この辺は田舎ですから」

「最先端の場所かと思いました」

「外を見ればお分かりでしょう？」

皮肉っぽく言って、綾子が窓に視線を向ける。私は再び咳払いをした。綾子の背筋が伸びる。

「昨日のことですが……遅刻しそうだったんではないですか」

「いえ」綾子が首を振る。「うちの始業時刻は九時半です。むしろ、早く家を出た感じかと思いますが……出張の予定が入っていたわけでもないですし」

「何か、早く出勤しなければならない理由でもあったんですか」

「特にこれという理由は……早めに出社して、仕事を片づけようとする社員はたくさんいますよ。夜に居残るより、効率がいいですから」

「いずれにせよ、出勤で慌てるような感じではなかったんですね？」

「そう思います……あの、昨日、事故の状況は……」

「車が暴走した感じです。よく、オートマ車でブレーキとアクセルを踏み間違えるミスを聞きますが、その程度のレベルではないようですけどね」

綾子の顔が蒼白くなった。両手をきつく握り合わせたのは、恐怖を抑えつけようとするためのようだった。うんざりして、疲れて、なお神経がむき出しになったようにぴりぴりしている。昨日からまったく仕事になっていないだろうと、私は同情した。

「私も現場を見ましたけど、マンションに真っ直ぐ突っこんでいった感じです。本人が無事なのは、奇跡ですね」

「無事なんでしょうか？」

「それは……怪我していないとは言えませんが、現場から立ち去ったのは間違いないですから、大怪我ではないはずです。会社の方には、連絡はないんですか？」

「一切ないです」

「社員の方へ、個人的に電話やメールをしてきたりということは？」

「それもないです。今朝の段階で確認しました。昨日、警察の方から言われまして……接触があったらすぐに教えて欲しいということでした」

「ええ」交通課の連中も馬鹿ではない。きちんと網は張っているのだ。

「連絡なんか、してくるんですかね」

「それは私には分かりませんが……荒木さんは、中途入社なんですね」

「そうです」

「社内に親しい友だちはいない？」

「親しいというか……普通だったと思います」

何をもって普通と言うかは分からないのだが、必ずしも孤立していたわけではなさそうだ。それならそれで、彼女もはっきり言うだろう。荒木は犯罪者である。車を暴走させ、五人を殺し、その場に止まらずに逃げ出した――極めて危険な、反社会的と言っていい犯罪である。会社としても庇いきれないだろうし、下手に庇えば会社の責任も問われかねない——しかし彼女から悪口が出てこないということは、荒木はごく普通の社員、少なくとも会社の同僚に不快な思いをさせるような人間ではなかったことが想像できる。

「荒木さんは、どんな人だったんですか」

「どんなと言われましても……仕事は普通にこなしていました」

「仕事のことよりも、むしろ人柄についてお聞きしたいんですが」

「マイペースな人、ですかね」

「マイペース」つい、繰り返してしまった。のんびりしたタイプ、ということだろうか。それなら、あんな事故を起こしそうにないものだが。「のんびりしていたということですか？」と確認する。

「あ、すみません。そういう意味ではなくて、ひたすら自分のペースを守りたいタイプ、ということです。仕事の進め方に関しても……あと、趣味の時間を大事にする人でしたね」

「どんな趣味ですか？」

「体を鍛《きた》えていました。週に三回、仕事が終わってからジムに通っていたようですけど、それが全ての基準で、出張や宴会の日程もそれに合わせる人でしたから」

私は思わず首を傾げた。私もジムに通う人間なので、トレーニングにはまってしまう心理は理解できる。しかし、普通のサラリーマンにとって、本来の業務をスポイルしたり、仲間とのつき合いよりも大事にするものとは思えない。ふと思いついて訊ねてみた。

「例えばボディビルにはまっていたとかですか？　あるいはパワーリフティングとか」

「パワーリフティング？」今度は綾子が首を傾げた。

「ウエイトリフティングと違って、ベンチプレスなんかで重さを競うんですが……」

「そういうことはないと思います。そこまで本格的に鍛えている人なら、服を着ていても分かるはずですよね？　彼はそこまでマッチョじゃありませんから。むしろ小柄で」

「なるほど」私は腕を組んだ。となると、筋トレ後の程よい疲労感を味わい、その後のビールを無二の楽しみにしているだけかもしれない。それだって、ジム通いの立派な理由にはなる。

「でも、ずいぶん入れこんでましたね。私もそれで、仕事の予定を変えられたことがありますから」

「上司なのに？」私は眉をひそめた。「ちょっと、一緒に仕事をしにくいところがある人なんです」

「何か……」綾子がもぞもぞと座り直した。

「部下なのに？」先ほどの疑問の言葉を変えただけだな、と思いながら、私はつい訊ねてしまった。「怖いタイプなんですか？」

「怖いというのは……暴力的とか、そういうのとは違うんですけど」

「何となく逆らえない感じですか？」

「そう、そうです」

綾子が身を乗り出す。引っかかったな、と思いながら、私は表情を変えないように唇を引き結んだ。綾子は明らかに、荒木に対して個人的な感情を抱いている――それもマイナスの感情を。荒木がどんなクソ野郎か知ったところで、捜査に影響が出るわけではないのだが、早い段階で丸裸にしてやりたかった。

「そういうタイプ、いますよね」私は話を合わせた。「目が怖いというか、何を考えているのか分からないタイプ」

「そうなんです」急に綾子の声のトーンが高くなった。「今までに何かトラブルを起こしたわけじゃないんですけど、特に女性社員の間では、ちょっと怖いっていう評判があって。少し強引なところもありますし……仕事に関してですけどね。相手を威圧して、強引に要求を呑ませるような感じなんです」

荒木に前科などがないことは分かっている。記録に残っているのは、十五年ほど前のスピード違反だけだ。警察的に見れば、ごく普通の市民、という感じである。本人は意識していなくても、何となく目つきが悪い人はいる。話してみれば、たいていは悪い人間ではないと分かるのだが、よく話をする社内の人間が「怖い」というのだから、実際に怖いタイプなのだろう。

それが事故に結びつくとは思えなかったが。

ぼんやりとした悪い印象を何とか具体的にしようと、私は頭の中で質問をこねくり回した。しかしそれは、鳴り出したスマートフォンの呼び出し音ですぐに邪魔された。舌打ちしそうになるのを何とか我慢しながら、「失礼」と言って着信を確認する。優里だった。間違いなく非常事態である。優里は、私が知る限り、最も記憶力・判断力に優れた警察官である上に、さりげなく気配りができる——すなわち、こちらが仕事をしている時には、よほどのことがない限り邪魔をしない。

「すみません、ちょっと出ないといけない電話です」

「大丈夫です」疲れた声で綾子が言った。

私は立ち上がって窓辺に立ち、優里の声に耳を傾けた。

「すぐ戻ってもらった方がいいと思う」

「どうした？」

「大住さんが暴れているから」

失踪

第二部

1

こういう時、普段の足にバイクがあればいいのに、とつくづく思う。都内では、バイクが最強の乗り物なのだ。渋滞をものともせず、確実に時間を読んで移動できる。しかし実際には、支援課の人間がバイクで動き回るわけにもいかず、ほとんどの場合は公共交通機関を利用することになる。今回は、またタクシーを奢《おご》らざるを得なかった。有明から豊洲まで出ても、江東署の近くまでの地下鉄の乗り換えがまた面倒臭い。

苛つく……タクシーで三十分走る間に、優里から何度か電話を受け、事態が沈静化しつつあることは分かっていたが、それでも実際に大住の顔を見るまでは安心できなかった。

芦田が確保した被害者家族用の部屋に押しこめられた大住は、私の顔を見てバツが悪そうな表情を浮かべ、ひょこりと頭を下げた。痛むのか、包帯が巻かれた右拳を左手で撫でている。優里と芦田がつき添っているので大丈夫だと判断し、私はトラブルの原因になったという梓を捜した。

梓は、署の二階にある刑事課に隔離されていた。既に状況を知っているのか、江東署の刑事課長が私の顔を見た瞬間に苦笑を浮かべる。私は「問題ない」と知らせるために無言で彼にうなずきかけ、自席で固まったように座っている梓の肩を軽く叩いた。梓が電流でも走ったように体を震わせ、慌てて立ち上がる。目がかすかに潤《うる》んでいるのを見て、私は彼女を今回の一件に加えたのは間違いだったかもしれない、と悔《く》いた。支援員には、何より冷静さと平常心が求められるのに……それに彼女の場合、ショックが尾を引き過ぎる。トラブルがあってから、少なくとも三十分以上は経っているのだ。もう少し落ち着いていてもらわないと。

私は上から下までざっと彼女を見下ろした。髪は乱れていたが、どこかを怪我しているわけでも、眼鏡が壊れているわけでもない。大住は「暴れた」だけで暴力沙汰にはならなかったのだな、とほっとした。そう言えば、大住もごく普通の様子ではあった——ただ申し訳なさそうにしているだけで。

「ちょっと出ようか」

言って刑事課を出ると、梓は黙ってついてきた。話をするのに適当な場所は……取調室というわけにはいくまい。かといって、外でお茶を飲んでいるような余裕もない。仕方なく、私は廊下の壁に背中を預けて、何があったのか説明するよう彼女に求めた。

つっかえながらの説明を聞いているうちに、事態が明らかになってきた。

私が出かけてしばらくして、大住は一人で署を訪ねて来た。荒木の行方を知りたがっていたので、梓が「捜索はまだ続行中」と簡単に説明すると、いきなり激昂《げきこう》した。「どうして人一人捜せないんだ」「警察は真面目に捜査してるのか」

生の怒りを正面から受けて、梓は平謝りするしかなかったという。しかし大住の怒りは一向に収まらず、終いには自分が座っていた折り畳み椅子を窓に投げつけた。そういうことか、と私は合点がいった。先ほど部屋に入った時にかすかな違和感を覚えていたのだが、あれは窓が割れたままになっていたせいだ。それにしても、あの部屋の下は駐車場である。停まっていた車は無事だったのかと、余計なことが心配になった。

普通なら逮捕である。警察署で備品と庁舎を破壊した——公務執行妨害など、罪状はいくらでもつけられる。実際、江東署の連中はいきりたち、「いくら何でもやり過ぎだ」と現行犯逮捕を考えたようだが、芦田と優里が何とか宥《なだ》めてくれたらしい。やはり、大住は正常な精神状態にないのだ、と。多少は「大目に見る」のも被害者対策の基本である。

「怪我はなかったんだな？」

「――はい」消え入りそうな声で梓が答える。

「それならいい。問題にはしないよ」少なくとも私は。

「でも……」梓が顔を上げた。案外近くに私がいたことに初めて気づいたように、慌てて一歩後ろに下がる。「私の責任です」

「どうして大住さんが怒ったか、分かるか？」

「それは、犯人が捕まらないから……」

「あとは君の対応だと思う。今聞いた話だと、君は彼の怒りを宥めようとして謝った。そうだね？」

「はい」

「それで彼はますます怒って、実力行使に出た」

「そう、です……でも私、どうするべきだったんですか？」

「マニュアルの冒頭、三か条の三つ目は？」何度同じことを言っただろう。もしかしたらこれは、三か条の一つ目に置くべき言葉なのかもしれない。

「時には沈黙を選ぶこと」梓が低い声で言った。

「そう――今回もそうすべきだった。相手が怒りを爆発させている時は、むやみに声をかけるべきじゃない。謝ったり、変に宥めたりしていると、その言葉が相手を刺激してしまうこともあるから」

「でも、黙ったままだと、収まりがつかないじゃないですか」

「そこは、経験として分かってもらわないと」私はうなずいた。「大住さんは、まだ精神的に不安定な状態にあるんだ。犯人が捕まるか、あるいはもう少し時間が経てば落ち着くと思うけど」

「でも私……それまで大住さんとつき合う自信がありません」

「自信なんか、俺もないよ」

さらりと言ったつもりだが、梓は驚いて大きく目を見開いた。ベテランが何を言うのか、と……確かに支援課で五年目ということは、この道ではもうベテランの部類に入る。何ぶんにも、歴史が浅い部署なのだ。

「ないから考える。相手を観察する。それで、その時々の対応を決めるんだ。でも、いつも上手くいくとは限らない。俺も被害者家族を怒らせたり泣かせたり、ずいぶん失敗した。それでも、毎回何とかしようと思わないと、いつまで経っても失敗を繰り返すからな」

「……はい」

「取り敢えず、大住さんとはちゃんと話しておこうか。謝る必要はないけどな」

「謝らないんだったら、何を話せばいいんですか」

「それこそ臨機応変でいこう。ま、心配いらないと思うよ。向こうが先に謝ってくると思うから。そうしたら、何も言わないで頭を下げるだけでいい」

ここまで教えてやらなくてもいいのだが、と私は苦笑した。それこそ、その場の状況を見て、本人が判断すればいい。

「行こう。こんなことで一々立ち止まっていられないからな」

梓がうなずき、深呼吸した。ようやく落ち着きを取り戻したようで、私もほっとする。いつの間に、こんなに面倒見がいい人間になってしまったのだろう。我ながら不思議だ。もしかしたらこの仕事のせいだろうか……支援課に来る前の私は、捜査一課の駆け出し刑事だった。その頃の目的はただ一つ、一秒でも早く犯人を挙げること。被害者の心情など、考えたこともなかった——いや、考えてはいた。とにかく早く犯人を逮捕すれば、被害者も溜飲《りゅういん》を下げるはずだ、と。しかし支援課に来て被害者やその家族と直に触れ合う仕事が多くなると、そういう直線的な考えでは誰も救えないと分かってきた。

ドアを開け、梓の背中を押して部屋に入らせる。依然として緊張した空気が満ちているものの、春の風が室内に爽やかに吹きこんでいるのが救いだった。

「先ほどは、すみませんでした」

立ち上がった大住が頭を下げる。向こうが先に謝ってくるのは、計算通りだった。前も、暴れた後に急に萎《しお》れたから。梓が体を強張らせたまま会釈する。これで全て丸く収まるはずだと思ったが、大住は意外なことを言い出した。

「申し訳ないんですけど、こちらの方……担当を外してもらうわけにはいかないですか」

梓が目に見えて緊張する。顎に力が入り、目が細まった。体の脇に垂らした手を拳に握る。

「それはできません」私は即座に言い切った。「支援担当は、基本的に最初からずっと同じ人間がつきます」

「そういう決まりなんですか？」大住は疑わしげだった。

「決まってはいませんが、その方がいい結果が出ると分かっていますので」

「そうは思えないけどな……」大住がゆっくりと腰を下ろした。少し汚れた右手の包帯を左手で撫でる。「いや、別に何が悪いってわけじゃないんだけど、相性ってものもあるでしょう」

「確かにあらゆる人間関係で、相性はありますね」私は具体論を一般論にすり替えた。「でも時間が経過すると、相手のことを理解できるようになるものです。彼女もきちんと対応しますから、どうか長い目で見てやってくれませんか」

「長い目って言われても」大住は戸惑いを隠せない様子だった。包帯から覗く右手の爪先を弄《いじ》りはじめたが、左手の人差し指の先に、昨日はなかった絆創膏《ばんそうこう》が張ってあるのに気づく。怪我でもしたのか、あるいは苛々して深爪でもしてしまったのか。

「途中で担当が替わると、また一から説明したり、面倒なことになると思います」

「ああ、それは……」照れたように大住が笑う。「確かに面倒臭いな」

「お願いします。私もできる限り、フォローしますので」

「……分かりました」

納得してもらえたのでほっとしたが、ふと梓を見ると、握り締めた拳を震わせているのが分かった。屈辱に必死に耐えている様子で、今にも外に飛び出してしまうのではないかと心配になったが、何とか堪えてくれた。

「残念ながら、現段階ではまだ容疑者の発見には至っていません」私は平静な声を保つよう努めながら言った。「時間の問題だとは思いますが、捜査の状況は逐一お知らせしますので」

「葬式なんですよ」大住がぽつりと言った。

「はい」

「明日の夜、通夜で、明後日が本葬です」

「了解しています。私どもも参列させていただきます」

「それまでに、犯人は見つからないですかね」

「保証はできません」安請け合いはしない。できない。

「そうですか……」大住が溜息をつく。「犯人、どんな奴なんですか」

「基本的には、普通のサラリーマンです。昨日は出勤途中だったようですね」

「車で出勤ですか……いいご身分ですね」

私はうなずかなかった。何も言わなかった。ただじっと、大住と目を合わせ続ける。被害者家族が犯人を憎むのは構わない。それが怒りのはけ口にもなるのだから。しかし支援員が、これに同調して犯人に対する罵詈雑言《ばりぞうごん》を吐いてはいけないのだ。悲しみはあくまで被害者家族のためのものであり、同調し過ぎるとけじめがつかなくなってしまう。

「あんな場所で事故を起こすような奴だから、当然クソ野郎なんでしょう？」大住はあくまで私に同意して欲しいようだった。

「確かにあそこは、事故は起こりにくい場所ですね。スクールゾーンですし、道幅も狭い。スピードを出せるような状況ではないと思います――しかし事故の原因については、容疑者を確保して調べてみないと何とも言えません」

「お願いします」大住がいきなり立ち上がる。勢いよく頭を下げると、さらに勢いをつけて顔を上げる。脂っ気のない髪がぱっと揺れた。「葬式で、何とか茉奈に報告したいんです。そうしないと……辛い……」

不意に涙がこぼれる。近くにいた芦田が立ち上がり、大住に一歩だけ近寄った。何かあればすぐに手を貸せる距離だが、触れようとはしない。私は助力に感謝して、芦田にうなずきかけた。

それにしても、大住は爆弾になりかねない。捜査に悪影響を与えることはないだろうが、他の被害者家族に対してはどうか。今のところは顔を合わせていないが、近いうちに集団セラピーなどで同席する可能性が高い。あるいは犯人が逮捕された後で、五人の被害者の家族が協力して民事訴訟を起こし、賠償を求めていくという展開も考えられる。そういう時に、他の家族を無用に煽《あお》るような態度を取ったら……そこまで心配するのは警察の仕事ではないのだが、私は不安を抑えることができなかった。

2

「荒木を目撃」という情報が入ってきたのは、その日の午後だった。現場に行くわけにはいかないが、私は交通捜査課の捜査本部に入りこみ、逐一情報を確認することにした。本部を仕切っている酒井は苦笑したが、黙認することにしてくれたようだった——というより、結局は状況を話してくれた。


「大山《おおやま》だ」

「大山って……」

「板橋《いたばし》の大山。駅の構内にある立ち食い蕎麦屋《そばや》で飯を食ってたそうだ。ちなみに天ぷら蕎麦だったらしい」

「ずいぶんはっきりした目撃情報ですね」

「写真もあるぞ」

「まさか」

「いや、本当だ」

酒井がテーブルにつき、ノートパソコンを開いた。立ち食い蕎麦のカウンターに肘をつき、何だか疲れた様子で蕎麦を持ち上げる中年男の顔が映っている。角度が妙な具合に斜めになっているのは、隠し撮りしたせいかもしれない。荒木の顔は免許証の写真で確認していたが、本人と見て間違いなさそうだ。

「誰が撮ったんですか」

「地元の高校生だ。部活帰りに蕎麦屋に寄って、たまたま見つけたらしい」

「お手柄じゃないですか」

「ただし、連絡がちょっと遅れてね」酒井が顔を歪める。「荒木だということはすぐに分かったみたいなんだが、どうしていいか分からなかったようなんだ。一一〇番通報しても信じてもらえるかどうか、不安だったんだろうな。直接話そうと思って交番を探したらしいんだが、あそこの交番、分かりにくいんだよ。駅前じゃなくて、ちょっと離れた線路沿いにある。しかも交番には人が不在で……」

「結局、所轄への直通電話で連絡を取った」

うなずき、酒井がパソコンを閉じた。煙草を取り出して一本引き抜いたが、すぐにパッケージに戻してしまう――ひどく名残惜《なごりお》しそうな表情で。

「最初、話が要領を得なかったようでね。それは仕方ないんだ」

「ひき逃げ容疑で指名手配された犯人が、大山駅構内の立ち食い蕎麦屋にいた——状況は簡単ですけど、興奮している状態で、分かりやすく説明するのは大変かもしれませんね」

「板橋中央署はすぐ近くなんだが、何ぶん場所が立ち食い蕎麦屋だからな……知ってるか？　立ち食い蕎麦屋の滞在時間は、平均で三分だそうだ」

確かに……そそくさと食事を終え、街の雑踏に紛れてしまえば、「蕎麦を食べていた」というのは単なる目撃証言になり、追跡の手がかりにはなり得ない。

「それで、その後の行方は？」

酒井が無言で首を横に振る。苛立ちのせいか、唇をきつく嚙み締めていた。

私は彼から離れ、ホワイトボードに張りつけられた板橋区の地図を眺めた。大山駅周辺は細かい道路が迷路のように入り組んだ住宅地だが、一旦そこを離れれば、どこへでも逃げられる。どこかでタクシーを摑まえ、環七へ、あるいは首都高にでも乗ってしまったら、追跡は困難になるだろう。タクシーの運転手というのは概して警察に協力的で、何か怪しいことがあればほとんどの人が通報してくれるのだが、乗せた客が指名手配犯だと気づくかどうかは分からない。

電話が鳴った。無意識のうちにそちらを見ると、若い刑事が受話器を取り上げたところだった。しばらく相手の声に無言で耳を傾けていたが、いきなり、「五十万？」と声を張り上げる。酒井が腕組みを解き、若い刑事の方へ近づいて行った。私も無言で彼の背中を追う。

「十三時二十分頃ですね？　場所はみずほ銀行大山支店のキャッシュコーナー……はい、カードで……防犯カメラの映像は確認できますか？　分かりました。すぐに伺いますので」

刑事が受話器を叩きつけるように電話を切った。酒井が「どうした」と嚙みつく。どうしたもこうしたもない。断片的な話の内容を聞いただけでも、明らかではないか――荒木が銀行のキャッシュコーナーで五十万円を下ろしたのだ。私は反射的に腕時計を見た。今は午後二時七分……通報まで四十分以上のタイムラグがあるが、これは仕方ないかもしれない。オンラインで金の流れは管理していても、銀行の方でもっと確実な確認が必要だったはずだ。

酒井の指示を待つまでもなく、部屋から刑事たちがばたばたと飛び出して行く。酒井は相変わらず苦虫を嚙み潰したような表情で、また腕組みをした。ホワイトボードの前に立ち、地図に指を走らせる。

「問題は、奴がいつから大山駅の近くにいたか、だな」

「この辺に何かあるんですか？　近くに知り合いが住んでいるとか？」

「いや……ノーマークだった」悔しそうに酒井が事実を認める。

「あちこちうろついているんでしょうね」

　荒木の行き場が少なそうなことは、これまでの情報から分かっていた。実家とは縁遠くなっており、友人も少ない。以前勤めていた会社の関係者、現在の同僚……人を張りつけられるところは、既に徹底してマークしている。荒木本人も、そういうことは予想しているだろう。だからばれるのを覚悟して、一か八か金を下ろし、逃走資金にしたに違いない。

　――と想像したところで、奇妙な違和感を覚えた。

「ちょっとおかしいですね」

「何が」酒井が苛ついた声で訊ねる。

「奴の行動が」

　何故「大山」という場所を選んだのかは分からないが、大慌てで金を下ろし、立ち去ったなら理解できる。どこかへ行く途中、こちらの目を混乱させるために、まったく縁のない街の銀行を使ったのかもしれない。だが、何故立ち食い蕎麦屋などに立ち寄ったのだろう。食事にかかる時間は数分だろうが、今の状況なら、それだけの時間のロスも怖がるはずだ。

自説を開陳すると、酒井がうなずく。「確かにな」と短く言って、ホワイトボードから離れ、私を見た。

「五十万円あったら、どれぐらい隠れていられると思う？」

「金のかからない田舎へ行けば、二ヵ月か三ヵ月ぐらいは」

「クソ。たった一人を見つけられないようじゃ、話にならない」

包囲網は狭まっているはずだが……今できるのは、駅の警戒だろう。いや、それには手がかかり過ぎるか。確か、都内の駅は七百以上あるはずだ。荒木は既に電車に乗って、東京を離れてしまっている可能性もある。

「失踪課にでも頼んだらどうですか」

「奴らには機動性はないぞ」

確かに……実際、失踪人捜査課の仕事は、逃げ回っている犯人を確保することではなく、基本的には家出人の捜索だ。しかし、人を捜し出すことにかけては、高いノウハウを持っている。

「知恵を借りるだけでもいいかもしれませんよ。個人的に知り合いもいますけど、どうしますか？」

「いや、連中の手は借りない」

私はうつむいて、苦笑を隠した。失踪課も、警視庁内では嫌われがちな部署である。家出人の捜索だけをしていればいいものを、しばしばそこからはみ出して余計な捜査をするからだ。他には、未解決事件の粗探しをする捜査一課の追跡捜査係、そして私たち支援課が、警視庁内の「三大嫌われ者」と言えるだろう。

「支援課は、いつまでこっちに入ってるんだ？」酒井が唐突に訊ねた。

「一段落するまで、としか言えませんね」

「荒木を確保するまでか」

「それが一つの目安です。犯人が逮捕されれば、被害者家族にとっても一つの区切りになりますから」

「えらくプレッシャーをかけてくれるな」酒井が苦笑する。「そういうことだから……」

「支援課は嫌われる？」

酒井は何も言わなかったが、本音は簡単に透けて見えた。酒井は、支援課の仕事に対しては理解がある方だが、それでも全面的に認めているわけではないだろう。多くの刑事が、「犯罪で泣く人を助けたい」と言う。それは紛れもない本音で、そもそもそういうプリミティブな正義感に乏しい人間は、警察官になどならない。しかし彼らのアプローチは、常に「犯人逮捕」なのだ。犯人が捕まりさえすれば、被害者の心の傷は癒されると思っている――以前の私のように。

昔はもう少し、余裕があった。犯人を逮捕した後も、個人的に被害者や被害者家族のフォローをする刑事はいた。しかし今は、一人の刑事にそこまで多くを求めるのは酷《こく》だ。犯罪は複雑多様化し、捜査に求められる労力も昔以上に重くなっている。しかも被疑者の人権問題なども絡み、とにかく気を遣うことが増えたのだ。それ故、どうしても被害者への気配りまで手が回らない――しかも「被疑者の人権」ばかりが声高に叫ばれ、「被害者の人権」が無視されがちになってきた状況を踏まえて新しく作られたのが支援課である。

私たちは基本的に刑事ではないから、事件の捜査をすることはない。時には捜査の流れをぶった切ることさえある。刑事たちが、捜査の都合で被害者の家族に負担を強いる――ショックの大きい事件直後や深夜の事情聴取など――のをやめさせたり、言葉遣いや態度をただすことも私たちの仕事なのだ。

しかし刑事たちにすれば、余計なお世話だろう。

この職場に移ってきて、私は我慢することを覚えた。自分たちの仕事には、基本的には二つの柱がある。一つは、日々の被害者支援。もう一つが現場の刑事たちの教育だ。教育のためには、まず腰を低くして、穏やかな声で刑事たちと話す必要がある——被害者に接する時と同じように。そうしないとあの連中は人の話など聞かないし、それさえ鬱陶《うっとう》しがられているのが現状だ。

「何かお手伝いできることがあれば……」

「支援課の手助けは受けないよ」酒井が真顔で言った。「そこまで困っていないし、お前も捜査のやり方なんか、忘れてるんじゃないか」

「そんなこともありませんけどね」忘れたのではなく、薄れたのは間違いないのだが……捜査一課を離れて、既に四年経っている。

ふいに、左膝に鋭い痛みを感じた。

「雨になるかもしれませんね」

「そんな予報じゃなかったぞ」

「古傷が痛みます」

刑事たちは、雨の中を走り回ることになるかもしれない。面倒な捜索に対して、同情を覚えた——刑事たちに対する同情も本物なのだ。

3

事件から三日後、大住茉奈の葬儀が終わった後で、私と優里は葬儀場の駐車場にぼんやりと立ち、引き上げる参列者たちを見守っていた。雨が透明なビニール傘を叩き、少し声を大きくしないと話ができない。しかも私は、鬱陶しい左膝の痛みを抱えていた。こいつと一生つき合っていくのかと考える度に、うんざりする。何か治療の方法はあるかもしれないが、四六時中痛むわけではないので、大抵は忘れているのだ。しかし今日は、ほとんど足を引きずる感じになってしまっている。間もなく梅雨——六月半ばからの一か月は、医者通いを真剣に考えることになるだろう。

「今日の午後、支援センターに行ってみようと思ってるんだけど」優里が言った。

「そうだな。そろそろ、中長期的なフォローの方法を考える時期かもしれない」依然として荒木の行方は分からず、被害者家族にとって事件は一段落していないのだが、支援課としてはいつまでも一つの事案にこだわり続けるわけにはいかないのだ。実際この事故が起きた後も、渋谷で女子大生が暴行される事件が起き、支援員の一部は引き上げてそちらのケアに回っている。

「西原《にしはら》に何か伝言は？」

「ない」

返事、早過ぎない？

「特に話すことがないから。だいたい、俺が話そうとしても嫌がられるよ」

「痛いところに触らないで逃げ回って……最近の若い連中みたいね」

「若い連中なんて言うのは、中年に足を踏み入れた証拠じゃないか？」

「実際、中年だし」優里の顔が皮肉に歪む。「とにかく西原と話してくる。彼女の知恵が必要だわ」

「任せるよ」

私はかすかな苛立ちを隠すために、わざと静かな口調で言った。優里が一瞬、私を見詰める。

「何か？」思わず訊ねてしまった。

「私があれこれ言うことじゃないと思うけど……」

「だったら、言わなくていいんじゃないかな」

何度も——何十回も繰り返されてきた会話。私の中ではとうに結論が出ていること
なのだが、優里は諦めない。私が本心を隠し、事実から逃げ回っていると信じてい

る。しかし優里も、ここでしつこく話すことではないと思ったようで、話を変えてきた。

「安藤の評価はどう？」

「安藤梓の頭文字を取って、ＡＡ《ダブルエー》レベルかな」

「何、それ」

「メジャーには程遠い」

「あなたの野球好きは知ってるけど、分かりにくい喩《たと》えね」優里が苦笑した。「つまり、まだ実戦には役立たないっていうこと？」

「マニュアルに頼り過ぎなんだよな。君が書いたマニュアルに文句をつけるわけじゃないけど」

　支援課には二十年近い歴史があるが、彼女はその半分ほどの期間、籍を置いている。マニュアルは課の発足当時からあるものだが、内容を精査し、今のスタイルに書き直した中心は彼女だ。ただし彼女自身、「こんなものはただの目安だから」といつも皮肉に言っている。

「若いからね……それに、普段やったことのない仕事だから、何か指針が必要なのは間違いないでしょう」

「それにしても、もう少し自分の頭で考えないと」

「だったら、見こみなし？」

「いや」私は傘を少しだけ後ろに倒した。景色が白くなるような強い雨の中、梓が小走りにこちらへ向かって来るのが見える。「一度教えたことはきちんとこなしている。覚えは悪くない」

「それなら、もう少し鍛えてあげて」

「それは、俺の給料のうちの仕事なのかな」

「当然。あなたももう、後進を指導する立場なんだから」

私は無言で肩をすくめた。傘が揺れてずれ、靴の爪先を雨が濡らす。今年は例年より梅雨入りが早いのかもしれない、と考え憂鬱《ゆううつ》になった。しばらく野球も観に行けないだろうし……私は昔から、アメリカ移住を比較的真剣に考えている。大リーグの試合を生で観戦しながら呑気に暮らす毎日——しかも向こうには、梅雨もない。乾いた気候のテキサス辺りなら、怪我の後遺症に悩まされることもないだろう。

「大住さんのご一家も出ました」息を弾ませながら、梓が短く報告する。

「様子は？」優里が訊ねた。

「はい、まだ……」

「落ちこんでいる？」

「そうですね」

　悪いことではない、と私は思った。大住の問題は、気持ちのアップダウンが激し過ぎることだ。自分の中で気持ちの整理ができていないのは当然だが、突然噴き出す怒りと、自分の殻に閉じこもってしまう落ちこみの繰り返しは、彼の精神状態に深刻なダメージを与えるだろう。いずれにせよ、そろそろ支援センターに助力を頼む時期ではある。向こうには向こうで専門家が揃っているし、長期的なフォローにも対応している。

「今日の午後、松木が支援センターと相談する。今後のフォローは、向こう中心で行うことになるから」

「はい」

　梓の顔に、わずかに赤みが差した。面倒な仕事から解放される、とほっとしているのだろう。彼女は今回の仕事から、何か学んでくれたのだろうか、と私は訝った。

「俺たちは、軽く打ち上げにしよう」

「分かりました」梓の表情が緩む。

「夕方、もう一度現場を見てみるから、それからだな」

「現場に何かあるんですか？」

「そういうわけじゃないけど」

私にすれば「けじめ」の儀式であった。支援課の仕事は、一つの案件に拘泥《こうでい》しない。早い時期に現場を離れてしまうことも多く、次々に新しい事案に取り組むので、一々打ち上げをしたりしない。しかし今回は、非常に大きく、難しい事案だった。一区切り、を自分に意識させる必要もある。

「あの辺——豊洲付近で、打ち上げができる場所、あるかな」まったくぴんとこない。他には食事できそうな店すらないのではないか……いや、駅前の古い建物が集まった一画なら、何かあるかもしれない。タワーマンションばかりが並ぶ街では異質の、昭和を感じさせる場所。

「どうですかね」梓が首を傾げた。「あの辺では食事したこともないですし、よく分かりません」

どうせなら、思い切り今の豊洲らしい場所——駅から歩いて五分ほどのところにある巨大なショッピングセンターにでもしようか。あそこなら、飲食店も一通り揃っているだろうし。どこへ行っても同じようなチェーン店で打ち上げをするのも味気ないものだが、一定の味は期待できる。

スマートフォンが鳴った。登録したばかりの「勝田」の名前が浮かんでいる。大住も含めた一家五人の中で、彼が一番しっかりしていて、警察とのパイプ役も果たしてくれている。実の娘、それに初孫を失ったばかりなのに、気丈な限りだ。しかし、このタイミングで電話とは……と私は不安になった。

「村野です」

「勝田です。どうもこの度はお世話になりまして……葬儀にまで出ていただいて、ありがとうございました」

「とんでもありません」

「もう戻られたんですか？」

「いや、まだ葬儀場にいます」

「あ、そうですか」勝田が安堵の吐息を漏らす。「少し、お話しさせていただいていいですか？」

「今、どこにいらっしゃいます？」

「ロビーにいます」

「すぐ行きます。こちらは駐車場にいますから」

「お待ちしております」

丁寧に言って勝田が電話を切った。声は落ち着いていたが、どうにも嫌な予感がする。私は梓に「行くぞ」と声をかけ、早足で歩き出した。わずかに足を引きずりながら……慌てて梓がついてくる。

建物の中に入って雨から遮断《しゃだん》され、少しだけほっとした。勝田がすぐに私たちを見つけ、丁寧に頭を下げる。何となく、喪服のサイズが合っていない——一回り大きな物を、どこかから借りてきたような感じだった。もしかしたら心労で、短い時間にやつれてしまったのかもしれないが。もともと、頬が削げて見えるほどシャープな顔立ちなので、判断しにくい。

「座りましょう」

私は近くのベンチに視線をやった。勝田が素直にうなずき、長いベンチの中央に腰を下ろす。私と梓は、彼を両脇から挟みこむ格好で座った。

「今回は、本当にお世話になって……何とお礼を申し上げていいか」勝田が頭を下げる。

「これが仕事ですから」

「村野さんたちがいてくれなかったら、もっと大変だったと思います。警察は、やはり相当厳しく調べるんですね」

胸が痛む言葉だ。捜査本部による大住への事情聴取には、必ず私か梓が同席したのだが、何度か「ちょっとペースを落としましょう」と割りこまざるを得なかった。あれだけの事件だから、担当者も勢いこむ。まるで詰問するように質問を連ねて、大住にダメージを与えてしまった。

「もう少し柔らかくやれればいいんですが、現場の捜査員も早く犯人を逮捕したいので必死なんです」私は思わず言い訳した。

捜査本部が必死になる理由は、荒木の行方が未だに分からないこと以外にもあった。現場にブレーキ痕《こん》が一切ないこと――様々な原因が考えられるが、「故意ではないか」と誰かが言い出したのだ。あまりにも躊躇《ためら》いがないが故に、誰かを殺すつもりでアクセルを床まで踏みこんだのではないか、と。そのため、荒木と被害者の関係を詳しく調べるべきだという意見が上がり、酒井は残された被害者家族への事情聴取を強化していたのだ。

私の目から見れば、明らかにやり過ぎだった。やはり、何かに慌ててブレーキとアクセルを踏み間違えたとしか考えられない。だいたい、人を殺すのに「車を突っこませる」手口は他に例がほとんどないのだ。それこそ、自分も大きなダメージを受けてしまう。殺人というより、一種の自殺ではないか。

「宏志君は、まだショックが抜けていないんです」勝田が真剣に訴えかけた。

「分かります」

今日の葬儀でも、大住はずっとすすり泣きを続けていた。人目もはばからず哀しみを吐露《とろ》する姿を、私はしっかりと脳裏に焼きつけた。目を逸らし、意識の外に押し出すこともできたのだが、少しでも彼の痛みを共有したいと思ったから。

「夜もほとんど眠れていないようですし、ちょっと心配なんですよ」

「ええ」

「私どもは、今夜のうちに家に戻ります。あちらのご両親はもう少し残るようですが、大変お疲れの様子で……」

「今後、民間の支援センターがフォローします」

「大丈夫なんですか？」

「もちろん、大丈夫です」私は請け合った。「向こうも、多くの案件を扱っていますから。あらゆるケースに慣れていますので、フォローの手段も万全です」

「そうですか……」

「もちろん、必要に応じて私どももお手伝いしますので」

「それなら安心ですね」自分に言い聞かせるように、勝田が言った。「それにしても、宏志君が心配なんです」

「ええ」

「彼は元々、繊細なところがありましてね。そこが人間的な魅力でもあるんですが、こういうことになると……」

「こんな事態に直面して、図太くいられる人はいません。大住さんの反応は、極めて普通ですよ」

「そうですか？」

「ええ。私は何度も、こういうケースを経験していますから、分かります」ただし大住の場合、感情の起伏が激し過ぎるが。落ち着くまでにはまだ時間がかかるだろう。

「犯人は、どうなんでしょうね」遠慮がちに勝田が切り出す。

「残念ですが、今のところはまだ……」

「銀行で五十万円を下ろしたという話でしたよね」

「ええ」

「それで、しばらくは逃げ回れるんでしょうね」

「いや、必ずどこかで尻尾を出しますよ」

「そうだといいんですが」勝田が溜息をついた。

「今日、もう一度大住さんに会ってみます」私は瞬時に予定を変更した。打ち上げの前に、顔を見ておきたい。

「そうですか？」

「これから大住さんの家に行かれますよね？　ご一緒します。もう一度大住さんと話して、様子を確認しておきたいので」

「分かりました」勝田が立ち上がる。「それでは、申し訳ありませんが……雨なので、タクシーを拾います」

「そうですね」

葬儀場から豊洲へ戻る車中では、私は無難な会話に徹することにした。勝田はこの春退職するまで教員で、最後は地元の県立高校の校長で辞めたと聞いていたので、当たり障《さわ》りのない学校の話を続ける。それでも勝田が、最近の子どもたちがいかに駄目なのか力説し始めたので、気まずい雰囲気になってしまったが。

大住の家に行くのは二度目だった。あとは、警察署などで会っただけである。最初に訪れた時、人がたくさんいたのにうすら寒い感じがしたのだが、その印象は今回も変わらない。本来いるべき人がいなくなってしまって、家の空間に大きな穴が空いたようだった。

大住は、ダイニングルームのテーブルに一人で向かっていた。目の前には大きなマグカップ。大住の両親たちは、リビングルームのソファに陣取って、どこか不安そうに大住を観察していた。

私は彼の向かいに座った。大住が、初めて気づいたように顔を上げる。誰が家に出入りしているかなど、気にしてもいないようだった。絶望、哀しみ、怒り——負の感情は人を変えてしまうのだと、私は改めて思い知った。初めて会った時の大住は、まだ十分若さが残っていたのだが、今は中年のような疲労感を漂わせている。私よりも年下なのに……髪に白い物が混じっているのに気づいた。若白髪なのか、心労でこうなってしまったのか。単なる若白髪だろう、と私は判断した。どんなにショックを受けても、人は一晩で髪が白くなることはない。右の拳を覆う包帯が少し小さめに、綺《き》麗《れい》になっているのだけが救いだった。骨折の手当てはきちんと受けているらしい。日常が戻りつつあるのか、と私は考えた。

「お疲れ様でした」

「いえ」大住がぽつりと答える。

私は、隣に座る梓にちらりと視線を投げた。事前に打ち合わせて、この場では彼女が喋ることになっている。梓がトートバッグから、支援センターのパンフレットを取り出した。遠慮がちにテーブルに置いたが、大住はちらりと視線を落としただけで、あらぬ方を向いてしまう。

「以前にもお話ししましたが、支援センターという民間の組織があります。私たちがやっている仕事に対応する公益社団法人なんですが、一度こちらに行ってみていただけませんか」梓が早口で説明する。必死に義務をこなしている感じだった。

「どうして？」大住が突然声を上げた。少し甲高い声で、苛立ちがくっきりと滲《にじ》み出る。「俺が要注意人物だから？」

「そんなことはありません」

「だったら、放っておいてくれませんかね。誰かに話を聞いてもらうような必要はないですから。自分で何とかしますから」

「相談内容の秘密は守られますし――」

「俺は病人じゃないんで」大住が声を荒らげた。「別に、必要ないです。自分で何とかします」

「大住さん、誰かに話すことで楽になるんですよ」

梓にしては頑張っている、と私は思った。全身が強張り、声も震えているが、ずっと大住の目を凝視し続けている。

「そうやって面倒を見てもらって喜ぶ人もいるかもしれないけど、俺には関係ないんで。放っておいてもらえますか」

「しかし、ですね――」

「しかしもクソもないんだよ！」大住が怒鳴った。声量は、静かな空気を震わせるほどだった。「仕事だか何だか知らないけど、ここへ入ってこないでくれないかな」

大住が、テーブルの上で左から右へさっと手を動かした。バリアを張るように……私にすれば、これも予想されたことだった。事件からの立ち直りの段階で、人は様々な感情を経験する。その中には「拒絶」もあるのだ。誰にも話を聞いて欲しくない。自分だけの殻に閉じこもりたい――それを選択するのは本人の自由であり、無理に止めることはできない。だがいずれは、そこから引っ張り出さなくてはならないのだ。自分の殻に閉じこもって外界を遮断しているうちに、外の世界はどんどん動いていく。意を決して表に出た時、軽い浦島太郎状態になってしまうことも珍しくないのだ。だからこういう状態で一番いい選択は、仕事をしている人間は、とにかく仕事だけは続けることである。何かをしている限り、負の感情は遮断されることが多い。

しかし今は、大住を無理に支援センターへ連れて行くことはできないようだ。基本的に支援センターは、「来る人を受け入れる」パターンが多い。だが、今回は……出張を頼むしかないだろう。

「また連絡させていただきます」梓が辛うじて言った。

「だから……連絡なんか必要ないです」

「仕事ですので」

「仕事だから、なんですね」大住が皮肉っぽい口調で言った。

やはり混乱している、と私は確信した。放っておいて欲しいのか、仕事の枠を超えて親身に接して欲しいのか……彼自身も分かっていないのではないだろうか。

4

数日間通い詰めた豊洲だが、私は未だにその雰囲気に慣れなかった。街全体があまりにも新しく、まるで漂白されたように清潔な印象しかないせいかもしれない。実際にはこの街は、関東大震災後のがれきの埋め立てで作られたので、かなり古い歴史があるのだが、そんな昔から存在していることが信じられなかった。まるで突然、型抜きされて生まれたようだ。

ゆりかもめの終点部分を横目に見ながら歩いた。レールは途中で叩き切られたようになっており、まだ「工事続行中」という感じである。延伸計画もあるそうだから、ここからまたレールをつなげていくのだろうが……この街自体が完成していないというか、まだ本格的な開発は緒《ちょ》に就いたばかりなのだと実感する。

夕方になって雨は上がったが、まだ街には湿気が漂っており、左膝の痛みは相変わらずである。「ららぽーと豊洲」までは駅から歩いて五分ほどなのだが、そのわずかな時間さえ面倒だった。これからしばらくは、医者通いを考えながら過ごす季節になる。

初めて入るららぽーとの巨大さには、愕然《がくぜん》とさせられた。別館と本館からなり、レストランは本館側に集中しているのだが、建物自体は、造船所、あるいは駅舎を思わせるような巨大さである。中は各階の長い回廊が吹き抜けを囲む構造で、長大なアーケード街を歩いているような気分になった。梓が事前に調べてくれていた店は、駅方面から見ると一番奥まった場所にあり、歩いているだけでうんざりしてしまう。夕方なので客が多く、飲食店には列ができているところもあって歩きにくかった。

梓が選んだ店は、海老《えび》を主体にしたシーフードが主力で、内装はいかにもアメリカっぽい作りになっていた。「フローリング」ではなく「板張り」という感じの床、高い天井に広い窓。私が店内に入って行くと、梓は窓際の席に既に陣取っていた。眺めはいい。ちょうど運河が見渡せる場所で、晴れた日の昼間なら、爽快な気分が味わえるだろう。今は既に暗く、窓の外は墨を流したように黒い。

広い店内はそれほど混んでいなかったが、メニューを見た瞬間に私は理由を理解した。高いのだ。豊洲の飲食店はファミリー層を主なターゲットにしているはずだが、ファミリーレストランとして考えると、図抜けて高い。まあ……いいか。今夜は奢ることになるのだが、美味い物を食べて少しでも梓の気持ちが上向くならそれでいい。味は期待できるだろう。だいたいこの値段で不味かったら、店はすぐに撤退しているはずだし。

先にビールを頼み、メニューの吟味にかかった。こういう店の場合、どうしたらいいのか……どうやらアメリカに本店がある店のようで、ウエイトレスが運ぶ皿を見た限り、料理は暴力的なボリュームがある。何か適当につまめるものを頼んで、最後に炭水化物で腹を膨らませる……というのが日本の平均的な宴会なのだが、この店で締めの炭水化物となると、ハンバーガーの類になってしまう。

「何か食べられないものは？」

「あ、何でも大丈夫です」

梓の声は少しだけ明るかった。昼間の仕事が終わっただけで、これほどほっとできるものなのか……彼女が受けていたプレッシャーの強さは、私にも容易に想像できたが。

メニューをひっくり返し、取り敢えず海老の料理を何品か頼むことにした。最後に何を食べるかは、腹具合と相談して決めよう。とてもデザートまで辿り着けそうになかったが。ビールが来たので乾杯し、軽く一口呑む。梓は大きなグラスをいきなり半分ほど空にした。「あまり呑まない」と言っていたのだが、相当ストレスが溜まっていたのだろう。

「今回の仕事はきつかったな」

「私、初期支援員から外してもらおうかと思います」梓が突然言い出した。

「どうして」

「どうしてって……やっぱりきついです」

「今回が——大住さんが特にきつかっただけだよ。ここまで大変なことは滅多にない。他の連中は、無難にこなしていた」

「だったら、途中で替えてもらってもよかったですね。大住さんだって、私のことが嫌いだったんだし」

「そうもいかないんだ」梓のいじけた言葉を聞きながら、私はビールを啜った。「これはトレーニングだから」

「トレーニング？」

「君、本当に支援課に来る気はないか？」

「まさか」梓が一言で否定した。「ずっとこんな仕事をするんですよね？　持たないと思います」

「俺はやってるよ」

「それは——」梓が声を張り上げたが、何を聞いていいか分からなくなってしまったようだ。しばし沈黙した後、「どうして耐えられるんですか」と訊ねる。

「仕事だからね」

「仕事だって、もっと楽な……それにやりがいのある仕事もあるでしょう」

「だったら、君にとってやりがいのある仕事は何だ？」

「普段の仕事はやりがいがあります。交番勤務から、やっと刑事課に上がったので……」

「刑事課を希望してたんだっけ？」前にも同じ質問をして、どこか気乗りしない返事を聞いた覚えがあるが、敢えてもう一度訊ねてみた。真意を知りたかったから。

「そう、ですね」

一瞬間が空いた返事を聞く限り、やはり積極的な希望ではなかったのだ、と判断する。いくつかある選択肢の中から、取り敢えず刑事課を選んだのだろう。こういう消極的な姿勢だと、本庁へは上がれないかもしれない。やる気の有無は、評価に直結する。

「きちんと捜査して、犯人を捕まえるのが警察の仕事だと思います」

「二十年前ならそれでよかった」

「今は駄目なんですか？」むっとした口調で梓が訊ねる。

「いや」私は首を横に振った。「犯人逮捕は大事な仕事だ。警察にとって、これ以上大事な仕事はないと言っていい。でも同時に、被害者や被害者家族に気を配らないと駄目なんだ。そういうフォローも、今では警察の大事な仕事なんだよ」

「何か、筋が違うような気もしますけど」

「そんなことはない」

「署内でも、今、肩身が狭いんです」

「どうして」

「刑事課本来の仕事から外れてますから。刑事課だって忙しいんですよ」

梓が肩をすくめる。今まで見せたことのない、皮肉っぽい仕草だった。少しアルコールが回って、本音がこぼれ出たのだろうか。

「私には分かりません……もう、外れてもいいですよね？　この事案を支援センターに引き渡すなら……」

「支援センターは忙しいんだ。うち以上に相談も殺到するしね。現場にいる君は、まだフォローしないと駄目だ」

「そう、ですか」梓が唇を噛んだ。ゆっくりと顔を上げ、「村野さんは、仕事なら耐えられるんですか？」

「それだけじゃないけどね」

「だったら……おいおい話すって言ってましたよね」

「説明するのが面倒なんだよな」私は顔の前で手を振った。「何だったら、松木に聞いてくれよ、松木優里に。あいつは全部事情を知ってるから」

「聞きました」

「で？」

「プライベートなことだから話せないって」

「別に話してくれてもいいのに。あいつとは腐れ縁だし」

「そうなんですか？」

「大学から一緒だから。示し合わせて警視庁に入ったわけじゃないけど」

「もしかしたら、つきあってたんですか？」

吹き出しそうになって、私は口元に運んだビールのグラスを慌てて遠ざけた。

「まさか」

「どうしてまさか、なんですか？」

「お互いにタイプじゃないんでね。彼女は年上の男にしか興味がないし、俺は身長百五十五センチ以下の女性しか眼中にない」

「何なんですか、その基準」

「君の身長は？」

「……百五十二センチですけど」

「おめでとう」私は笑みを浮かべてやった。「君もめでたく、俺のターゲットに入ったわけだ」

「やめて下さい」

梓の顔が赤くなった。照れているのではなく、怒りのためだろう。冗談が通じないタイプなのだな、と私は反省した。謝ろうかと思ったが、料理が次々に運ばれてきたので、そのタイミングを逸してしまった。

しばらく二人とも、食べるのに専念する。ポップコーン・シュリンプ……要するに小エビのフライだ。軽いが故にどんどん食べてしまうが、揚げ物なので、やはり口中が脂っこくなってくる。ビールを大量に吞むためのつまみだが、やはり日本人には重い。スタッフド・シュリンプ……カニの身を海老に詰めたもの。カニと海老の味が喧嘩してしまっている。しかもチーズがくどい。つけ合わせのライスは避けて食べた。フィッシュ・アンド・チップス。これも揚げ物プラス揚げ物の組み合わせで、途中から苦しくなってきた。炭水化物はいらないから、さっぱりしたドレッシングのサラダで仕上げるか、と考え始める。

しかし梓は、食べている間は上機嫌——というか不快な表情を見せなかった。こういう料理が好きかどうかは分からないが、食べることが好きなのははっきりしている。義務的に、エネルギー補給のためだけに食事する人間——例えば私——に比べれば、まだ扱いやすい。

最初の三品の皿が空になった時点で、私はほぼギブアップ状態になった。しかし梓は、遠慮なくメニューを取り上げ、次の料理を吟味し始めている。

「まだ食べるのか？」

「何か締めが欲しいんですけど……サンドウィッチとかどうですか？」

「……俺はもう、入らないな」

「半分——三分の一ぐらいでも食べてくれると助かるんですけど」

「だったら、頑張るか」

突っつき合いのような会話が続いた後だけに、こういう他愛もない話にほっとする。というより、梓の精神状態がそれほど悪化していないと確信してほっとした。食べることは全ての基本。食欲がある間は、人間は大丈夫なのだ。

梓はチキンサンドウィッチを頼んだ。これがチーズもたっぷり入ったこってりしたもので、しかもフライドポテトつきだった。滅茶苦茶な打ち上げになったな、と苦笑しながら、私はサンドウィッチを少しだけ食べた。さすがに梓も満腹になったようで、デザートはパスしてコーヒーを頼む。喉の入り口まで食べ物で一杯になった感じがしていたが、私もコーヒーだけは飲むことにした。

飲んでいるうちに、何とか膨満感は落ち着いてきた。窓の外を見やると、暗い水面がうねっているのが分かる。しばらく無言で、その光景に見入ってしまった。豊洲のタワーマンションに住む人は、こういう光景を毎日のように楽しんでいるわけか。それだけで何千万円も出すのは、私には理解できない考え方だったが。

「明日以降は、支援センターと連絡を取り合って、上手くやってくれ」

突き放すようだな、と意識しながら私は言った。途端に、梓の顔が暗くなる。アルコールの影響はまったくないようだった。

「自信、ないです」

「この仕事は、自信満々にはできないよ」

「それじゃ、辛くないですか」

「小さな幸せがあるから」

梓が首を捻る。眼鏡をかけていないと、ひどく幼い顔つきに見えた。

「被害者や被害者家族が事件のショックから立ち直って、元の生活を取り戻せる保証はない。むしろ、元通りにならない可能性の方が高い。でも、時間が経てば、少しずつ立ち直っていくんだ。そういうタイミングに立ち会える権利が、俺たちにはある」

「そういうのって、警察官の仕事じゃないみたいなんですけど」梓が唇を尖らせる。

「まさか。これも立派な警察官の仕事だよ。犯人を逮捕することだけが仕事じゃない」

「私には理解できません」

「理解してくれ」私は両手を広げた。「そして、支援課に来ることも本気で考えて欲しい。普通に考えれば、あと一年か二年で異動になるだろう？　でも……例えば本庁の捜査一課は、かなり高い壁だ。希望すれば誰でも行けるわけじゃない。だけど支援課は、いつでもウエルカムだ」

「別に一課じゃなくても……」梓はあくまで抵抗した。

「二課でも三課でも同じだよ。それに、刑事部の仕事では、自分がなくなるぞ？　いつの間にか、頼まれてもいないのに仕事に没頭して、プライベートな時間が消えるんだ。砂漠みたいな生活になるよ」

「そんなの、自分で何とかします」

「まあ、いいけど……案外上手くいかないよ。例えば捜査一課の男どもだけど、結婚している率、どれぐらいだと思う？」

「分かりません」梓は簡単には話に乗ってこなかった。

「ごく普通、らしい。でも、捜査一課に来る時点で独身、あるいは恋人がいない人間と限定すると、結婚できる確率は、極端に低くなる」

「別に結婚だけが全てじゃないと思いますけど」

「パートナーのいない人生は寂しいぞ」

「村野さんはどうなんですか」

まずいところに会話を持っていってしまったな、と私は悔いた。この件は話したくない。話す相手として、梓はそれほど適した相手ではないのだ――今はまだ。

「それも松木に聞いてみたら？」

「そんなこと、話していただけるとは思えないんですけど」

「相手が喋りたくないことを喋らせるのも、警察官に必要な技術の一つだよ。チャレンジだ、チャレンジ」

梓が唇を尖らせる。ひどく子どもっぽい仕草であり、何だか頼りなく見えた。

「君は？ 何か趣味はあるのか？」

「特に……ないですね」それを認めるのが、いかにも苦しそうだった。

「うちへくれば、仕事の他に打ちこむものも見つかると思う。刑事部よりは余裕があるから」

「何だか……そんなことでいいんですかね」

「仕事だけの人生なんか、つまらないだろう」

本当か、とでも言いたげに梓が目を見開く。四十代以上の警察官は鼻で笑うが、「ワークライフバランス」も大事なことである。実際今時は、警察官でもワーカホリックは珍しいのだ。梓も、お題目としてはそのように言われているかもしれない。しかし日々の仕事を通して、自分の時間を楽しむ暇などない、と実感しているだろう。

「村野さんには、自分だけの時間なんか、あるんですか」

「あるよ。支援課にきてなかったら、こんなことはできなかったと思う」

もっとも私にとって、「自分だけの時間」は「楽しみ」ではない。むしろ苦行《くぎょう》だ。ジムへ通うようになったのは、支援課へ異動したのとほぼ同時期だった。目的はリハビリ。膝を怪我した後、半年近く松葉杖の世話になって萎《な》えてしまった下半身の筋肉を鍛え直すためには、トレーニングが必須だったのだ。ランニングにはさすがに不安があり、有酸素運動としてはバイクのみ。あとは下半身中心に、筋力をキープするための筋トレを続けている。

その夜、いつも通うジムへ行ったのは、しばらく体を動かしていなかったのと、打ち上げでカロリーを取り過ぎたという反省からだった。運動してもすぐにカロリーが消費されるわけではないが、気持ちの問題である。食べたらすぐ動く——人生はシンプルであるべきだ。

軽く十分、自転車を漕いで汗を出し、それから筋トレに取りかかる。大腿四頭筋《だいたいしとうきん》を鍛えるスクワット、腿《もも》の裏側を鍛えるダンベル・レッグカールと、ゆっくりとこなしていく。筋肉を肥大させるのが目的ではないので、負荷は低くして、回数を多くする。全力を出し切るのではなく、ゆっくりと筋肉を伸ばしていく感じなのだが、それでも最後の頃は結構きつくなってくる。下半身が終わると、腹筋運動をスタイルを変えながら数セット、さらに軽くベンチプレスで終える。それから三十分、また自転車を漕いでトレーニングは終了だ。湿気が多いせいか、全身にびっしょり汗をかいたが、久しぶりの運動だったので、体が熱くなって心地好かった。幸い、こうやって動いた後は膝の痛みも感じない。要するに普段、運動不足なのだろう。

シャワーを終えてジムを出た瞬間に、スマートフォンが鳴り出す。また何か事件か——と焦ったが、旧知の設楽《したら》だったのでほっとする。

「何回か電話してたんだが」設楽が非難するように言った。

「すみません」気づかなかったのはまずいな、と反省する。設楽はせっかちな男で、携帯やメールにすぐに反応しないと苛つくのだ。もっとも今日は、それほど怒った様子ではなかったが。

「江東署の現場、撤収したそうだな」

「完全な撤収ではないですけどね。今日葬儀が終わったので、一つの区切りになりました」

「えらい事件やったな」大阪出身の設楽は、東京暮らしの方がはるかに長くなった今も、時々関西のイントネーションが出る。

「いや、いつもと同じですよ。こっちにとって、やることは変わりませんから」

「それならいいけどな……お前、大丈夫だったのか？」

「何がですか？」分かってはいたが、敢えて言ってみた。

「恍《とぼ》けるな」設楽の声が少しだけ尖る。「お前の精神状態は大丈夫か、という意味だ」

「段々図々しくなってきましたから。もう、支援課に四年もいるんですよ」

「なら、いいけどな」

私より十歳ほど年長の設楽は、何かと気を遣う男だ。私が支援課に行く筋道をつけてくれた人物でもある。本人は支援課とは関係なく、所轄と本部を行ったり来たりしているのだが……私が知り合った時は、所轄の刑事課で初期支援員をしていた。出世はほどほど、あまり期待されていないのは、これまでの経歴を見ればすぐに分かる。しかし私にすれば、他に類する存在がない大事な師匠なのだ。本人が照れやすい性質《たち》なので、面と向かってそんな風に言ったことは一度もないのだが。

「何にしろ、お疲れやったな。それで最近、彼女の方はどうなんだ？」

「どうもこうもないですよ」私は思わず苦笑した。ビルが建ち並ぶ山手《やまて》通りは、時折強い風が吹き抜ける。今も、少し冷えた風が首筋を叩き、私は思わず首をすくめてしまった。「今さらどうしようもないでしょう」

「そう思っているのは、本人たちだけじゃないのか」

「設楽さん、プライベートに首を突っこむのは、今時流行りませんよ」

「俺にとっては他人事じゃないんだ。身内の話みたいなものだから」

毎度のことながら、彼の言葉は胸に刺さる。しかも口先だけではなく、実際にあれこれとケアもしてくれるのだ。しかしこの問題については、私も譲るつもりはない。二人の——今となってはまったく関係のないそれぞれの人間の問題なのだ。他人が気を揉んでも、私たちの胸には届かない。

「じゃあ、汗をかいた後で体を冷やさないようにな。運動してたんだろう?」

「何で分かるんですか?」

「ジムへ行ってただろう? お前、仕事が一段落すると、すぐにジムへ行くからな。そんなこと、俺が分かってないと思ってたか?」

参った。全てお見通しということか……刑事としてはそれほど評価されていないかもしれないが、設楽は「人間」としてのポテンシャルが非常に高い人物である。記憶力、気遣い——刑事ではなく、サービス業についていた方が成功していたかもしれない。

そして私はまだ、とても彼の域には及ばない。

5

江東署に詰めている長住から電話がかかってきたのは、昼前だった。

「ああ、長住君……お疲れ様」

電話を取った優里が顔をしかめる。そろそろ昼食にしようかと立ち上がった私は、嫌な予感を覚えて再び椅子に腰を下ろした。

「行方不明？」

その一言だけで、異変を確信する。事件の関係者が行方不明になったのか？　だとしたら……大住以外に考えられない。しかし梓からの報告によると、彼は今日から仕事に復帰するはずだった。そして、ずっとつき添っていた両親も静岡へ帰る予定になっていた。

優里が私の顔をちらりと見る。私は少し声を張り上げて、「大住さんか？」と訊ねた。優里がうなずき、電話に戻る。

「それで、状況は？　九時に家を出て会社へ向かって……ご両親は十時過ぎに家を出たわけね？　それで、どうして行方不明だって分かったわけ？」

優里が無言で、手元のメモ用紙にペンを走らせる。私の方へ滑らせたので見ると、

「会社から両親に連絡」と殴り書きしてあった。

私は椅子の背に引っかけておいた背広を摑んで立ち上がった。大住が勤める東テレイベンツは浜松町にある。まず、会社側に事情を聴かないと。

部屋を飛び出そうとした瞬間、戻って来た課長の本橋とぶつかりそうになった。両手一杯に抱えた資料が落ちそうになり、本橋が慌ててバランスを取る。

「すみません」

「どうしました？」彼の丁寧で落ち着いた口調は、常に私の興奮を鎮《しず》める。

「大住宏志さんが行方不明という情報が入りました。江東署に詰めている長住からの連絡です」

「それは尋常ではないですね」本橋が目を細める。

「勤務先から家族に連絡があったようなので、取り敢えず勤務先に行ってみようかと思うんですが」

「まず電話して下さい」本橋が冷静な声で指示した。「会社は浜松町かどこかじゃなかったですか？　ここから三十分かかるでしょう。状況を把握するのが先決です」

もっともだ。未だに、何かあると熱くなって効率的なやり方を忘れてしまうのが私の悪い癖である。背広を着たまま椅子に座り、手帳を広げる。支援課の共用データベースには様々な資料が入っているのだが、今はそれを呼び出すのも面倒臭い。当面必要な情報は手帳に書きつけてある。

会社の電話番号を叩きこみ、受話器を耳に押し当てる。何か所かたらい回しにされた後で、ようやく大住の両親に電話を入れた人物を見つけ出した。大住の直属の上司に当たる、皆川《みながわ》。声は切迫して、焦りが感じられる。

「大住さんがいなくなったと聞きました」私は前置き抜きで切り出した。「どういう状況だったか、教えてもらえますか」

「今日から出社の予定だったんです」

「ええ」

「でも、出て来なくて」

「何時に出社予定だったんですか」

「十時です」

家を九時過ぎに出たとしたら、少し早い……久しぶりの会社だから、早目に行こうとしていたのかもしれないが。

「その時間に出て来なかったんですね」

「ええ。それで電話やメールを入れてみたんですけど、まったく連絡がつかなくて、ご両親に電話したんです」

「それが何時頃ですか？」

「十一時過ぎでした。ご両親は移動途中だったんですが、間違いなく家を出たという話で……今、途中から引き返して、大住の家に向かっているそうです」

「会社の方からは？」

「うちも人を出します」

嫌な予感がした。私は受話器を握り締め、釘を刺した。

「警察からも人を出しますから、部屋へ入るのは待ってもらえますか」

「それは、どういう……」皆川が唾を呑む音が聞こえたようだった。

「念のためです。いいですね？」

電話を切り、すぐに江東署に詰めている長住に電話をかける。

「ちょっと大住さんの家まで行ってくれないか？　会社の人とご両親が向かっているから、落ち合って部屋の中を確認してくれ」

「何なんですか、いったい」

「万が一の時には……」

「ああ、自殺ですか？」長住がさらりと言った。「どうですかね。わざわざ家に戻って自殺するかな」

「家は危険な場所なんだ」無責任な長住の喋り方に怒りを覚えながら、私は指摘した。「亡くなった奥さんとの想い出の場所だから」

「死に場所にはちょうどいいってことですか」

「頼むから、ご両親の前でそんなことを言うなよ」怒りを押し潰しながら受話器を固く握りしめる。長住は、いつまでも支援課に置いておいていい人間ではない。あまりにもデリカシーがなさ過ぎる。

「分かってますよ。じゃ、ちょっと行ってきます」

「ああ、待て。安藤はそこにいるか？」

「いますよ」

「一緒に行ってくれ。少し人手があった方がいい」

「何だったら、制服組の応援も要請しますか？」

「そこまでは必要ない」

電話を切り、優里に目配せした。彼女もすぐに立ち上がり、荷物をまとめる。

「どう思う?」

訊ねたが返事はなく、優里は肩をすくめるばかりだった。いつものことだが、彼女は推論をあまり口にしない。まるで推理することは、自分の仕事ではないと割り切っているように。それが分かっていながら訊ねてしまった自分の間抜けさ加減に腹が立つ。

並んで廊下を歩き出したところで、今度は彼女でも答えてくれそうな質問を思いついた。

「大住さんは、支援センターに行ったんだろうか」

「行ってないわ。ただし、センターの方から出向いた……西原が」

「大丈夫だったのか?」私は思わず目を細めた。

「あのマンション、完全バリアフリーだから。それに当然、他の支援員も一緒に行ったはずよ」

「それで、どうだって?」

「結果は聞いてない。取り敢えず、顔見せの訪問だったから。でも、本当にどうしようもない状態だったら、西原の方から連絡を入れてくるでしょうね」

実際には悪い状態だったのかもしれない。もしも本当に失踪したとしたら……私は最悪の事態も覚悟した。精神的に不安定になっている大住なら、自棄《やけ》になって何をしてもおかしくない。

「家に戻ってる可能性、本当に高いと思う？」優里が訊ねた。

「もしも自殺するつもりならば」自分で言っておきながら、自殺という言葉が棘のように私の頭に刺さった。

「自殺じゃなければ？」

「家には戻ってないだろうな」

優里がかすかにうなずく気配が感じられた。「とにかく行ってみましょう」と言って、歩くスピードを上げる。

普段、背の高い優里が本気を出して歩き始めると、私でもついて行くのに苦労する。だが今日の私は、あっさり彼女を追い越してしまった。それだけ気持ちが焦っていた。


部屋は無人だった。

私たちが到着した時には、皆川たち会社の人間、大住の両親、それに長住と梓が既に部屋に入っていたのだが、一様に困ったような表情を浮かべていた。いるべき人間がいないから――私は改めて皆川に事情を聴いた。

「昨日、電話がかかってきたんです」

「そうなんですか？」

「明日出社するので、何か用意しておくものはあるか、と」

「どんな様子でした？」

「電話で話した限りでは、普通でした。当たり前に仕事に復帰する感じで……もう少し休んでもいいと言った時だけは、必ず出社すると言い張りましたけどね。ちょっとむきになってる感じでした」

仕事に、自分のアイデンティティを託すつもりだったのかもしれない――少なくとも昨日の段階では。いったいいつ、気が変わったのだろう。

「こういう時……忌引きはどれぐらい取れるんですか」

「配偶者の場合は一週間ですけど、今回は場合が場合ですからね。有休も余ってるんで、組み合わせてもう少し休んでもらってもよかったんですよ」

「でも本人は、出社すると言い張ったんですね」

「ええ……やめさせておけばよかったですかね」

「あなたの責任じゃありません」

皆川を慰めてから、私は梓の腕を引いてリビングルームの窓に寄った。ここからは、豊洲ならではの「水」は見えない。ということは、豊洲のマンションの中でも景観を売りにしている部屋ではないわけだ。代わりに見えるのは事故現場……毎朝、カーテンを開ける度に、遠くに事故現場を望むのは耐えられないことだったのではないだろうか。そういう日々が、彼の精神状態をさらに悪化させたのかもしれない。二十四時間フォローすることは不可能だし、毎日のように面談を求めたら鬱陶しがられただろうが、もっと上手い手はなかったのかと悔いる。

「最近、大住さんにはいつ会った？」

「あの日……葬儀の後以来会ってません。昨日、電話では話しましたけど」

「会っておくべきだったな」

「でも、会う理由がなかったんですよ」言い訳するように梓が言った。

「それぐらいは考えてくれ」つい非難するような口調になってしまって、私は口を閉ざした。この世代……二十代の刑事たちの扱いは難しい。あまりにも傷つきやす過ぎるのだ。

「すみません」しおれた様子で梓が唇を嚙んだ。

「とにかく、探さないと」

「私たちが、ですか？」梓がはっと顔を上げた。

「ちょっと、村野さん」私たちの会話を聞きつけたのか、長住が割って入って来た。呆れたような表情を浮かべている。「それ、うちの仕事じゃないでしょう。所轄に任せておけばいいじゃないですか」

私は唇の前で人差し指を立てた。途端に長住が口をつぐむ。さすがに、家族や会社関係者がいる前で言うことではないと察したのだろう。

「これは俺たちの責任だ」

「考え過ぎですよ」小声で悪態をつくように長住が言った。

「お前にやれとは言ってない。俺がやる」

「そんなの、許可が下りるとは思えませんけどね」

「下りなければ、有休を取ってでも探すよ」

次第に、売り言葉に買い言葉になってきた。こんなことをしている場合ではない……リビングルームの片隅に固まっている大住の両親と皆川の方に目を向けると、この中で唯一冷静な人間——優里が既に話を聴き始めていた。私はすぐに、彼女に合流した。

「——今朝は、どんな感じでした？」

「普通です。今日はやっと朝ごはんを食べてくれて」小柄な母親が消え入りそうな声で言った。既に涙で声が震えている。

「出かける時、どんな様子でしたか」優里の声は平板で、感情の揺れを一切感じさせない。

「そんなに元気なわけではないですけど、普通に」今度は父親が答える。「久しぶりに会社へ行くので、荷物は多かったですけど。バッグを二つ、持ってました」

「二つ？」優里がすっと顔を上げた。疑わしげな表情を浮かべている。

「ええ。普通のブリーフケースと、ずいぶん大きな、旅行で使うようなバッグを」

「スーツケースじゃないですよね？」

「そこまで大きくないですけど……大きいボストンバッグですか？　そんな感じです」

私は、一度だけ入ったことのある寝室のドアを開けた。二つ並んだベッドは綺麗に整えられ、クローゼットの扉は閉まっている。まず、クローゼットの中を確認した。長辺と短辺にバーがかかり、長い方には女性物の服、短い方には大住のスーツなどがかかっている。スーツは夏物が三着ほど、ほかにジャケットやパンツ……バーの幅一杯にかかっており、ここから服を引っ張り出していったかどうかは分からない。

次いでチェストを確認した。上に小さな引き出しが四つ、下に幅一杯の引き出しが四段並んでいるタイプだった。引き出しを次々に開けて行く。夫用、妻用と分かれていたようで……男物の下着が入った引き出しに隙間が多い。いかにも何枚か出したように。長い引き出しの方も、一段だけ隙間が目立つ。他の、女性用らしい引き出しは一杯だった。

不安そうに家探しの様子を見守る大住の母親に訊ねた。

「茉奈さんの衣類は、処分していないですよね」

「ええ、まだです」

「ちょっとこちらの引き出しを見て下さい。大住さんの服だと思いますけど、少なくないですか？」

母親が、引き出しを覗きこんだ。

「少ない……かもしれません」

「間違いないですか？」

「私が洗濯してここにしまった時は、一杯だったんですけど」

やはり逃げ出したのだ。いや、逃げ出したとは考えたくない。大住は、人間が耐えられる限界まで傷ついているはずである。仕事に復帰して、何とか日常を取り戻そうとしたのかもしれないが、やはりそれは早過ぎたのだろう。気持ちの整理をつけるために旅に出た――それは不自然ではない。

「そう言えば、車はどうなってますか？」

「いや、それは……」母親が首を振る。

私は部屋を出て、一階にある管理室を訪ねた。このマンションの駐車場は地下にあり、機械式になっているので、車があるかないかは管理室で分かるはずだ。管理人に確認すると、今日の午前九時過ぎに、大住が車を出しているのが分かった。

頭の中で時間軸を遡《さかのぼ》る。大住は九時前に部屋を出ているので、そのまま地下の駐車場に下りて車で出かけた感じだろうか。もしかしたら、車で出勤しようとして、途中で事故に遭った？　その可能性も考慮しなければならない。これは、交通部の方に確認すればすぐに分かるのだが……他にやらなければならないことがたくさんある。車を探すなら、高速道路の通過記録やNシステムを利用しなければならないが、そもそもそれをやることが必要――できるのか？　大住は犯罪に関係したわけでも、家出人として捜索願が出されたわけでもない。警察も、好き勝手には動けないのだ。急いで部屋に戻り、大住の両親に相談する。

「家出、かもしれません。捜索願を出してもらえませんか？」

「捜索願、ですか……」父親の顔が曇った。「それは大変なことじゃないんですか」

「捜すための理由が必要なんです。我々も、勝手には動けませんから」

「……分かりました」

父親の複雑な表情が気になる。これまで何度か話して、非常に遠慮がちな人だ、という印象を私は受けていた。田舎の人によく見られる、「誰かに迷惑をかけてはいけない」という性格が窺える。今回の事件に関しても、全面的な被害者の家族という立場なのに、どこか申し訳なさそうな態度を崩さなかった。この上息子のことで、警察の世話になってはいけない、と躊躇《ためら》っているのだろう。

「お手数おかけしますが、所轄へ行っていただきます。そこで、必要な書類を作ってもらうことになりますので」私は梓に目配せした。「こちらの安藤がお供します」

「はあ……でも、まだ早いんじゃないですか」

「もしも息子さんが出て来たら、それはそれでいいじゃないですか。ちょっと警察がばたばたしただけですから」

「あの、息子は……」母親が震える声で訊ねた。「大丈夫なんでしょうか。やっぱり、ショックを受けていて……」

「ショックを受けるのは当然です。それが普通の人間の反応です」

「だから、心配で……大丈夫なんでしょうか」

大丈夫です、とは言えない。安請け合いは、時に人の希望を叩き潰してしまうから。私はうなずくにとどめ、一同を促して部屋を出た。両親を梓に任せ、皆川を送り出し、ロビーに残った三人で相談する。

「別に、放っておいてもいいんじゃないですか」長住がどこか白けた口調で言った。

「そういうわけにはいかない」

「だけど、ここまでやったら、後は警察の仕事じゃないでしょう。切りがないですよ」長住が肩をすくめる。

「この仕事には、もともと切れ目なんかないんだよ」

「ま……村野さんがやるっていうなら、俺はどうこう言えませんけどね。だけど、大住さんがショックを受けるのも分かりますよ。さっさと犯人を捕まえていれば、少しは溜飲も下がったのに。どうせなら、俺たちもそっちを手伝った方がよかったんじゃないですか」

「それは支援課の仕事じゃない」

「はいはい」呆れたように長住が言った。「じゃ、俺は江東署に戻りますから。他の被害者家族のこともありますからね」

長住が、いかにもだるそうにだらだらと歩いてマンションを出て行った。優里が舌打ちして、ガラス越しにその背中を睨《にら》みつける。

「黙ってればいいのに」

「いや、あいつの言うことにも一理ある。荒木が逮捕されていれば、こういう状況にはならなかったんじゃないかな」

「長住を庇うわけ？」

「単なる事実だ」

「まったく……」優里が肩を上下させる。「それで、どうするの？」

「君は支援課に戻って、課長と相談して手配を決めてくれ。車が見つかれば何とかなると思うけど」

「まずは、高速道路とNシステムね」私が考えていたのと同じ方法を口にする。実際には、それだけチェックしていれば車を発見できるものでもないのだが。

「ああ。俺は、大住さんの伝を辿ってみる。家族以外にも、相談したり愚痴をこぼしたりしている相手はいるはずだ」

「きつい状況だと思うわよ」優里が言うと、事態の切迫感が伝わってくる。「こんなこと言いたくないけど、やっぱり後追い自殺の可能性も考えなくちゃいけない」

「分かってる……俺たちは状況的には、初回にいきなり五点を献上したピッチャーみたいなものだな」

「五点リードされても、まだ試合は始まったばかりでしょう……」

「ああ」それに初回に何点取られてもコールドゲームにはならない。そもそもプロにはそういうルールはないのだ。

そして、私たちはプロだ。

「それと、捜索を始める前に、西原に会いに行って」優里が淡々と言った。

「どうして」

「彼女、大住さんと面会してるのよ？　どういう話をしたかは知らないけど、私たちとは違った視点で大住さんを観察していたはずだから。彼女の意見なら参考になるはずよ」

「君が行けばいいじゃないか」

「私は、支援課で追跡の手順を考えるから。そう指示したのはあなたでしょう？」

言い返す隙もない。初回に五点リードされたような気分だったのが、さらに攻めたてられ、ノーアウト満塁で相手チームの四番打者を迎えたような切迫感を覚えた。

6

公益社団法人東京被害者支援センターの本部は、新宿にある。その仕事は犯罪被害者や家族に対する支援活動で、私たちと対応する。違いといえば、警察が発生直後に初動を担当するのに対し、中長期的なケアも視野に据えていることだろうか。いずれにせよ密接な関係を保っており、専務理事兼事務局長には、警視庁ＯＢが就くのが慣例になっている。

極めて重要な役割を担当するのだが、残念なことに場所はよくない――防災面で問題がありそうな、古いビルの二階だ。スタッフが詰める事務室と会議室、相談室などからなる簡素で事務的なスペースを訪れる度に、私は寒々とした気分になる。古いから、というだけではない。ここに、多くの人の哀しみが積もっているのを知っているためだ。

もう一つ、ここへ来ると西原愛《あい》に会う可能性が高いからでもある。

受付カウンターの外から挨拶すると、その場にいるスタッフが明るい表情で挨拶を返してくれる。多くのスタッフとは顔見知りだし、深刻な問題について、遠慮なく意見をぶつけ合うことも多い。立場は違えど、目的を同じくする同志だ。

愛が自席を離れ、車椅子を動かして、事務室の外へ出て来る。相談室に向かったので、空いている部屋で話をするつもりなのだと分かった。私は一足先に相談室の前に立ち、ドアを開けてやった。一瞬、愛が不機嫌そうな表情を浮かべる。あなたにやってもらわなくても、自分でできるんだけど――しかし実際には、小柄な彼女が車椅子に乗ったままドアノブを回すのは、結構面倒なのだ。この建物は古いので、バリアフリーという考えが一切ないし。

相談室は素っ気ない部屋だが、不愛想とまではいかない。スタッフが気を遣って、精一杯温かい雰囲気にしようとしているのは、私にもよく分かる。長いソファが向かい合って二脚。それに挟まれてテーブルがあるが、いずれも柔らかいデザインとクリーム色を中心にした色使いで、役所っぽい雰囲気を排している――少なくともその努力をしている。窓には常に――私が記憶している限り――ブラインドが下ろされており、きつい直射日光を遮断する。壁には二枚の絵がかかり、加湿器が常時稼働している。床には分厚い絨毯《じゅうたん》が敷き詰められ、歩いても音がしない。

一つだけ、この部屋の目的を明確に感じさせるのは、テーブルに載ったティッシュペーパーの箱である。涙が落とされる場所であることを、どうしても意識してしまう。

車椅子に乗った愛は、ソファが置かれていないテーブルの一角に陣取った。私は彼女の斜め向かいの位置に座ったが、車椅子の方が少し座高が高いので、見下ろされる格好になる。この感じには、未だに慣れなかった。愛は私より二十センチ以上背が低く、昔は彼女の頭の天辺が私の顎の下にあるのが普通だったから。

しばらく——たぶん半年以上会っていなかった。私の方では、よほどの用がない限り彼女と会うのを避けているし、愛はまったく連絡を寄越さない——少なくとも私的な用件では。そして今、私たちの間には私的な用件は一切ない。

「大住宏志さんの件だ」

「松木から聞いたわ」愛が素っ気ない口調で言った。大学の同級生の優里と愛は、今でも互いを苗字で呼び合う。「ヘマしたわね」

「分かってる。警察としてフォローが足りなかった」

「で？　手がかりは？」

「今のところ、ない。手配はしてるけど、ちょっと時間がかかるかもしれない」言い訳めいているな、と思いながら、私は状況を説明した。まず、捜索願を出してもらうところから始めなければならず……。

「警察はだいたい、後手に回るわね」愛の批判は止まらない。

「ああ。またシステムの見直しをしないといけないな」経験から、喧嘩しても勝てるわけがないのは分かっていたので、私は素直に認めた。

「他の部署がきちんとフォローしてくれないからでしょう」

「それは言い訳にならない」

「でも、支援課の人数で、全部の事件をフォローするのは不可能でしょうね」

私は無言でうなずいた。支援課の実働部隊は三十人弱……都内で発生する交通事故や犯罪の数を考えると、とてもこれだけの人数ではカバーしきれない。各所轄に初期支援員がいるし、支援センターと密接に協力し合っているといっても、限界はある。

「大住さんと面談したね？　何か、アドバイスはないだろうか」

「非常に危険な状態だと思う」愛が深刻な表情でうなずく。「精神的に不安定になっていて、怒りと悲しみの振幅が大き過ぎるわ。この段階だと、そういう風になるのは当然だけど、それでも極端過ぎる」

「そうか……」それは私も気づいていた。怒りを爆発させたかと思えば自分の殻に閉じこもってしまい、まともなコミュニケーションが取れていたとは言えなかった。

「君は、少しは彼の内側に入れたんだろうか」

「それはないわ」愛が肩をすくめる。「二度会ったぐらいで、相手の心に入りこめるわけがないから」

「しかし、よく会えたね。彼は、支援センターの手助けを受けることにも難色を示していたんだ」

「これのおかげね」愛が車椅子のホイールを軽く手で叩いた。「いきなり車椅子に乗った人間が訪ねて来たら、無下《むげ》に追い返せる人はいないわよ。利用できるものは何でも利用しないと」

この図々しさ、というか強さが彼女の持ち味だな、と私は改めて得心した。その強さが、私と彼女の距離を遠ざけたとも言えるのだが。

「どうだろう、大住さんは……」

「自殺の危険があると思う」愛があっさりと言い切った。

「そうか」分かっていたことではあったが、普段、専門的に犯罪被害者と接している愛の言葉は重い。

「一刻も早く見つけないといけないわね」

「何か、ヒントは？」

「想い出の場所」

「奥さんとの？」

愛が無言でうなずき、ずっと持っていた紙を、私に向かって差し出した。私は腰を浮かして受け取ったが、彼女の手には触れないように細心の注意を払った。懐かしい字……手書きのリストだった。東京ディズニーランド、銀座にある老舗《しにせ》の洋食屋、那須の高級ホテル、ハワイの、ワイキキからは外れた場所にある静かなリゾートホテル。

「奥さんとの想い出――こういう場所については、大住さんはよく話したわ。一緒の旅行が、よほど楽しかったんでしょうね。結婚四年……三年目までは子どもがいなかったから、出かけやすかったんだと思う。大住さんも少しずつ思い出しながら喋ったし、私もその時点ではメモも録音もしてなかったから自信はないけど、とにかくこういうリストができたわ」

「仲はよかったわけだ」

「仲がよくなかったら、あんなに落ちこまないでしょうね」

「ああ……」

亡き妻との想い出の場所を訪ねて回る、というのはいかにもありそうだ。記憶というのは、ともすれば薄れがちである。しかも、自分自身ではコントロールもできない。かつて二人で訊ねた場所に自分一人で赴き、その光景に妻の姿を重ねて補強してみる……痛々しい傷心の旅だ。

「ある種の聖地巡礼のつもりかもしれないわね」

「それが終わったら……」

「まずいわね」

「逆に、何とか気持ちを持ち直してくれるんじゃないかな」

「それは難しいと思う。彼は、自分の気持ちを自分でコントロールできていない」

「分かった」私はメモを畳んで背広の内ポケットに入れた。「すぐに手配する。全力で探すから」

「できるだけ急いで」

うなずき、私は立ち上がった。彼女との面会の意味は、これだけで十分である。専門家の口から大住の印象を聞いただけで、さらに切迫感が高まってきたのだから。

だが、これだけでいいのか？　一声かけるべきではないか？　優里の言葉が頭に残っている。「痛いところに触らないで逃げ回って」。そう、私は確かに逃げ回っている。愛の気持ちを想像すれば、逃げ回らざるを得ないのだ。彼女の中では、とうに結論が出ているだろう。一人で生きて行く——そう決めた彼女の気持ちをないがしろにするわけにはいかない。一方優里は、そうではないと思っている。愛は私の気持ちが戻るのを待っている、というのが彼女の信念だ。学生時代からの親友だから、もしかしたら私が知らない愛の気持ちを聞いているのかもしれないが、愛の顔を見る度に、何とかしようという気持ちは消散してしまう。私はもう、彼女の気持ちに、人生に立ち入るわけにはいかない。

だから今日も、結局何も言えなかった。彼女が髪型を変えたのには最初に気づいたのだが――半年前に会った時よりずいぶん短くなっていた――それを指摘することすらできなかった。

気さくな会話は、今の私たちには無縁だ。

一度支援課に戻り、手配の状況を確認した。両親から正式な捜索願が出されたので、警察が動く理由ができた。高速道路、Nシステムのチェック依頼も完了。それを確認した時には既に午後四時近くになり、昼飯を抜いてしまった私は、空きっ腹を抱えていた。空腹に抗いながら、優里と協力して、大住が立ち寄りそうな場所をチェックする。ハワイのホテルに関しては、出国の記録をチェックすることである程度はカバーできる。もちろん大住は犯罪者ではなく、出国を食い止める理由はないが、それでも出国しそうだと分かったら、その時点で何か手を打つことはできるだろう。

「共働きで、それなりに自由にお金を使える若い夫婦っていう感じだったのね」優里がメモを睨みながら言った。

「そうだな」

「どこも、結構なお金がかかる場所よ」

「ああ」特にホテル……どの程度の頻度で訪れていたのかは分からないが、那須のホテルは、ハイシーズンの週末に二人で泊まったら軽く十万円が飛ぶレベルである。ハワイは言うまでもない。銀座の洋食店も、酒でも呑んだら一人最低一万円は覚悟しなければならないだろう。「とにかく、手を回せるところには回して、後は関係者から話を聴いて情報を収集することだね」

「そうね……ああ、援軍が来たわ」

優里がちらりとドアの方を見た。梓が、不安そうな表情を浮かべて立っている。いつもの大きなトートバッグ。それがいかにも重そうで、体が左側に傾《かし》いでいた。

「こっちへ詰めさせるのか？」私は小声で優里に訊ねた。

「そういうことで話が決まったみたいだけど」

「江東署の方は問題ないんだ？」

「課長が、政治的手腕を発揮したみたい」優里が課長室の方に目をやった。「ほら、彼女、戸惑ってるじゃない。取り敢えず課長に引き合わせてあげて」

「分かった」

私は立ち上がり、梓にうなずきかけた。顔見知りの私を見ても、ほっとした表情は見せない。私は彼女に目配せし、ついて来るよう合図してから、課長室のドアをノックした。ドアを開けて首を突っこみ「江東署から安藤巡査が到着しました」と告げた。無言で本橋がうなずいたので、私はドアを大きく開け、梓を先に部屋へ通した。

本橋が課長でよかった、と思うのはこういう時だ。所轄の若い刑事にとって、本庁に顔を出すことは、どんな状況でも緊張を強いられる。しかし、馬鹿丁寧な本橋の態度は、そういう不安を多少は和らげてくれるだろう。

課長室にはデスクの他に折り畳み式の椅子が一つあるだけで、三人が座れるほどのスペースはない。本橋がすかさず立ち上がり、デスクの前に回って来て私たちと相対した。

「江東署の方にはきちんと説明したので、安心してこちらの仕事を手伝って下さい」

「分かりました」まだ緊張しきった様子で梓が答える。

「しばらくは、こちらに直接来て、村野警部補の指示に従って下さい。これは、一人の被害者家族の命がかかった重要な仕事です。そのつもりで可及的速やかに、大住さんを捜し出して下さい」

「はい」梓の眉間に皺が寄った。

「……とはいっても、そんなに緊張しないように」本橋がすっと笑みを浮かべる。五十歳が近い割には、若々しい笑みだった。「村野警部補は、こういうことのエキスパートですから。ここで色々吸収して、署に持ち帰るぐらいのつもりで仕事をして下さい」

こと人捜しに関しては、とてもエキスパートとは言えないのだが、と私は不安になった。それこそ、行方不明になった人たちを捜すなら、失踪課の手を借りるのが一番である。嫌われ者——というか盲腸のような部署だとみなされているが、彼らには独特の嗅覚がある。江東署の事案なら一方面分室の手を借りて……と考えたが、実際には難しいだろう。何しろこちらは総務部、向こうは刑事部の下部組織である。部の壁を乗り越えてともに仕事をするのは、警察のような縦割り組織では非常に困難なのだ。そもそも、支援課が総務部の下にぶら下がっているのも、仕事がやりにくくなっている原因の一つである。

「訓示は以上です。ここは刑事部の組織ではないので、普段の仕事とは少し勝手が違うかもしれませんが、人を捜すのは、通常の捜査と似ています。緊張しないで、実力を発揮して下さい」

ちょっと硬い挨拶だなと思いながら、私は頭を下げた。いくら何でも、こんな風に子どもに諭すような言い方はしなくてもいいはずだ。しかし、梓の緊張はわずかに緩んだようで、眉間の皺が消えている。

課長室を出て、私は自分の隣のデスクに梓を誘った。

「この席が空いてるから、自由に使ってくれ」

「はい」梓がトートバッグを下ろす。よほど重かったのか、それだけでだいぶ顔色がよくなった。

「まず、大住さんの交友関係から解きほぐしていくつもりだ。相談を受けていた人がいるかもしれないから。これから、会社を訪ねてみる」

「分かりました」

「私は、大学時代の友だちを当たってみるわ」優里が切り出した。

「そんなの、簡単に分かるのか？」社会に出てしまった後の大学時代の人脈を辿るのは、案外面倒である。

「ある程度は」優里がうなずいた。「大住さん、大学時代に『映像研究会』に入っていたでしょう?」

「ああ」確か、そんなことを話していた。

「結構伝統のあるサークルで、今もきちんと活動してるのよ。あなたが支援センターで西原と話している間に、ちょっと連絡を取ってみた。当時、大住さんと一緒だった人が何人か分かったから、まず電話で話を聴いてみるわ」

「必要なら……」

「出向くわ」優里がうなずく。「手助けが必要になったら、あなたにも声をかけるから」

「分かった」梓に目を向ける。「行くぞ。時間との勝負だ」

「はい」下ろしたばかりのトートバッグをまた担いで、梓がドアに向かった。

何とか今のところ、気持ちはキープできているようだ。それはそうだろう。大住と直接対峙する仕事には辟易《へきえき》していたかもしれないが、今、その大住はいないのだ。彼を「捜す」だけなら、それほど精神的な負担も大きくないだろう。

ただし見つけ出したら、また大住の心の闇と向き合う仕事が待っている。梓はそれを理解しているのだろうか、と私は不安になってきた。

「電話、ありましたよ」東テレイベンツの同僚、坂上《さかがみ》は、あっさりと認めた。大住の一年先輩、ひょろりとした小柄な男だが、がっしりした顎と太い眉、それに顎鬚《あごひげ》のせいか、一見した限りでは結構大きく見える。

「いつ頃ですか？」私は訊ねた。

「葬儀の後……二日後だったかな？　電話がかかってきたんです」

「内容は？」

「会葬御礼、というやつですか」坂上が、ポロシャツから突き出た細い腕を擦った。

「そういう硬い挨拶で。それと、謝ってました」

「どうして？」

「あの日……事故があった日、あいつ、幕張へ向かう途中だったんですよ」

「アニメ関係のイベントがあったんですよね」

「そうです。あいつが仕切りで……でも、あんな事故があったから、とてもそれどころじゃないでしょう？　俺たちがフォローして何とか無事に終えたんですけど、その件で申し訳なかったって。混乱したのは、簡単に想像できたでしょうからね」

「混乱したんですか？」

「しましたよ。何しろあいつが中心になって、半年もかかって準備してきたイベントですから」

「プレイボールがかかる五分前に、監督がいなくなったみたいなものですね」

「そうです」緊張が解けたのか、坂上がにやりと笑う。「選手たちだけで何とかしましたけど、試合には負けた感じかもしれませんね。結構、細かいヘマも多かったし。でもそれは、仕方ないことですよね」

「ええ……大住さんを責めるわけにはいかないと思います。終わった後でも気にしていたのは、責任感が強い証拠ですよね」

「自分が中心になってやってきたことですしね」

坂上がコーヒーを一口飲んだ。東テレイベンツの会議室……三人の前にはそれぞれ、スタイロフォームのカップに入ったコーヒーが置いてあるが、飲んでいるのは坂上だけだった。

「他にどんな話をしましたか」

「参ったって……当たり前ですよね。こっちも『大変だね』って言うしかなくて」

「分かります」

「仲よかったんですよ、あの夫婦。私は独身なんだけど、見てると、結婚っていいなって思えるような」

「ええ」

「たまにホームパーティーをやってたんですけど、私も何度か行ったことがあります。大住が奥さんを大好きなのが、よく分かるんですよね。妊娠が分かってからは、それに勢いがついたみたいで。この半年ぐらいは、できるだけ残業も避けてたんです。最近、ほとんど自分が夕食を作ってるって言ってましたよ」

「大きなイベントもあったのに、大変だったでしょうね」

「残業しないであれだけの準備をしてたんだから……昼間の集中力はすごかったですね。だいたい、外へ昼飯を食べに行くこともほとんどなかったから。デスクで食べれば、一時間は節約できるでしょう？」

「奥さんのために、ですね」

坂上が真面目な表情でうなずいた。

「やっと子どもができたから、その分さらに奥さんを大事にしようと思ったんでしょうね。やっとって言っても、結婚して三年ぐらい子どもがいないのは珍しくないと思うけど」

「それは、夫婦それぞれでしょうけどね……でも、期待していた分、ショックも大きかったはずです」

「電話で話していても、会話が途切れがちになって……普段は、止めないとずっと喋り続けるぐらいなんですけどね」今の様子からは想像もできない。

「かなり落ちこんでいたんですね」

「かなりっていうか、最低レベルでしょうね」坂上が溜息をついた。「あんなに落ちこんでる大住を見たのは、初めてですよ」

「どこにいるか、見当がつきますか？」

「いや、全然……」坂上が顎を撫でた。「あいつはそもそも、こんなことをする人間じゃないはずだから。傷心旅行とかするタイプじゃないんですよ」

「そうですか……」

「だから心配なんですけどね。普段と違う行動をするのは、精神状態が不安定になってる証拠でしょう？　早く見つけてあげて下さい」坂上が、テーブルに着くほど深く頭を下げた。

「どこか、彼が立ち寄りそうな場所を思い出したら……」

「すぐに連絡します」

これほど心配してくれる同僚がいることが分かれば、大住も危険な真似はしないのではないだろうか。

しかし今、それを彼に伝える方法はない。

何人か、会社の人間に会ったのだが、大住の行方につながる手がかりは見つからなかった。支援課で待機していた優里と連絡を取り、大住の学生時代の友人たちに会いに行くことにする。まだ梓も疲れを見せていないし、今のうちになるべく動き回っておくことにした。

浜松町から一番近い場所……新橋《しんばし》にある会計事務所で、一人摑まりそうだった。優里が連絡を入れておくと言ってくれたので、私と梓はすぐに東テレイベンツを離れ、そちらに向かった。既に午後六時過ぎ。街は暗くなり始めており、私の空腹は頂点を通り越して、胃に痛みを感じるほどになっていた。何か少しでも腹に入れると、楽になるのだが……。

駅で改札を抜けようとした瞬間、梓がいないのに気づいた。振り返ると、改札の外にある自動販売機の前で屈みこんでいた。何をしているのかと思ったら、缶コーヒーを手にしてこちらへ走って来る。

「どうぞ」私に向かって腕を突き出す。

「どうして？」

「もしかしたらですけど、お腹空いてませんか？」

「え？」思わず間抜けな声を出してしまった。改札を通る人たちの邪魔になっているので、慌ててコーヒーを受け取り、中へ入る。梓が横に並んだタイミングで訊ねた。

「どうして分かった？」

「お腹が減ったような顔をしてましたから」

「そんな顔、あるのか？」

「ありますよ」ふいに梓の表情が緩む。「子どもなんかだと、すぐに分かります」

「子どもって……」

「私、幼稚園の教諭免許を持ってるんです」

「まさか、幼稚園で働いてたとか？」

「大学時代、ちょっとお手伝いしてました。伯母が、幼稚園の園長をしているんです」

「俺は子どもじゃないんだけどね」

苦笑せざるを得なかった。子どもと同列に見られていたとは……私は「腹が減っているんじゃなくて、怒っているだけかもしれないけど」とつけ加えた。

「でも、今日はお昼を食べている暇がなかったんじゃないですか？　一日中ばたばたしてましたよね」

「ああ」私は一瞬で梓を見直してしまった。何となく不機嫌そうな顔をしているのを「空腹だ」と判断したのはともかく、そこから今日の私の行動を理論だてて推理したのは評価できる。取り敢えず、ありがたく缶コーヒーを飲むことにした。ホームへ降りるエスカレーターで一口含み、腹に染みわたる甘さにほっと一息つく。これでもう少し頑張れそうだ。

ＪＲ新橋駅の東側――汐留《しおどめ》付近は近年、大きくその姿を変えたが、西側は昔ながらのサラリーマンの街のままである。私にはあまり縁のない街だが、それでも夕方にうろつくと、その活気に何となく気持ちが華やいでくる。この街に馴染めるようになったら、それなりに年を取った証拠なのだろうが。

烏森口《からすもり》から歩いて五分ほど、日比谷通りに面したビルに、目指す会計事務所が入っていた。一階のロビーに足を踏み入れた瞬間、「すみません」と声をかけられる。声のした方を向くと、長身の男が立っていた。ネクタイなしの背広姿で、薄いパープルのシャツが派手に目立っている。男が私たちの方に駆け寄って来て、「警視庁の方ですか」と小声で訊ねた。

「そうです」

「支援課の松木さんという女性の方から連絡を受けて……」

「待っていてくれたんですか？」

「上に来ていただくと、面倒なので。あの……警察の人が会社に入ると、上司が心配しますから」

「それはそうですね」ずいぶん用心深い男だが、警察とのかかわりを知られるのを嫌う人がいるのも理解できる。

名刺を交換し、私は相手の名前を頭に叩きこんだ。若水礼二《わかみずれいじ》……比較的珍しい苗字である。

「そちらでいいですか？」若水が、ホールの片隅にあるベンチを指さした。営業マン同士が、軽く打ち合わせできそうなスペースである。

「構いませんよ」

向き合ったベンチで顔を合わせて座ると、若水が大きく溜息を漏らした。

「まだ見つからないんですか？」

「残念ですが」

「ヤバいな」

「何がですか？」深刻そうな若水の表情が気になる。

「いや、こんなこと言っていいのかどうか……二度目なんですよ」

「二度目？　失踪が、ですか？」

「大学時代の話なんですけど」若水が身を乗り出した。節ばった長い指で、膝を握りしめている。「女性……あの、別の女性ですけど、揉《も》めましてね」

「揉めた？」

「いや、そんな大袈裟な話じゃないんです。彼女の方が他の男と……」

「それは結構大変な話だと思いますよ、当事者にすれば」私はやんわりと訂正した。

「まあ、そうですね……確かに大住にとっては大変な話だったと思いますけど、とにかくそれで、一週間ぐらい行方不明になって。家族にはばれなかったんですけど、俺ら、大騒ぎでした」

「それは……まず家族に相談すべきだったんではないですか？」

「そうなんですけど、大事《おおごと》にはしたくなかったんですよ。イベントの準備中でもあったんで」

「映像研究会のイベントですか？」

「そうです」若水がうなずいた。「学生向けのＣＭコンクールに出展するのが、年に一回の、最大のイベントなんです。そのために、一年かけて準備をして……ちょうど制作に入る時期で、あいつは監督でしたから」

「一番大事な仕事を放りだして、行方不明になったんですね？」

「そうなんですよ」若水の表情は依然として深刻なままだ。「スケジュールは切迫してるし……とにかく焦りました」

「別の監督で撮影してもよかったんじゃないんですか」

「そうはいかなかったんです。監督っていっても、ほとんど全部、あいつがやってたような感じだったから。代役が利かなかったんです」

今回と同じような状況だ、と思った。幕張でのイベントも、ほとんど大住が仕切っていたという話だし……要するに「仕切り屋」なのかもしれない。全て自分で把握していないと納得しないタイプ。

「それで、警察にも届けず、あなたたちだけで探したんですか？」

「ええ」

「それはちょっと無茶だな」私はやんわりと非難した。「警察に任せるべきでした」

「でも、みっともないじゃないですか。内輪の話ですし」

「何かあってからじゃ遅いんですよ」

「そうですけど、大袈裟になっても困るし」

「結局、どうなったんですか」

私たちの会話が口論に発展しそうになったのを見かねたのか、梓が割って入る。このように彼女が積極的に口を挟んだのは初めてかもしれない、と私は思った。

「ええと、結局俺たちが見つけたんですけど……危なかったです」

「危なかったというのは？　どういうことですか」梓がさらに追及する。

「いつの間にか、大学へ戻って来ていて、映像研究会の部室で首を吊ろうとしたんです。たまたま俺らが見つけて止めたんですけど、ちょっと遅れていたら大変なことになっていたかもしれない」

「それは、わざとではないんですか」梓が突っこんだ。

「わざと、というのは？」若水の声が尖《とが》る。

「あなたたちに見つかるのを計算して、部室にいたんじゃないんですか」

「それは――」若水が声を張り上げたが、すぐに口を閉ざしてしまった。

恐らく当時から、仲間内ではそういう噂があったはずだ。「あいつ、結局止めて欲しかったんじゃないか」「すぐに見つかるような部室で自殺しないよな」とか……だが、それが大きな声になることはなかったはずである。大住が傷つき、自殺を考えたのは間違いないのだから。

「その後は立ち直ったんですか」怒りで顔を赤くしている若水に向かって、私は訊ねた。

「それはまあ、落ち着きましたよ」不貞腐《ふてくさ》れたような口調で若水が言った。

「コンクール用のCMは？」

「何とか撮影しましたけど、出来は悪かったですね。結果は出ませんでした」

「そうですか……」一番大事な時に、プライベートな事情で不在――今回と同じような状況ではないか。「結局大住さんは、どうやって立ち直ったんでしょうね」

「何となく、です」若水が、漠然とした口調で言った。「時間の経過で癒されたんじゃないですかね」

「ちょっと大袈裟過ぎますよね」かすかに非難するような口調で梓が言った。どうも、この件が気に食わない様子である。「つき合っていた女性とトラブルがあって、ショックを受けるのは分かりますけど、それで失踪したり自殺を図ったりするというのは……皆さんに甘えていたんじゃないんですか」

「そうかもしれないけど、あいつは結構センシティブな男なんですよ。すぐ思いこむところもあるし。そもそも、男なんて弱いものでしょう？」若水が開き直るように言った。「とにかく、あのことがあったから、今回も心配なんです。あの時とは比べ物にならないぐらい大きなショックでしょう？　大丈夫なんですかね」

梓が黙りこんだ。少し言い過ぎたと反省しているのかもしれない。私は、できるだけ静かな声で言った。

「事故の直後、大住さんは精神的にだいぶ不安定になっていました」

「元々、そういうところがあるんです」若水がうなずく。

「大住さんがどこへ行ったか、心当たりはありませんか？」

「それは……ないんですよ」若水が唇を噛む。

「事故の後、彼と連絡は取りましたか？」

「葬儀の時に会いました。映像研究会の同期の人間は、ほぼ全員参列しましたからね」

「仲がいいんですね」

「そう、ですね。社会に出て十年も経つけど、まだ学生の乗りが抜けないってよく言われます」

「葬儀の時は、どんな様子でした？」

「ほとんど話はできませんでした」

「夫婦仲、よかったみたいですね」

「ああ。あの……さっきの学生時代の話ですけどね」言いにくそうに、若水が両手を揉み合わせる。

「ええ」

「自殺騒ぎの後、大住を慰めていたのが奥さん……茉奈なんですよ」

「ああ、大学、同じでしたね」

「サークルは違いましたけど、色々な講義で一緒になっていたので。結局その後つき合い始めて、結婚までしたんですけどね。長いつき合いだったから、共依存関係というか……お互いに相手がいないと、死んだようになるというか」

「分かります」以前は私も、そういう関係があると思っていたし、自分もその一人だと確信していた。今は……違う。勝手な思いこみだったのだと判断している。

「たぶん、どうしていいか、自分でも分からなかったんだと思います。あいつもそんなに強くないから」

私は腕組みをした。若水の説明は、危険信号である。一刻も早く見つけ出さないと、最悪の事態に至る……。

「二人の想い出の場所、何か心当たりはありませんか？」

「よく分からないんですけど……さすがに結婚した後は、昔みたいなつき合いはないですしね」

「旅行先とか」

「ああ……よく行っていたのは箱根のホテルです。その話はよく聞きました」

私は背広の内ポケットから、折り畳んだメモを取り出した。那須の高級リゾートホテルにばかり目がいっていたが、確かに箱根のホテルの名前がある。

「どういうホテルか、分かりますか？」私には見覚えのない名前の宿だった。

「オーベルジュっていうやつですか？　食事が美味いホテルっていうか、レストランにホテルがついているっていうか」

「何か、二人にとって特別な宿だったんですかね」

「確か、初めて一緒に旅行に行った場所じゃないかな。卒業してからですけどね。学生に手が出せるような値段じゃないから」

「なるほど……」取り敢えず、電話作戦でいこう。このリストに名前が載っていて、確認できそうな場所に電話をかけまくる。さすがに、東京ディズニーランドに頼んでも、捜してはくれないだろうが。だいたい、あんな広いところにいる人間一人を捜し出すのは不可能だ。

「大丈夫ですかね」若水が心配そうに言った。

「そうですね……何も保証はできませんけど、何か分かったら連絡してもらえますか？」

「仲間内でも連絡を回しますよ」

「そうですね。いつでも構いませんので、連絡して下さい」

もしも彼らに連絡があったら、大住が無事に戻って来る可能性は高くなる、と私は思った。これほど心配されているのは、仲間同士の結束が固い証拠である。彼らが本気で心配して、あるいは怒っているのを耳にすれば、大住も立ち直るかもしれない。警察は所詮寄り添い、立ち直ろうとする本人を見守るだけだ。心を癒すのは家族であり、友人である。無力さを感じることだが……私たちのプライドなど、どうでもいい。大事なのは、大住が無事に彼の人生に戻ってくることだ。

7

新橋という街の最大の利点は、手早く食事ができる場所に事欠かないことである。以前来た時の記憶を頼りに、私は駅へ戻る途中の細い路地にあるカレー屋に寄った。五百円でお釣りがくるというコストパフォーマンスも魅力的だが、とにかくカレーなら早く食べられる。私は五分で食べ終えたが、その時梓は、まだ半分を残していた。

「ずいぶん早いんですね」慌てた様子で顔を上げ、梓が言った。

「普段はこんなに早く食べないよ。今日は非常時だから」水を一口飲んだ。比較的まろやかなカレーなのだが、やはり辛みが喉の奥の方に残っている。「刑事の食事はこんなものだから、覚悟しておいた方がいい。外回りの営業マンと一緒で、とにかく時間が空いた時に食べるようにしないと」

「江東署の刑事課では、そんなに忙しいことはないです……今のところは」

「警察が暇なのは、平和な証拠だ。それならそれで問題ない」

「何か、経験も積めないので……」

「今、積んでるじゃないか」

「これは、別に希望していることじゃないです」梓の顔が歪んだ。

「どんな仕事でも、経験になると思うけどね」

「そうですかねえ」

梓はまた疑問に囚われ、意気消沈してしまったようだ。やはり、支援課に引っ張りこむのは無理かもしれない。ところどころに光る部分はあるのだが、本人が希望していないと、たとえ異動してきても満足に力は発揮できないだろう。まあ……支援課の仕事を希望する人間など、ほとんどいないはずだが。私には特別な事情があった。私より先に支援課に来た優里の場合、大学で心理学を専攻していたという背景がある。しかも学生時代、ボランティアで支援センターの仕事もしていた。支援課で仕事をするために、警察官になったようなものである。

「支援課で仕事をするのは、きついか」

「きついです。村野さんは、どうしてやれているんですか」

「希望してここに来たからね」

「まさか」驚いたように目を見開く。

「まあ、俺は変わり者の類いだろうな」私は膝を撫でた。「刑事になって、捜査一課に配属されたばかりの頃、事故に遭ってね。それで、足を使って仕事をする自信がなくなった」

「怪我、治ってないんですか？」

「低気圧が近づくと痛む。結構厄介だ」

「それで支援課に来たんですね」納得したように梓がうなずいた。

もちろん、それだけではないのだが。膝を負傷する原因になった出来事——それこそが、私が支援課への異動を希望したきっかけである。だがまだ、彼女に言うべきではないような気がした。これはあくまで、「内輪」の人間が知るべき事情であり、現段階では彼女は「外部」の人間である。

「君の将来のことは後で考えよう。まずは大住さんを見つけ出すのが先決だ」

「見つからなかったら……」梓がスプーンを皿に置いた。

「ひどい気分になるだけだよ」

「そういう経験、あるんですか」

「ある」食べたばかりのカレーが、喉を逆流してくる感じだった。「二年前に、殺人事件の被害者……その奥さんが自殺を図った」

梓の顔からすっと血の気が引く。

「手首を切ったんだ。幸い、発見が早くて事なきを得たけどね。その後、支援センターにフォローしてもらって、何とか立ち直ってもらえたんだけど、あれはきつかった」

「支援課の仕事だと、そういうこともつきものなんですね」

「そういうことがないように、普段から頑張らないといけないんだ。今はきついかもしれないけど、関係者に不幸が起きるショックよりはましだから」

「そうですか……」梓が唇を噛む。

こういう話は聞かせたくないのだが、流れで仕方がない。私は財布を尻ポケットから抜き、千円札を取り出した。

「今夜は奢る。もう一頑張りしてくれ」

「分かりました」

決して気合が入った様子ではなかったが、梓が何とか顔を上げた。

「よし、今夜のうちに、手を打てることは打っておこう」私はうなずき、立ち上がった。その瞬間、スマートフォンの呼び出し音——メールの着信音が鳴る。

「荒木　逮捕」

思わず凍りつく。タイトルだけで中身がないメールは、優里からだった。

「荒木が逮捕された」

見下ろすように告げると、梓が顔を蒼くしながら立ち上がった。

「どういうことですか？」

「まだ一報だから、詳細は分からない……支援課に戻ろう」

テーブルに千円札を叩きつけるように置き、私は店を飛び出した。すぐに優里のデスクの電話を呼び出す。彼女ではなく、課長の本橋が電話に出た。こんな時間まで残っているのか……六時過ぎまで自席にいることは滅多にないタイプなのに。

「荒木が逮捕されたと聞きました」

「松木警部補からの情報ですね？　彼女は、江東署に向かいました」

こんな時間に大丈夫なのだろうか、と心配になった。江東署での支援本部体制は縮小しているから、彼女が毎日遅くまで居残っている必要はないのに……双子が寂しがっているのではないだろうか。

「どういう状況なんですか？」

「栃木《とちぎ》県内に潜伏しているのを、現地の警察が捕捉《ほそく》したんです」

栃木？　そんなところに荒木の立ち寄り先があったのだろうか。

「捕捉というのは……」

「コンビニにいるのを、店員が見つけたようです。すぐに一一〇番通報して、身柄を確保。一時間ほど前のことです。既に江東署から、身柄引き取りに向かっています。今晩遅い時間には、署に着くでしょうね」

だったら、私たちにもやる仕事ができた。被害者家族に、「犯人逮捕」の一報を入れなくては。そのことを告げると、本橋があっさりと「もう手配済みです」と告げた。

「すみません。支援係の仕事なのに」

「いや、支援課全体の仕事ですよ」本橋がさらりと言った。「ところで、そちらはどうですか」

「かなり切迫した状態だと判断しています。学生時代にも、失踪騒ぎを起こしたそうですから」

「元々そういう性癖ですか。まずいですね……」本橋の声が沈みこむ。「私たちの仕事は、まだ終わらないようですね」

「ええ……とにかく、江東署に行ってみます。取り敢えず、荒木の顔は拝んでおきたいですから」

「そうですね。何かあったらこちらに連絡して下さい。今日はしばらく待機していますから」

「分かりました」

電話を切り、歩くスピードを上げた瞬間、左膝に鋭い痛みが走った。また雨が降るのか……鬱陶しい季節は間近い。

江東署はまだ静まり返っていた。しかしこれも一時のことで、あと一時間もしないうちに大騒ぎになるだろう。逮捕を嗅ぎつけた報道陣が一斉に押し寄せてくるはずだ。

　優里は交通課にはいなかった。支援本部で使っていた部屋に籠《こも》り、どこかに電話をかけている。私に気づくと、軽く右手を上げて合図した。すぐに電話を終えて、うなずきかけてくる。目が少しだけ光っている……彼女にしては、最大限興奮している様子だった。

「課長から、簡単に状況を聞いたよ」

「コンビニの店員は大手柄だったわね」

「表彰物だな」

「あれだけテレビや新聞で顔が出ていたから、分かってても不思議じゃないけど……普通なら、何かおかしいと思っても無視するかもしれないものね」

「ありがたい話だ」市民の協力が得られにくい時代なのに。

「到着は、一時間後」優里が携帯を振った。壁の時計に視線を向け、「九時ぐらいね」と告げた。

「ずいぶん早いな」

「発見現場、佐野《さの》だから。高速を使えばあっという間よ。この時間なら渋滞もしていないはずだし」

「そうか……」

何故佐野なのか。どこかへ逃げこむ時、人は本能的に都会を選ぶものだ。人が多い方が目立たないから……佐野がどれほどの規模の街か知らないが、身を隠すのに適当な場所とも思えない。

「佐野に、誰か知り合いでもいたのかな」

「少なくとも捜査本部は、そういう状況は摑んでいなかったみたい」

「だったら、あてずっぽうで栃木まで逃げたのか？」

「そうなんじゃないかな。本当のところは、本人に聞いてみないと分からないけど」

「取り敢えず、顔を拝んでおこう。君は、まだいいのか？」

「ここまでつき合って、犯人の顔も見ないのは悔しいじゃない」優里が肩をすくめる。「それより、ちょっと気になることがあるんだけど」

「何だ？」

「酒井さんから聞いたんだけど、荒木に飲酒運転の疑いがあるみたいなのよ」

「そうなのか？」

「事故の前の日、午前三時過ぎまで呑んでて、家に帰り着いたのが午前四時過ぎ」

「そこまで細かく分かってるのか？」

「家に帰ったのが四時過ぎというのは間違いないわ。オートロックのログが残っているから。それで八時に家を出たら……」

「アルコールが抜けるわけがない」私は、沸騰しそうになる怒りを何とか抑えつけながら言った。「呑んでた話は、どこで分かったんだ？」

「周辺の聞き込みの成果だそうだけど……あなた、聞いてないの？」

「最近、酒井さんとは話してなかったからな」私は唇を噛んだ。自分で調べなくても、捜査の筋を追うのも仕事のうちなのだ。被害者家族に逐一伝える必要があるから。

「ただねえ……」優里が眉をひそめる。「立件は無理じゃないかしら。今さら、一週間も前のアルコールを検知できるはずがないんだから」

「だったら、危険運転致死傷罪の適用は難しいか……」私は唇を噛んだ。「直後にアルコールが検知できていれば、二十年でもぶちこめたはずだ」

「取り敢えず、自動車運転過失致死とひき逃げの容疑になるわね」

「何とかならないのか？」私は食い下がった。「店の記録とかで、酒を呑んでいたのをはっきりさせれば、危険運転致死傷罪に持っていけないんだろうか」

「検事は乗らないと思うわね」

「そうか……」仕方がない。それを考えるのは私たちの仕事ではないわけだし。ただし、被害者家族が抗議の声を上げるのは容易に想像できた。悪質な交通死亡事故に適用される「危険運転致死傷罪」も、最近は認知されてきている。五人も殺しておいて、何故こんなに軽い罪状でしか起訴されないのか……理屈では説明できるが、感情的に遺族を納得させるのは困難だろう。

「今は、あまり考え過ぎないように」優里が警告を飛ばした。「考えが先走りして動きが止まるのは、あなたの悪い癖だから」

私は無言でうなずいた。彼女に指摘されるまでもなく、そんなことは分かっている。考える前に走り出すタイプだったら、今でも捜査一課にいたかもしれない。それが自分にとって幸せなことかどうかは分からないが。

荒木が移送されてくるまでの時間を利用して、私は大住と妻にとって懐かしい場所であるはずの箱根のオーベルジュに電話を入れた。

「そちらに何度かお泊まりになっている、大住宏志さんのことでお伺いしたいのですが……」

「お客様の個人情報に関しては、お答えできないのですが」電話に出た女性が、硬い声で回答を拒絶する。

「それは分かりますが、大住さんは現在、行方不明なんです。自殺の恐れがあるので、行方を捜しています」自分で発した「自殺」という言葉が胸に刺さる。

「自殺……ですか」電話の向こうで息を呑む気配が感じられた。

「奥さんが交通事故で亡くなったんです」

「すみません、それは存じ上げていません……」

「東京で事故がありまして。その後で、大住さんご本人も姿を消しています」

「はい、あの……ちょっとお待ちいただけますか？」

待たされた。電話から流れてくる「レット・イット・ビー」の安っぽい電子音バージョンに苛々させられる。一度電話を切ろうかと思った瞬間、今度は男の声が聞こえてきた。

「支配人の安田《やすだ》と申します」

「大住さんの件なんですが……」

「大住様は今、お泊まりいただいておりません」

「予約は入っていないんですか」

「ないですね……最後にお泊まりいただいたのは、去年の暮れでした」

妊娠が分かった直後ではないか、と私は想像した。

「大住ご夫妻は、何度かそちらに泊まっているようですね」

「そうですね、年に二回……夏と冬に。このところ、ずっとそんな感じでした。あの、先ほどネットで確認したんですけど、本当に交通事故で？」

「実際は事故ではないですけどね」私はやんわりと訂正した。「ひき逃げですから、これは事件なんです」

「残念です……感じのいいお客様だったんですが」

「もしも大住さんから連絡があったら、こちらにも教えてもらえますか？」恐らく大住は箱根には行かない、と私は推測した。どうも、傷心旅行をしているわけではないような気がしてきた。

「分かりました」

電話を切って溜息をつく。両手で目を擦り、大きく伸びをした。疲れている場合ではないのだが、このところの精神的な蓄積疲労は、確実に私を蝕《むしば》んでいた。

「箱根も駄目だったな」私は二人に向かって告げた。梓がまだ立ったままなのに気づき、座るように促す。仮にもここは自分が勤める署なのに、彼女からは緊張感が抜けない様子だった。

「潰せるところは潰したけど……」優里が不安気に言った。「今のところは上手い手がないわね」

　私はふと、別の可能性に気づいた。浅く腰かけていたのを深く座り直し、二人の顔を交互に見る。

「会社に戻って来るかもしれない。そこで自殺する可能性もある」

「何、それ」優里の顔から血の気が抜けた。

　私は、学生時代の大住の失踪について説明した。十年ほど前……その後就職して結婚し、生活は一変したが、大住のメンタリティはそれほど変わっていない気がする。ある意味、まだ子どもなのだ。映像研究会の部室で自殺を図ったのも、「見つけて欲しい」「止めて欲しい」という一種の甘えがあったからに違いない。もしかしたら、わざわざ誰かが来るタイミングを見計らって、首を吊ろうとしていたとか。

「あなた、西原ときちんと話した？」

「話したよ」あれを「きちんと」と言っていいかは分からないが。

「彼女の分析、聞いた？」

「まあ……」

「ちゃんと話してないでしょう？　仕事は仕事なんだから、あなたも西原も、ちゃんとしてくれないと駄目よ」

「君はちゃんと聞いたんだろう？」私は指摘した。「誰が聞いても同じじゃないか。支援課では、情報は必ず共有するんだから」

優里が一つ、溜息をついた。この馬鹿どもが……とでも言いたそうな感じだが、彼女が勝手に思いこんで心配しているだけである。

「大住さんには、子どもっぽい一面がある。自分が注目されないと拗ねる時があるし、感情の起伏も大きい。だから扱いが難しいのよね」

「注目されたい心理というのは、誰かに自殺を止めて欲しいという気持ちにつながる。要は、心配して欲しいんだ」

「そういうこと」優里がボールペンの尻でテーブルを叩いた。「だから今回も、そういうことを考えているのかもしれない——あなたもそういう結論なんでしょう？」

「ああ」

「本当にそういうつもりなら、苦労はしないけどね。東テレイベンツって、大きい会社なの？」

「いや、東テレの本社ビルに入っているぐらいだから、会社の規模自体はそれほど大きくない」

「会社のトイレなんかで自殺するケースもあるけど」

「そうだな。あとは、イベント関係の会社だから、倉庫なんかを借りているかもしれない。そういうところをケアしてもらうようにしよう」

私は再び電話を手に取り、大住の先輩、坂上に連絡を取った。学生時代の「事件」を話し、会社の方でも十分ケアしてもらうように頼みこむ。

「本社以外に、関連施設はあるんですか？」

「社員が自由に入れるところというと……浜松町に倉庫を一か所、借りています」

「そこは、人がよく出入りする場所なんでしょうか？」

「いや、何かあった時に使うだけなんですけど……」坂上の声は暗い。「ただ、セキュリティシステムで出入りは確認できますから。変な時間に人が入ったりすれば、すぐに分かりますよ」

「そこのチェックをよろしくお願いします。不審者が入ったら、すぐに警察に通報してもらえますか」

その手順を二人で検討し、念押しして電話を切った瞬間、テーブルに載った電話が鳴る。梓が身を乗り出し、受話器を摑んだ。

「支援本部です……はい、安藤です」梓の顔に緊張が走る。「分かりました。すぐに行きます」

受話器を置き、梓が私、そして優里の顔を順番に見た。梓が何も言わないうちに、優里は立ち上がっていた。私も後に続く。

「あと何分だ？」梓に訊ねる。

「十分ほどだそうです」

「よし、行こう。俺たちにも手伝えることがあるはずだ」

8

実際、手伝いが必要だった。

予想通り、報道陣が署の裏手の駐車場に集まっていた。排除するわけにもいかず、さりとて荒木の姿をカメラの砲列の前に晒《さら》すわけにもいかず、応急措置として、ブルーシートで簡単なトンネルが作られている。その端に護送用の車を停め、荒木の姿を隠したままで署内に入れる――最近はこのパターンがほとんどだ。

馬鹿馬鹿しい「儀式」だ、と私は毎度思う。被害者の人権保護――それはここ二十年ほどで、声高に言われるようになったことである。例えば手錠。以前は、手錠をはめられた容疑者の姿がテレビで映し出されるのは普通だった。しかしいつの間にか、スチルカメラは容疑者の顔しか写さなくなり、テレビでたまたま手錠が映ってしまった時には、ぼかしがかかるようになった。身柄を拘束されているのだから、手錠をはめられているのは当然のことで、何故映してはいけないのか、マスコミの基準が理解できない。手錠姿を見せることは人権侵害なのか。こういうブルーシートもそうだ。どうせ、重大事件の容疑者なら、後から警察が顔写真を提供する。だったらわざわざ隠さず、マスコミに勝手に撮らせておけばいいではないか。

こんな風に、加害者の人権が尊重されるようになる一方、被害者の人権は長く軽んじられてきたわけだ。自分たちが必死で周りを説得しても、その状況に大きな変わりはない。支援センターの悩み——広報宣伝活動の難しさを、私も日々味わっている。

報道陣の数、約五十人と見た。いや、もっと多いか……署の二階の窓から見下ろした限り、ブルーシートの端の方にカメラマンたちが大量に集まり、ざわざわした雰囲気になっている。当直の人間、交通課の制服組、それに本庁の交通捜査課の刑事たちがその場を仕切っているが、事故が起きそうな雰囲気でもあった。それこそ将棋倒しとか……マスコミの連中が怪我をしても自業自得だが、荒木に万が一のことがあってはならない。

私たち三人は階段を駆け下り、通用口で待機した。腕時計に時折視線を落としながら、ひたすら待つ。やがて、ブルーシートの向こうがぱっと明るくなり、テレビカメラのライトが灯ったのが分かった。ほどなく、ざわざわとした雰囲気の中に、はっきりとした声が混じる。

「どこに隠れていたんですか？」

「何で事故を起こしたんですか？」

答えが返ってくるはずがないのが分かっていて、質問を浴びせざるを得ない……マスコミの連中も、あれはあれで大変なのだと私は少しだけ同情した。

ほどなく、ブルーシートがかすかに揺れ、酒井の姿が見えた。自ら身柄を引き取りに行っていたのか……私を認めると、厳しい表情で素早くうなずきかける。満足にはほど遠い様子だった。その後ろから、二人の制服警官に両腕を摑まれた荒木が入って来た。

こいつが五人を殺した男なのか……免許証の写真で顔は確認していたのだが、だいぶ印象が違う。ひどく小柄で、身長は百六十センチそこそこだろう。そのため、両腕を摑まれて脇が大きく開いてしまっている。前で手錠をかけられているが、手錠自体がひどく大きく見えた。疲れた顔つきではあるが、うなだれることもなく、真っ直ぐこちらを見据えて歩いて来る。抵抗は既に諦めたようで、素直な足取りだった。かすかに足を引きずっているのは、事故で負った怪我のせいだろう。ろくに治療もしていないはずだが、大丈夫なのだろうかと少し心配になった。

私の脇を通り過ぎる時、かすかに顔を背けて小さくくしゃみをした。そういえば今日は結構冷える。トレーナー一枚にジーンズという格好では、少し肌寒いはずだ。後ろから、荒木のものらしいショルダーバッグを持った制服警官がついてくる。いかにも仕事用で、容量はそれほど大きくはない。こんな小さなバッグ一つで、ずっと逃げ回っていたのか。

四人が通り過ぎると、すぐに裏口のドアが閉まる。荒木はそのまま二階へ上がらされ、刑事課の取調室に隔離された。一階の交通課ならともかく、報道陣もここまでは追って来られない。私は、酒井に「お疲れ様でした」と声をかけた。

「ああ……ちょっと悔しいけどな」酒井の言葉に嘘はない、と思った。本当なら自分たちで追い詰め、手錠をかけたかったはずだ。コンビニの店員に発見され、他県警が身柄を確保というのは、酒井のようにプライドが高い人間にとっては屈辱に等しいだろう。

「無事捕まったんだから、よかったじゃないですか」

「これから徹底的に叩かせてもらうよ」酒井が憤然とした口調で言った。

「危険運転致死傷罪、狙うんですか？」

「酔っぱらっていたことが確認できれば、な」酒井の口調が曖昧になった。呑んでいた事実が確定できれば、一生を棒に振るほど長く刑務所に叩きこんでおけるが、裏を取るのは困難だろう。

「難しそうですか？」

「何とかしたいが……検察が難色を示しているんだよ」

「冒険はしないですよね、検察は」

「だから有罪率が高くなるんだ」酒井が皮肉を吐いた。

酒井の皮肉には根拠がある。日本の場合、裁判での有罪率は九十九パーセント以上と言われ、捜査の優秀性が喧伝《けんでん》されている。しかしそれは、「百パーセント有罪にできそうな事件だけ起訴する」という検察の暗黙の方針があるからだ。捜査を詰め切れずにあやふやなポイントがある事件の場合、起訴猶予で済ませることも少なくない。法廷では「簡単な事件」ばかりで勝負するのだから、勝つのは当然、ということである。

「だけど俺は、諦めないからな」酒井が顎を引き締めた。「あれだけの事故を起こしておいて、自動車運転過失致死とひき逃げだけで小さくまとめるわけにはいかない」

「はい」お手伝いします、と言うのが大人の流儀だろう。もちろん、職掌《しょくしょう》を越えて他の部署の仕事を手伝えるわけもないのだが、言われた方は多少は意気に感じるものだ。しかし私は、できないことは言いたくない。

「まず、奴を叩いてみる。飲酒の事実を認めれば、事故直後にアルコールを検知できていなくても、検察も動くんじゃないかな」

「賭けですね」

「ここで賭けなくて、いつ賭けるんだ。奴をできるだけ長く刑務所に叩きこんでおくのが、被害者に対する俺なりの弔《とむら》いだからな」

私はうなずき、彼の言葉に同意した。アプローチは違うが、結局は被害者のために動いていることに変わりはないのだ。

「じゃあ、よろしくな。そっちもまだ大変だとは思うが」

「いえ」

酒井が軽く一礼して取調室に消えた。

「荒木のこと、どう思った？」いつの間にか背後にいた優里が訊ねる。

「あまりへばってないな」

「そうね。一週間逃亡していたようには見えない。温泉でのんびりしていたような感じもするわね」

「何か、おかしくないか？」

「何が」

私と優里の視線がぶつかった。彼女は多分、私と同じことを感じている。同じ考えを持った人間同士が話し合っても、新しいことは生まれない。私は少し離れて立っていた梓に声をかけた。

「君はどう思う？」

「何がですか？」

「荒木の態度、どこかおかしいと思わなかったか？」

「いえ……あの、よく分からないんですけど」

私は二人を支援本部に誘った。刑事課の中、あるいは前で話すべきようなことではない。

部屋に入っても誰も座らなかった。座りにくく、話しにくい雰囲気が満ちている。しかし私は、無理やり口火を切った。これは梓のトレーニングでもあるのだ。

「普通、一週間も逃げ続けていれば、ぼろぼろになる。いくら金を持っていても同じことだ」

「そうなんですか？」

「想像してみろ」私は耳の上を人差し指で突いた。「人生で、これ以上のプレッシャーはないんだぞ。テレビを観ても新聞を読んでも、自分の顔写真が載ってる。いつどこで、誰に声をかけられるか分からないんだ。そういうプレッシャーから逃げるためには、誰にも会わない山の中にでも逃げこむしかないけど、都会暮らしの人間には、そんなことは無理だろう」

荒木にアウトドア趣味でもあれば別だが。ボルボに乗るような人間は、いかにもアウトドアを楽しむイメージがあるが、荒木にその手の趣味がないことは、周辺捜査の結果、はっきりしている。

「荒木、疲れてるように見えたか？」

「そうでもないですね」

「おかしいと思わないか？　怪我もしてるのに」

「お金は持ってたんですよね？　五十万円も……だったら、普通にホテルに泊まって、ゆっくり休んでたんじゃないですか？」

「寝ればいいってもんじゃないんだ。追われてるのが分かっていれば、気持ちは休まらない。どんなに豪華なホテルに泊まって、最高のベッドに寝転がっていても、熟睡できるはずがないんだよ。この先、どこへ逃げこめばいいかも分かってなかったと思うし」

「そう、ですかね」

梓は疑わしげだった。私が適当なことを言っているだけだと思っているのかもしれない。もちろん私の言葉に、はっきりした理論的な裏づけはない。多くの容疑者に会った経験から言っているだけだ。

「そういう人間は、捕まった時、いろいろな反応を示す」

「ええ」

「焦悴《しょうすい》しきっていることもあるし、逃げ回らなくて済むようになって、むしろほっとすることもある。今日の荒木はどうだった？」

「普通……でしたね」

「それこそがおかしいと思わないか？」

「そう、かもしれません」まだぴんときていないようだった。

「何て言うのかな……」私は髪をかき上げた。何かがおかしいのだが、それを適当に言い表す言葉が見当たらない。

「満足していた？」優里が助け舟を出してくれた。

「ああ……確かに」彼女が言う通りなのだが、それはそれで奇妙である。逮捕されて、満足そうな表情を浮かべる人間などいない。安心することはあるだろうが……。

「こちらの常識が通用するような人間じゃないのかもしれないわね」優里が指摘した。

「それでも、刑事責任は問えると思うよ。逃げ回っていたということは、自分の立場が理解できている――判断能力があった証拠なんだから」

「そうね……」優里が顎を撫でた。「でも、何か裏があるような気がする」

「勘で？」

「ただの勘だけどね」

「君の勘は当たることが多い」私はうなずいた。勘を科学的に説明することはできないし、優里の勘がいくらよく当たると言っても、それに全面的に頼ることはできないのだが――しかし引っかかる。自分たちで捜査するわけではないが故に、気になるのかもしれないが。

「気にしてもしょうがないわよ」優里がさらりと話を切り上げにかかった。

「分かってる」

「他にやること、あるでしょう」

「ああ——そうだった」

私はスマートフォンを手にした。大事な電話をかける前に、梓に指示する。

「荒木の取り調べ状況は、常にチェックしておいた方がいいな。君は同じ所轄なんだから、交通課の情報も取りやすいだろう」

「課が違うんですけど」梓がやんわりと逆らった。

「課が違っても、同じ江東署の人間に変わりはないんだから」相変わらず前に出て来ないな、と不満に思いながら私は言った。もう少し積極性があってもいいのだが。

テーブルにつき、大住の携帯の番号を呼び出す。今朝から何度電話をかけただろう……当然、今も電源は入っていない。せめて留守電になっていれば、大事なメッセージを残せるのだが。犯人逮捕をいち早く知ることができれば、彼の気持ちにさざ波を——いい意味でのさざ波を立てられるかもしれない。

「相変わらず？」優里が訊ねた。

「ああ。電源を切ってる」

「大住さんも、ニュースぐらいチェックしてるんじゃないかしら」

「それを祈るよ」

その可能性がどれぐらいあるか……低いのではないかと私は悲観的に思った。車に乗っているのだから、ラジオなりカーナビのテレビなりでニュースを聴くことはできるはずだが、そんなことをする気になるかどうか……仮に彼が死を意識して、本気で死に場所を捜しているとすれば、世の中の動きなどどうでもよくなるはずだ。

荒木が捕まろうが、妻が帰ってくるわけではないし。

多くの被害者家族が抱く虚無感は、私には簡単に想像できた。私にも、取り戻せないものがあるのだ。

怒り

第三部

1

早朝の電話で、私は一瞬のうちに現実に引きずり出された。寝起きがいいことだけは自慢していいよな、と考えながらスマートフォンを摑む。午前四時。早朝どころかまだ夜中だ。誰か、被害者家族だろうか……相手の名前を見て、眠気や不満は一気に吹っ飛んだ。東テレイベンツの坂上。こんな時間に大住の同僚が電話してきたということは、何かあったに違いない。

「すみません、こんな時間に……」坂上は恐縮しきっていた。

「大住さんですか？」

「大住かどうかは分かりませんけど、浜松町の倉庫に誰かが入ったようです」

「分かりました。すぐにチェックします」

東テレイベンツでは、大住の身の上を真剣に案じていた。そのため私の依頼に応じて、倉庫に人の出入りがあった場合、警備会社を通じてすぐに連絡が入るような仕組みを作り上げてくれたのだ。盗む価値のあるようなものは保管していないというし、こんな時間となれば、いかにも怪しい。

　私はすぐにベッドから抜け出し、左膝に痛みがないことにほっとしながら、倉庫を管轄する所轄に電話を入れた。課長の本橋が馬鹿丁寧に頭を下げ、どんな時間でも倉庫に急行してもらえるよう、頼みこんだのだ。同時に、ゲスト用のIDカードも東テレイベンツから貸与してもらっている。これなら社員の到着を待たずに中へ入れる。

　所轄の当直は、すぐに人を出す、と請け合ってくれた。サイレンを鳴らして急行すれば、倉庫まで数分もかからないだろう。私はクリーニングから戻ってきたばかりのシャツを羽織り、昨夜ソファに脱ぎ捨てたスーツに腕を通した。ネクタイは省略して家を飛び出す。幸い、山手通りに出た瞬間にタクシーが通りかかったので、すぐに摑まえ、倉庫の場所を教えた。この時間だと首都高二号線を使った方が早いと判断してルートを指示し、シートに背中を預ける。あとは所轄の動き次第……ここで自分が焦っても何にもならないと思ったが、気持ちは急く。

　首都高に乗ったところでスマートフォンが鳴った。見慣れぬ携帯の番号だったが、慌てて耳に押し当てる。

「……署の小室《こむろ》です」

署の名称を一瞬聞き逃したが、所轄の人間のようだ。私は「どうでした?」と勢いこんで訊ねた。

「確保しましたよ」

「自殺しようとしていたのでは?」

「いや——何も——」

クソ、デジタルの通話品質はこんないい加減なのか? 私は一度スマートフォンを耳から離し、睨みつけた。そんなことで通話状況が良くなるわけではないが。再度耳に押し当てた途端、今度はクリアな声が耳に飛びこんでくる。

「——とにかく無事でした。倉庫の中でうずくまっているのを見つけて確認したら、本人だと認めました」

「ありがとうございました」私はそっと吐息を漏らした。

「どうしますか? 今、パトに乗せているんですが……」

「署の方で保護しておいて下さい。今、そちらに向かっていますので」

「分かりました。それでは……」

小室が電話を切ろうとしたので、私は慌てて「ちょっと待って下さい」と大声を出した。

「まだ何か？」小室は迷惑そうだった。

「彼はどんな具合ですか？」

「大人しいですよ。落ちこんでいるというか。でも、心配はいらないでしょう」

話し振りから、小室という男はベテランの外勤警察官ではないかと思えた。もしもそうなら、その観察眼は当てになる。毎日大勢の人と会う外勤警察官は、表向きの挙動と実際の心理状態との乖離《かいり》を見抜くのが得意なのだ。

「お手数おかけしますが、よろしくお願いします」

「いやいや、仕事なので」

「それと、車はありましたか？」

「ああ、手配車両ね？　倉庫の近くの路上で見つけましたよ。これは後で、別途署に運びます。何か気をつけることでも？」

「特にありませんが……」何かあるはずだ。大住の失踪――既に四日に及んでいた――の実態を明らかにする材料が。しかし、彼の四日間を詳細に知っても、さほど意味はないだろうと思い直す。「いや、すみません。署の方に運んでいただければ、それで結構です」

通話を終え、私はシートに背中を預けた。興奮が消え、急激に疲労感が襲ってくる。長い一日になりそうだ。本当は、連絡しなければならない相手が何人もいる。梓、優里、課長……しかしこの時間に叩き起こすのは申し訳ない。もしも最悪の事態だったら、すぐに耳に入れておく必要があるのだが、取り敢えず大住は無事なのだ。今はそれだけで十分ではないか。

大住は、警務課の空いたデスクに座っていた。デスクには紙製のコーヒーカップが載っていたが、水面は下がっていない。顔を上げて私に気づいたが、目つきはぼんやりしていた。どこか薬物の影響を感じさせる。私は、彼の横の椅子を引いて座った。彼が手をつけていないコーヒーに意識が吸い寄せられたが、取り敢えず無視する。右手には相変わらず包帯。だいぶ汚れていた。指先の絆創膏ははがれかけている。

「怪我はないですか」

無難に切り出すと、大住が無言でうなずいた。どこか不満そうで、私と眼を合わせようとはしない。

「だいぶ捜しましたよ」

「別に、捜してもらわなくても……」

「ご両親が捜索願を出しましたから。会社の人も心配しています」

「最悪ですね」大住が吐き捨てる。声はがらがらで髪は乱れ、ワイシャツにも皺が寄っていた。

「何がですか?」自分の行動を悔いているのだろうか。

「死に切れなかった」

「そうですか」

大住が顔を上げ、今度は私の目を正面から見据える。

「何か、変なことでも言いましたか?」私はさりげない口調で訊いてみた。

「普通は、よかったとか言うんじゃないんですか」

「あなたにとっては、よかったんですか?」逆に訊き返す。

「それは……」大住が唇を嚙んだ。恐る恐るといった感じで左手をコーヒーカップに伸ばす。爪が汚く伸びている上に、ささくれが目立った。何日も風呂に入っていない様子で、かすかに異臭が漂う。

「私はよかったと思います。あなたが無事に帰って来てくれて、本当に嬉しい」

「警察的には、失点にならないで済みましたよね」

私はうなずき、彼の言い分を認めた。しかしすぐに、訂正を入れる。

「失点は関係ありません。あなたに何かあったら気分が悪い――それだけです。私の個人的な問題ですね」

「ずいぶん正直な人だ」大住が短く笑い声を上げて、コーヒーカップを摑んだ。手が震えていたが、何とか零さずに口元に持っていく。一口飲んで、「泥みたいなコーヒーだな」と顔をしかめる。

「自販機のコーヒーは、こんなものですよ」

「今の俺にはお似合いかもしれないけど」

ひどく自虐的な態度は、これまでは見られなかったものだ。彼の感情の揺れは、自分の内面に攻撃の矛先を向ける段階に入ったのかもしれない。その行き着く先が自殺である。

「何であそこにいるのが分かったんですか」

言っていいかどうか、一瞬判断に迷った。しかし隠し事をして、それが後でばれたら、むしろ大住の精神状態を不安定にするだろう。ここは正直に話しておくことにする。

「あなたは、学生時代にも失踪騒ぎを起こしていますよね」

居心地悪そうに、大住が椅子に座り直した。

「何で、そんな古い話を……」声は消え入るようだった。

「あなたを助けるためだったら、何でも調べますよ——あの時あなたは、映像研究会の部室で自殺しようとした。当時、一番よく出入りしていた場所ですよね」

「あの時は——」大住が声を張り上げたが、すぐに口を閉ざしてしまう。次の言葉は、ほとんど閉ざされた口から、無理に吐き出されたようだった。「本気じゃなかった」

「誰かが見つけてくれると思ったんですね？　分かりますよ。大学のサークルの部室なんて、四六時中誰かがいますからね。人がいなくなることの方が珍しいでしょう」

「甘えてたんですよ」大住が吐き捨てる。

「今回は違いますよね」

私が指摘すると、大住がぴしりと背筋を伸ばした。表情が怖いほどに引き締まっている。

「学生時代の失踪の原因……それも聞きましたけど、今回の出来事とは比べ物にならないでしょう」

「それは……もちろん」

「でも、人間の行動パターンはそれほど変わらないものなんですよ。自分でも忘れていることを、無意識のうちに繰り返すことになる。あなたが家を出て、次に姿を現すとしたら、慣れ親しんだ場所だろう、という気がしていました。だから、会社の関係だろうと」

「大したもんですね」さして感心した様子もなく、大住が言った。「でも俺は、今回も……死ねなかった」

「死ぬ必要なんかありませんよ。あなたにはやることができたじゃないですか」私は少しだけ彼に向かって身を乗り出した。「荒木──犯人が逮捕された話は聞きましたか？」

「ええ」

「あなたには、事件の結果を全て見届ける義務があります。辛いことかもしれませんが、あの時いったい何があったのか、奥さんのためにも知るべきではないんですか？」

「それは……まあ」

「裁判で、荒木の判決を見届ける必要もあるでしょうし、今後、損害賠償を求める民事の裁判もあるかもしれない。提訴するかどうかは、あなたや他の被害者家族の皆さんの考え次第ですが、あなたは戦う必要があるんじゃないですか」

「荒木と？」

「敢えて言えばあなた自身と」私は大住の目を真っ直ぐ見据えた。「誰でも弱い気持ちになることはあります。それは当たり前です。でもあなたは、ゆっくりとでいいですから、強くなるべきなんです。それが奥さんのためでもあります」

大住がうつむいた。事件の後、彼にこれほど強い言葉をぶつけた人間はいなかっただろう。それこそ腫れ物に触るような扱いをしてきたはずだ。しかし大住の精神状態は揺れ続け、だからこそ、梓も上手く対応できなかったわけで……気持ちが乱高下《らんこうげ》する相手に対しては、こちらは常に同じ態度で接するべきなのだが、そのための適切な方法はなかなか決められない。実際大住の件は、経験の少ない——実質的にゼロの梓には難し過ぎたのだ。

「さて、そろそろシャワーを浴びたいんじゃないですか」

「ああ……そうですね」惚《ほう》けたような口調で大住が言った。

そのタイミングで、初老の制服警官が、私の目の前にキーホルダーを差し出す。ちらりと顔を上げると、半ば白くなった髪と、柔らかい眼差しが目に入った。

「小室さんですか？」私は立ち上がり、キーを受け取った。

「車は、前の駐車スペースに置いたから」一礼してから、小室がさりげなく言った。

「ありがとうございます」

丁寧に頭を下げ、大住にうなずきかける。彼が左手をデスクにつき、そこに体重をかけながらゆっくりと立ち上がった。

「帰りましょう」私は低い声で呼びかけた。「家に」

私が部屋に入っても、大住は嫌そうな素振りを見せなかった。二つのバッグをソファに乱暴に放り投げると、壁の時計に目をやる。

「六時か……」

「今日は、会社に行って下さい」

「え？」大住が目を見開く。「まさか……」

「あなたをここで一人にしておくわけにはいきませんから」

「自殺するかもしれないから？」

「有《あ》り体《てい》に言えば、そういうことです」

大住の喉仏が上下する。ジャケットを脱いでソファに放り投げたが、その後で動きが止まってしまった。リビングルームの真ん中で立ち尽くす。

「しかし我々も、四六時中あなたを監視しているわけにはいかないんです。だいたい、そんなことをされたらあなたも迷惑でしょう？」

「それは、まあ……」

「だったら、会社に行ってもらった方がいいんです。同僚の前で、滅多なことはできませんよね」見つかることを計算して、部室で首吊りしようとした男だから、同情を引くためにまた何かするかもしれないが……その時はその時だ。「それに、しばらく仕事から離れていたんだから、色々とやることもあるでしょう。実際、会社へ行こうとはしていたんですよね？」

同情――ひたすら気を遣ってもらう段階から、現実へ戻るタイミングが来たのではないかと私は思っていた。傷ついた人に立ち直ってもらうためには、時には手荒なやり方が必要になることもある。仕事をする気になれなくても、取り敢えずデスクについて、鳴った電話に出てみるとか。それでも精神状態が落ちこむことがあれば、また別の方法を考えればいい。

私たちの仕事は、次々に手を、可能性を考えることだ。被害者家族の気持ちは一人一人違うのだから、マニュアル通りに仕事ができないのは当然である。

「取り敢えず、シャワーをどうぞ。コーヒーの準備をしておきますから」

「いや……」

「美味いコーヒー、飲みたくないですか？　署で飲んだコーヒーは最悪だったでしょ

う」私はキッチンとリビングルームの境にあるカウンターに置かれたコーヒーメーカ
ーに視線をやった。「あれ、かなりいいコーヒーメーカーですよね？　私も叩き起こされたんですから、美味いコーヒーを飲む権利があると思います。落ち着いたら、どこかで飯でも食べましょう。今日は時間もありますし」これは本音だった。こんな非常時でも朝食のことを考えてしまう自分に驚く。

「ああ……そうですね」

「この辺で朝飯を食べさせてくれる店があるかどうかは分かりませんけど」確か、駅前にファミレスがあったはずだが。

「まあ、飯ぐらい、どこでも」

拒絶されなかったのでほっとした。人はどんな時でも食事をする。絶望していても、悲しくても、怒っていても腹が減るのだ。逆に、食べる気があるなら、大抵のことは乗り越えられる。

「先に、ちょっと顔を洗わせてもらえますか」

「どうぞ」

かって知ったる家である。洗面所で顔を洗った後、私は浴室のドアを開けて中をざっと改めた。危険な物はない——洗面所の引き出しを開けると、電気剃刀《かみそり》が入っていたが、これで自殺するのは不可能だ、と一安心する。

リビングルームに戻ると、大住が自分でコーヒーの用意をしていた。既に香ばしい香りが漂い始めている。

「飲んでもらってていいですよ」

「待ちますよ。一人で飲んでもコーヒーは美味くないですから」

何を言っているのか分からないといった様子で、大住が首を振る。私が飲まないと、風呂に入る気になれないようだった。仕方なく、彼が差し出してくれたマグカップに半分ほどコーヒーを注ぎ、口をつける。コーヒーメーカーで淹れると、なかなか味に深みが出ないのだが、これは美味かった。

「勝手に飲んでますから、どうぞ」

「それじゃ……すみませんが」

大住が浴室に消える。シャワーが流れる音が聞こえ始めてしばらくしてから、私は洗面所の前まで忍び足で移動した。体を洗う音が聞こえてくる。このリズムが単調になったらまずい——男がシャワーを終えるのを待ち構えているのも変な感じだなと思いながら、私はコーヒーを飲み続けた。彼は長風呂ではないようで、私のシーマスターで五分が経過したところで、シャワーが止まる音がした。ほどなく、浴室のドアが開く。そのタイミングで、私はキッチンへ引っこんだ。今度は電気剃刀を使う音が聞こえてきたが、そこは心配しなくてもいいだろう。取り敢えず、放っておくことにする。

間もなく、大住がリビングルームに戻って来た。さっぱりしたはずなのに、濡れた髪が頭に張りつき、どこかみすぼらしい感じがする。包帯を濡らさないようにしたのだろう、大きなビニール製の手袋を右手にはめたままだった。私は、もう一つのマグカップに注いだコーヒーを差し出した。

「どうも」低い声で礼を言って、大住が左手でカップを受け取る。一口飲んで、喉の奥から「ああ」と嘆息を上げる。

「家のコーヒーは美味いでしょう」

「まあ……でも、自分でコーヒーは淹れてなかったから」

「コーヒー担当は、奥さんですか?」

「美味かったですよ。同じコーヒーメーカーを使ってるのに、何故か味が違ってた」

「そういうこと、ありますよね」

「この味には慣れないかもしれないな」

「慣れますよ」

「え？」大住が驚いたような声を上げた。続く言葉は刺々しい。「何でそんなことが言えるんですか。他の被害者の人が慣れたから？　それが全ての人に共通するわけじゃないでしょう」

「いつも側にいた人がいなくなる——辛いことです。でも、必ず慣れます」

「一般論で言われても、困りますよ」大住の声がまた強張った。先ほどまでは平静な口調だったのに、また揺り戻しがきたようである。

「一般論じゃないですよ。私は自分の経験から言っているんです」

「経験って……」大住の顔に戸惑いが広がる。

話していいことかどうか、分からなかった。実際、今まで被害者家族に自分の個人的な事情を話したことはない。プライベートを切り売りするようで嫌だったからだ。しかし今回は別だった。様々な事情があり……大住には聞く権利があるのではないかと思った。

　私が話している間、大住は口元でずっとコーヒーカップを保持していた。肉厚の重いカップには、一杯にコーヒーが入っており、利き手でない左手でずっと持ち続けるのは大変なはずなのに。私が話し終え、自分のカップをカウンターに置くと、はっと気づいたように腕をゆっくりと下ろす。

何を言い出すだろう、と私は彼の顔を凝視《ぎょうし》した。だが、今の彼は、この場に相応《ふさわ》しい言葉を生み出すことができないようだった。

代わりに涙が一筋、頬を伝った。

2

「何で呼んでくれなかったんですか」

電話の向こうで、梓がむっとした口調で言った。私にすれば予想もしていなかった抗議であり、思わず言葉に詰まってしまう。

「何でって……朝四時に叩き起こされたかったのか？」

「今まで散々捜してきて、いざ見つかったとなったら連絡がこないのって……」

「仲間外れ、とか？」

「いや、別に……子どもじゃないですから」

否定しようが、実際は子どもの反応そのものだ。彼女の言い分も分かるのだが……

結局私は、正論を持ち出すことにした。

「大袈裟にしたくなかったんだ。考えてみてくれ。彼は自殺しようとして、その場所に会社の倉庫を選んだ。ぎりぎりの状態で、何とか所轄が保護してくれたんだぜ。そこへ何人も押しかけたら、また動転するだろう？　それで変な方向へ突っ走らないとも限らない」

「私一人が増えても、状況は変わらなかったんじゃないですか」

それは何とも言えない。確かに、制服警官が多数いる中で、私服の警察官があと一人増えたとしても、状況に変化はなかったかもしれない。しかしやはり、無理はできなかった。大住が梓を「外してくれ」と言ってきたいきさつもある。

「これで終わりじゃないから、また君に仕事をしてもらうこともあると思う」

「まだあるんですか？」仲間外れにされたと怒った割には、これ以上の仕事はしたくないようだ。どうにもコントロールしにくい状況である。それだけ彼女が、まだ事件慣れしていない証拠なのだが……私は欠伸《あくび》を嚙み殺してから、スマートフォンを握り直した。目の前に、山手線の車両が滑りこんでくる——これを利用しよう。

「悪い、電車が来たから……詳しいことはまた後で話す」

電話を切り、ほっと溜息をつく。安藤梓巡査、二十五歳。貴重な人材になるかもしれないと様子を見てきたが、支援課に迎えるのはやはり難しいかもしれない。このセクションに必要なのは、若さではなく経験である。若い刑事は、相手の気持ちを忖度《そんたく》できるほど経験を積んでいないし、それ故、何かあると自分も一々ショックを受けてしまう。

実際私も、何度もショックを受けている。これから先、さらに経験を積めば、もっと柔軟に対応しつつ自分の精神状態を守れるかもしれないが、事件や事故はいつでも、こちらの予想や経験を超越した形で起こり得る。今回の件でも、私は大住の気持ちや行動を読み切れなかった。それ故、これほど引っ掻き回されたわけだし、今後も素直に落ち着くとは限らない。私個人の事情を話してしまったことで、支援センターとの関係がぎくしゃくする可能性もある。

そう、この件は支援センターに通告しておかなくてはならない。だが、自分でそれをやることを考えると、気持ちが沈みこむ。愛との気まずい会話を想像して、心がざわめくようだった。ここはやはり、優里に任せるしかないだろう。毎度――それこそ学生時代から面倒をかけてばかりなのだが、彼女に甘えるのが一番安全な方法だ。

何か奢らないといけないなと考えながら、私はまだ朝のラッシュが残る山手線の車両に体を押しこんだ。

「お疲れ様でした」本橋は興奮もせず、丁寧な口調で言った。ただし、本当に労《ねぎら》いの気持ちを持って声をかけてくれているとも思えない。今回の江東署の事件ではだいぶ混乱したわけだが、現場に出なかった課長にしてみれば、それほど大事ではなかったのかもしれない。もちろん、一々課長があたふたしているようでは、仕事は混乱するばかりだが。

「いえ」私は短く言って、ロッカーに置きっぱなしにしてあるネクタイを首に回した。朝方、スーツだけ着て家を出てしまったのだ。

「これで一段落、ということになりますか」

「そうですね……基本、今後は支援センターに任せようと思います。それでも、捜査の流れに関しては、我々が伝えなくてはいけないと思いますが」

「その件ですが……」本橋の顔が曇る。「荒木は依然として、『ブレーキとアクセルを踏み間違えた』と主張しているようですね」

私はうなずいた。さすがに飲酒運転は否定するか……それも当然である。逃亡している間に、荒木が色々調べた可能性は捨て切れない。危険運転致死傷罪に問われれば、自分の人生がほぼ終了してしまうことは分かっているのではないか。何とか過失で逃げ切りたいと必死になるのは自然だ。

「交通捜査課が、前夜荒木が呑んでいたらしいという情報を掴んでいるんですが」

「それに関しては、立件は難しいでしょうね」

あっさり言われて、私はいきなり暗い気持ちに突き落とされた。それではいけない。死刑になれば万事解決というわけではないが、被害者家族を納得させるためには、できるだけ刑期は長くなった方がいい。犯人が服役を終え、社会に戻って来ただけで、フラッシュバックに襲われる人もいるぐらいなのだから——何十年経っても。

「何とかならないんですかね」

「それは、我々が口を出せることではないですから」

「そうですか……」仕方ない。そんなことは私も分かっている。だが、誰かに愚痴をぶつけたくてたまらなかった。

こんな時は優里に話すに限るのだが、いきなり機先を制されてしまった。席につき、話しかけようとした瞬間、「支援センターに連絡した？」と向こうから切り出してきたのだ。

「いや、まだだけど……」

「午前中に向こうと——西原と話して」

「その件は、君に頼もうと思ってたんだけど」

「あなたが担当したんだから、あなたが話をするのが筋よ」

「何か、別の目的があって言ってるみたいに聞こえるんだけど」

「あるわよ」優里があっさり認めた。「一石二鳥になることを、心から祈念《きねん》しています」

「何だよ、それ」私は思わず吹き出しかけたが、優里が極めて真面目な表情を浮かべているので、それ以上文句を言えなくなってしまった。明らかに公私混同であり、そもそも優里が勝手に思いこんでいる――あるいは自分の願望から言っているだけなのだが。

「今後の大住さんのフォローについて、入念に打ち合わせておいた方がいいわよ」

「そうだな……代わりに一つ、お願いできないかな」

「何？」

「安藤のフォローを頼む」

「どうして」

「今朝、呼ばなかったら、臍《へそ》を曲げた」

優里がかすかに顔を歪めた。彼女にしたら、これが「笑っている」ことになる。家でも、子どもたちにこんな表情しか向けないのだろうか、と心配になった。

「それで？　慰めておけばいいの？」

「俺の悪口を言ってくれればいい。それであいつも、溜飲が下がるんじゃないかな」

「何もあなたが悪者になる必要はないわよ。今朝は、安藤を呼ぶ必要はなかったんでしょう？　そんなこと、考えればすぐに分かる。臍を曲げる方がおかしいのよ」

「それはそうだけど……」

「ダブルＡからシングルＡに格下げ？」

「野球関連の喩えは、俺に任せておいてくれないかな」

優里が肩をすくめ、受話器を取り上げた。私は卓上に置いたカレンダーに目をやった。今日は――木曜日か。愛は支援センターに詰めている日だ。

予定が頭に入ってしまっていることに、少しだけ嫌気がさす。いつまで囚われて――囚われているのが悪いことかどうかさえ、分からないのだ。

「お昼は？」

「いや、まだだけど」

「じゃあ、食べながらにしましょう」

愛の急な申し出に、私は戸惑いを覚えた。一緒に食事、というのはいつ以来だろう。今まで、こんな話はまったく出なかったのに、どういう風の吹き回しか。警戒心は高まったが、断る理由もない。手早く話をして、さっさと帰ろうと思っていたのだが……昼前という時間帯がまずかったのかもしれない。

車椅子の彼女と歩いていると、何となく胸が苦しくなってくる。そう思ってはいけない、偏見を持つべきではないと考えると、ますます苦しい。彼女は平然とした様子で、車椅子を操っていたが。

愛は、支援センターの入ったビルから二十メートルほど離れたビルの一階にあるカフェに入った。店内ではなく、道路との段差がないテラス席へ向かう。今日は暖かで、外で食事を摂るにもいい陽気だが、彼女はいつもここで食べているのだろうか。冬はどうするのだろう。

木製の丸いテーブルについた途端に、私は居心地が悪くなった。テーブルが小さいせいで、彼女との距離が近い——近過ぎる。暖かい微風が吹いて快適な気候ではあるが、うなじに汗が滲《にじ》むような緊張感を覚える。愛はまったく何も気にならない様子で、メニューに目を通していた。

「ここ、よく来るのか？」

「お弁当を持ってきていない時は、ほぼ毎日」

「そんなに美味い？」

「というより、入るのが楽だから。東京は、車椅子に厳しい街よね」

さらりと批判してから、愛が手を挙げて店員を呼んだ。さっさとサラダランチを頼み、私に目を向ける。まだメニューを見てもいないのだが……忙《せわ》しなさは昔とまったく変わらないなと苦笑しながらメニューを一瞥《いちべつ》し、ハヤシライスを頼む。しかし、サラダか……昔の彼女だったら考えられない。小柄な割によく食べるタイプで、しかもまったく太らなかった。燃焼効率が非常にいいのだろう。あるいは車椅子生活になってカロリー消費が減った分、食べる量を減らしているのだろうか。

そんなことすら、私は知らない。

いや、知る必要があるかどうかも分からない。

胸のざわつきは、どうしても収まらなかった。

愛が摂取カロリー量を控えているのではないかという予想は、運ばれてきたサラダを見て覆された。鶏の大きな胸肉のグリルが、山盛りの野菜の上に載っていたのである。鶏肉は、それだけで一品料理になりそうなものだった。野菜の量、それにつけ合わせの拳骨のような大きさのパンを見ると、彼女の体格では明らかに食べ過ぎに思える。しかも鶏肉には、カロリーの高そうな、どろりとした白いソースがかかっている。

愛が、さっさと食べ始めた。大きく頬張り、ゆっくりと噛む。この食べ方は全然変わっていないな、と思うとまた胸が痛んだ。一々ショックを受けていたらやっていられないのだが、離れていた時間の長さを意識すると、どうしても気分が塞《ふさ》ぎこむ。

遅れて私のハヤシライスが運ばれてきた。さっそく食べ始めたのだが、失敗だとすぐに悟る。どうにも水っぽく、味に奥行がない。甘ったるさばかりが舌を苛《いじ》め、半分ほど食べたところでもう嫌になってきた。一方愛は、変わらず旺盛な食欲を見せている。

昔だったら、一口貰うところだ。

あの頃はそれが自然にできた。

甘みに耐えて、何とかハヤシライスを食べ終える。口の中がおかしくなってしまったので、食後の飲み物にはエスプレッソを貰い、強烈な苦みで何とか甘ったるさを洗い流した。愛は、たっぷりしたカップに入った紅茶にミルクを加える。やはり、カロリー計算はしていないようだ。

「見つかったのね」いきなり切り出してきた。

「ああ」私は話を合わせた。唐突に本題に入る癖も、昔から変わらない。「まだ不安定な感じだ」

「近々、もう一度訪ねてみるわ」

「こっちに来させるのではなく？」

「大住さんはプライドが高い。自分が被害者家族だということを認めたくない……というか、それで弱った自分を他人に晒したくないと思っているわね」

「本人の意識はともかく、弱さは十分晒したと思うけどね。あれだけ態度がころころ変わったり、失踪したり……自殺を企てたり」

「精神的には、子どもっぽいところもあるのよ。でもその分、立ち直りは早いかもしれない」

「そうか？」

「子どもの方が、ショックを乗り越えるのは得意でしょう。精神構造が単純な分、悩みが分け入るスペースも少ないのよ」

「大人の場合は、タオルに水が染みこむようなものかな」

「そうね。でもタオルは絞ればまた使えるけど、心は絞れない。だから、なかなか悩みが抜けない」愛が肩をすくめた。

「そうだな……そっちでは、この後どんなフォローを考えている？」

「自殺は本気だったと思う？」愛が質問に質問を返した。

「いや。本気で自殺するつもりだったら、誰にも邪魔されない場所を選んでいたはずだ」

「発見場所、会社の倉庫だったわよね？　つまり、誰かに見つけて欲しいという甘えがあったんだと思う」

「ああ」

「だったら、何とかなるわね。今のところは、どんどん甘えればいいのよ。私たちは振り回されるけど、そのうち、そういうのが馬鹿馬鹿しくなって、自分の足で立つようになるから」

「一つ、君に無許可でやったことがある」

「何？」

愛が首を傾げる。つき合っていた頃と同じ、子どもっぽい仕草。それが私の胸を射抜いた。射抜かれたところで、どうなるものでもないが。

「自分の昔話をした。他にも、同じような立場の人間がいることを知って欲しくて」

「そう」愛の表情は変わらない。「それで？」

「彼は、泣いた」

「そうか……」愛がカップの縁を撫でた。「そういう話には、素直に心が動かされるみたいね。だったら、グループセラピーが効果的かもしれない」

「ああ、他の被害者家族と話し合いをさせる……」

「今回、同じ立場の家族が五組もいるでしょう？　他の四組は比較的落ち着いているけど、やっぱり同じ立場の被害者であることに変わりはないんだから。会わせてみるのも手ね」

「それは任せる」私はうなずいた。当面の方針が出たのでほっとする。「こっちは、捜査の流れを伝えていくから」

「念のために、あなたもセラピーに出たら？」

「警察官がいると、緊張して話せない人もいるけど」

「あなた、そんなに威圧感、ないでしょう」愛が緩く笑った。

「他の被害者家族は？」

「今のところ、大住さんほどひどい精神状態の人はいない。心配なのは、子どもたちね。兄弟姉妹を亡くした子も、皆小さいから。傷は癒えやすいけど、長期的に見ていかなくちゃいけない」

「そこはお任せになるな」

「分かってる。仕事だから」愛がうなずいた。

仕事の話はそこで終わりになる。ということは、これで話は終わりだ。愛がさっさと財布を出し、自分の分の千円札を引き抜いてテーブルに置く。ミルクの入ったピッチャーを重し代わりにした。

「何で食事に誘ってくれたんだ？」私は思い切って訊ねた。

「何でって……」愛が不思議そうに首を傾げる。「食事時だったから。支援センターで話をしてたら、お昼が後ろにずれこむでしょう？　そういうの、嫌いだから」

予想していた答えではあったが、少しだけがっかりする。しかし自分は何を期待していたのだろう、と私は自問した。「あなたと食事がしたかったから」と言って欲しかった？　いや、今さら彼女の口からそんな台詞を聞いても何にもならない。なのに、何か変化を期待してしまう……これでは、自分の意志などないも同然だ。何かあるなら、自分から言い出せばいいのに。

言うことなどない。

時の流れは何も解決しないし、心を癒してくれないのだと実感するしかなかった。

3

荒木が逮捕されてから十日後、最初のグループセラピーが行われた。場所は支援センターの会議室。事務的な素っ気ない部屋だが、それがいいのだろう、と私は思っている。話し合うには、せいぜいテーブルと椅子があれば十分だ。華美な装飾は、むしろ気持ちを落ち着かなくさせる。

集まったのは九人。大住以外は、子どもを亡くした両親が多い……亡くなった子ども以外の子どもを連れて来ている夫婦もいたが、今は別室——通称「子供部屋」で預かっている。わざわざ子ども専用の部屋があるのは、年少者が被害に遭うケースが多いことの証左でもある。

事務局長の高藤《たかとう》が開会の挨拶をした。物腰柔らかで、声も低くソフトなので、誰かを苛立たせることはない。というより、彼の声を聞くと、その場の雰囲気が一気に和むのだ。現役時代、主に暴力団対策畑を歩いてきた人間とは思えない。

「——このような形で被害者家族の皆さんに集まっていただいたのは、自由に話し合ってもらうためです。率直に話し合っていただくことで、悩みが解決することもあります。我々は場所をお貸しするだけですので、話の内容については何も申し上げることはありません。何か分からないことがあったらアドバイス、あるいはお調べしますが、特に口出しはしませんので……なお、時間だけは二時間に区切らせていただきます。こういう時は、いつまで経っても話が終わらなくなることが多いですし、そうなると前向きの話が出なくなりますので」

一礼して、高藤が部屋の片隅にある椅子に腰かけた。センターからの出席者は、彼と愛だけ。私は二人とは逆方向の部屋の隅から、出席者たちの様子を見守った。

いきなりこういう場所に集まって、支援センターの職員から「口出ししない」と言われても、簡単には話ができないだろう——しかし、すぐに一人が口火を切った。四十代半ばぐらい、綺麗に整えた口ひげが印象的な男性である。薄い青のジャケットにポロシャツという軽装だった。

「水木《みずき》でございます。水木芽以《めい》の父親です」

私は頭の中で犠牲者の名簿をひっくり返した。水木芽以——小学二年生。今喋り始めた水木とは……似ていない。横に座っている小柄な女性が母親なのだろうが、その面影の方がはるかに濃かった。水木が比較的落ち着いた様子なのに対して、そわそわしている。時々体を小刻みに揺らし、夫を不安そうに見た。

私は大住に視線を向けた。テーブルの角に一人きりで座っている様子が、孤立感を加速させる。スーツにネクタイ姿なのは、仕事を途中で抜け出してきたからだ。このセラピーに参加しないか、と連絡を入れたのは愛だったが、彼女によると、話をした時の様子は「普通」で、その場ですぐに「参加する」と返事したという。こういう場に出て来る気になったのは大きな前進だ、と愛は言った。

ただし、実際に様子を見た限り、まだ前向きな気持ちになっていないのは明らかだった。肩を丸めているのは、内へ内へ閉じこもろうとする気持ちの表れではないか。もちろん、人間観察と心理分析に関しては愛の方が専門家だから、私の個人的な印象に過ぎないかもしれないが。

「芽以は、私が四十歳の時の子どもでした。結婚して十年、もう子どもはできないだろうと諦めていた時に産まれたんです」

水木の声は淡々としていたが、それ故私の心をきつく締めつけた。

「今度の事故で、どれだけ自分が不幸なのかと……どうして自分の家族だけが不幸になるのかと何度も自問しました。でも、こうして皆さんとお会いすると、自分だけではないということがよく分かります。辛い気持ちを共有できる人がいるというだけでも、かなり気が楽になります」

その言葉を契機に、発言が相次いだ。上手い滑り出しだな、と私は愛に視線を送った。彼女がかすかに苦笑してうなずく。それで、これが「仕込み」なのだと分かった。おそらく愛たちが、話の口火を切るよう、事前に水木に頼みこんでいたのだろう。セラピーでは、参加者同士が顔も名前も知らないことも多いし、放っておくとまったく話が進まないまま、時間だけが過ぎてしまうことも少なくない。しかしそこで、センター側が話を誘導すると、参加者の自助努力を殺してしまうのも自明の理だ。あくまで自発的に話し合って、仲間意識を高めた――そういう感触を持ってもらうためには、誰か司会役を務める存在が必須なのだと、以前に聞いたことがある。今回の場合、被害者の両親の中でも最年長の水木に白羽の矢が立ったのだろう。

　私は、参加者の話をなるべく聞かないように意識した。これはあくまで、被害者家族のための集まりである。警察が口を出せることではないし、それぞれの家族の事情は、担当した支援員の方がよく知っている。私はあくまで、大住の観察に集中することにした。

　一通り参加者が発言した後も、大住は口を開こうとしなかった。ほとんど姿勢を崩さず、部屋のどこか一点を凝視している。他の参加者の話を聞いているかどうかも疑わしかった。

始まってから一時間ほどが経過した時、背広の胸ポケットに入れたスマートフォンが鳴り出した。優里だった。私がここにいることは当然知っており、重要な用件がなければかけてくるはずがない。嫌な予感がして、私は急いで部屋を出た。廊下で電話に出ると、優里がいきなり「変な話を聴いたんだけど」と切り出してきた。

「何の件で？」

「今回の事故」

「何か、変なことが起きるような材料があるのか？」

「まだ分からないけど、事故じゃなくて事件だったのかもしれない」

「事件って……それは、最初から事件じゃないか」

「そういう意味じゃなくて」優里の声に苛立ちが混じった。「犠牲者の一人で、三田《みた》一朗《いちろう》さん、いるでしょう」

「ああ」

大人の犠牲者二人のうち一人だ。私は直接担当していなかったので詳しくは知らないが、確か広告代理店に勤務するサラリーマンである。やはり出勤途中に事故に巻きこまれ、ほぼ即死していた。

「荒木と知り合いらしいのよ」

「それは――」私はその情報を素早く検討した。広い東京だが、たまたま知り合い同士が事故の当事者になってもおかしくはない。だいたい二人とも、あの近くに住んでいるのだし。「知り合いだと、何か問題でもあるのか？」

「分からないけど、酒井さんが二人の関係に注目してる」

「そうか……何もなくて注目するわけがないよな」私は一人うなずいた。少しだけ鼓動が早くなっているのを意識する。「酒井さんは慎重なタイプだから。それで、どういう知り合いなんだ？」

「仕事の関係らしいんだけど」

ホテル開発を続けるアーバンＨＤと広告代理店に、どんな関係があるのか……いや、あってもおかしくないか。些細な宣伝活動でも、広告代理店が絡んでくるのは自然だ。

しかし、その程度の「知り合い」など、ごく薄い関係だ。仕事で知り合った人間とは、街中で偶然会っても気づかないのではないだろうか……酒井が注目している理由はなんだろう。

「わざわざ、悪いな」

「ちょっと気になったから……そっちの様子はどう？」

「淡々と。他の家族については、それほど心配いらないと思う」

「大住さんは？」

「一言も喋ってない」

「そうか……まだきついかもしれないわね」

「ああ」

「それと、セラピーには三田さんの家族も出席してるのよね？」

「ああ、奥さんが」

「今の件、話したら駄目よ。酒井さんもまだ直当《じかあ》たりしていないみたいだから」

まさにそうしようと思っていたのだが。優里がわざわざ電話してきたのは、接触するようそそのかしてきたのだと考えていた。少し先走り過ぎたか……。

「酒井さんとは立ち話しただけだけど、これはあくまで交通捜査課の事件だからね。私たちが事件の筋を追ったら、滅茶苦茶になるから」優里が釘を刺した。

「分かった。大人しくしてるよ」

自分の職分は弁《わきま》えているつもりだ。しかし部屋に戻った時から、私はどうしても三田の妻、菜穂子《なおこ》に注目せざるを得なかった。四十歳ぐらいだろうか……すらりと背の高い女性で、長く伸ばした髪の一部を、顔の両脇に垂らしている。そのせいで顔のシルエットが隠れ、ひどくほっそりとした印象を受けた。濃いグレイの半袖のカットソーにパールのネックレスという地味な格好で、喪に服しているようにも見える。折しも、発言を始めたところだった。

「結婚して十年になります。豊洲に住んで五年です。ちょうど子どもが小学校に上がったばかりで……夫と子どもは、朝一緒に出かけることが多いんですが、あの日は夫が先に家を出て……もしも一緒だったら、どうなっていたか分かりません」

ぎりぎりのタイミングだったのだ、と分かる。二人一緒にもう少し遅れて出ていたら、二人とも事故に遭わなかったかもしれない。

「子どもの世話をしなければならないので、今は少しは気が紛れています。でも、子どもがまだ一年生なので、父親がいないことがよく理解できていないようで……どんな風に話したらいいか、今でも悩んでいます」

ぼそぼそとした話し声。しかし彼女の場合、子どもが人生のつっかい棒になるだろう、と私は思った。多くの場合、日常生活に追われて忙しくしていると、嫌な記憶は薄れる。もちろん子どもも被害者家族であり、親はその悲しみまで背負わなければならないのだが……しかしいつか、子どもが親を励ますようになる。そういう強い子どもを、私は何人も見てきた。それによって助けられた親の姿も。

しかし、気になる。被害者と犯人が知り合い……だからといってすぐ事件に結びつくわけではないが、何かが引っかかる。本当に偶然なのか？

会合は午後一時過ぎに終わった。最初の顔合わせとしてはこんなものか……意外に会話が弾んだ感じだが、これからどうなるかは分からない。セラピーには長い時間がかかるのだ。

菜穂子には挨拶だけしたが、難しい話をする時間もないまま、彼女は部屋を出てしまった。水木が、食事に行く人間を誘っている。午後一時、少し遅い昼食……菜穂子以外の人間は全員、一緒に昼食に行くことになったようだ。意外な一体感に私は驚いたが、セラピーがそれだけ効果を発揮したのだろう、と前向きに考える。

「村野さん」

大住が声をかけてきた。相変わらず無表情で硬い声色だったが、向こうから話しかけてくるとは思っていなかったので、私は少しだけほっとした。積極的にコミュニケーションを取ろうとするのは、立ち直りの第一歩である。

「今日は、あまり話しませんでしたね」

「いや、やはりこういうのは……居心地はよくないですね」大住がぼそぼそと言った。

「話を聞いているだけでもいいんですよ。何か話さなくてはいけないという義務はないんですから」

「ええ。あの……犯人なんですけど、どうなっているんですか」

「最初の勾留が、二日後に切れます」私は腕時計を見た。「事件の重要性を考えると、あと十日は勾留がつくはずです」

「危険運転致死傷になるんですか？」

「それは……」私は言葉を濁した。しかし、いつまでも曖昧にしておくわけにもいかない。はっきり話すことにして、部屋の片隅に大住を引っ張っていった。「正直に言えば、難しいと思います。危険運転致死傷には、かなり厳しい要件があるんですよ。具体的には、酔っぱらっている時、スピードの出し過ぎなどで車のコントロールができなくなった時、運転するだけの能力がないのに運転した時、信号無視、それに運転妨害の結果事故になった時ですね」

「今回は……」

「この五つの要件に当てはまらないんです。ブレーキとアクセルの踏み間違い――現場検証の結果でも、直接の原因はそれだと断定されていますから」

「じゃあ、刑務所に入っても、すぐに出てくるじゃないですか」大住の顔が暗くなる。

「裁判の行方は、我々にも分からないんですが」

「でも、危険運転致死傷とは、全然違いますよね」

「それは……そうですね」

「あれだけひどい事故を起こしておいて、ただの交通事故扱いなんですか」

「捜査の結果は、そちらを示しています」

大住が唇を引き結んだ。怒りが外に出られなくなったせいか顔が赤くなり、一瞬膨れ上がったように見える。何とか怒りを抑えつけたのだと分かったが、どうせならここで私に怒りをぶちまけてもらった方がよかった。それを受け止めるのも、支援員の仕事なのだから。

「とにかくまだ、捜査は終わりませんから」慰めになっていないなと思いながら、私は言った。

「ええ」大住はまだ不満そうだった。

「もう少し、捜査の様子を見守って下さい。必要なら、専門家に説明させますので」

「そういう話は、難しくなりますからね……村野さんから話が聞ければ十分ですよ」

「私なら、いつでもいいですから」

「そうですか……それじゃ、ちょっと皆さんと一緒に飯を食ってきます」

「いいことですよ」

大住が一瞬間を空けてからうなずいた。こういう会合に意味があるのか、他の家族と交流を持つのがいいことなのかどうか、依然として悩んでいるのは明らかだった。私はいいことだと思うのだが、同じ立場の人たちと一緒にいると、かえって苦しくなるかもしれない。

しかし大住は、自分の意思で食事に行くことを選んだ。それは、先ほどまでのセラピーが、彼にとって決して不快なものでなかったことの証明である。

これでいいのだ。大住は確実に立ち直りつつあると自分に言い聞かせたが、どうしても釈然としない。心のどこかに小さな棘が刺さって、どうしても抜けない感じなのだ。

4

酒井から捜査に関連する依頼があったのは、最初のセラピーが行われた翌週だった。三田菜穂子に事情聴取したいので、同席して欲しい——遺族感情に配慮してのことだった。

「それはつまり、荒木と三田さんの関係を疑っているということですね？」私は突っこんだ。

「いや、必ずしもそういうわけではないんだが」酒井の口調は歯切れが悪かった。

「あくまで念のためだから」

「構いませんけど……これからですか？」

「今日の午後」

「分かりました。私がつき添います」菜穂子を担当していた支援員は、別の現場に出ている。何かと頼りになる優里もいない。「江東署の安藤に任せる手もありますが、どうですか？」

「あの娘《こ》はまだ頼りないからな。あんたが同席してくれると助かる」

「分かりました」

そういう自分も、菜穂子とは先日挨拶を交わしただけだ。支援課に対していい印象を抱いてくれているといいのだが、と懸念しながら、私は江東署に向かった。

今日はよく晴れ、陽射しは夏のように強い。私が菜穂子を招き入れたのは、支援本部が家族との面談用に使っていた会議室で、窓が大きいせいか陽射しが増幅されているようだった。じっとしていると汗が滲んでくるほどで、普通の体ならエアコンが欲しくなる陽気なのだが、私にはむしろありがたい。エアコンの冷風も、左膝の痛みの原因になるのだ。夏も冬も、この古傷にはうんざりさせられる。

菜穂子は不安で締めつけられた内心を隠そうともしなかった。目が泳ぎ、椅子の上で体が揺れている。恐らく今回の一件で、捜査担当者から直接呼び出されることは少なかっただろう。家族は事故に直接関係ないから、当然である。

「今回はあくまで裏づけ捜査ということですから、安心して下さい。リラックスして、普通に話をしていただければ結構ですから」私は切り出した。

「――はい」菜穂子が私の名刺に視線を落とした。それから私の顔を見て、「お会いしましたよね。セラピーの時に」と言った。

「ええ。お話はできなかったですが……私は他の家族の方を担当していましたので」

「すみません」頭を下げると、髪がふわりと額に垂れる。「ご面倒おかけして」

「こちらこそ、かえって申し訳ないです。いろいろお忙しい時に」

「でも、外に出られたので」菜穂子が強張った笑みを浮かべた。「何だか、家を出るのが面倒なんです。一日中、どこにも行かないで部屋にこもっていることもあるんですよ」

「たまには外の空気を吸った方がいいですよ」

「分かっているんですけど、どうしても……」

「大事なのは、無理をしないことです。今は、楽にするのが一番ですから」

そう言った直後、ドアが開いて酒井が入って来た。大量の書類を抱えた若い刑事を一人、助手として連れてきている。菜穂子の隣に座っていた私は立ち上がり、椅子一つ分隙間を空けて座り直した。オブザーバーの立場を貫くためには、全員から少し距離を置いた方がいい。酒井と若い刑事は、広いテーブルを挟んで菜穂子と向き合う格好で座る。

「お忙しいところ、申し訳ありません」酒井が切り出した。

「いえ」菜穂子はまだ戸惑っている。

「実は、捜査している段階で、新たな事実が発覚しまして……奥さんの方でご存じないかと思いましてね。確認させていただきたいんです」

「はあ」菜穂子の顔に困惑が広がった。

「ご主人と犯人の荒木なんですが、仕事上のつき合いがあったらしいんです」

「え？」

「ご主人の会社が、荒木が勤めるアーバンＨＤから広告展開を依頼されていて、その時対応した一人がご主人だったようです。というより、ご主人がこの仕事の中心的な存在だったと聞いています」

「全然知りません」菜穂子が言下に否定する。「ごめんなさい、主人の仕事のことはあまり……」

酒井がうなずき、変わらぬ口調で続けた。

「それが半年ほど前のことで、ご主人と荒木は、この仕事をきっかけに親しくなったと聞いています。同じ街に住んでいるせいもあったんですかね」

酒井がちらりと視線を送ると、若い刑事がすぐに一枚の書類を選り分けて渡した。

「ご主人の会社の方で事情聴取した結果、そういう事実が出てきまして……」

「分かりません」菜穂子の声が硬くなる。膝の上できつく握り締めた両手が白くなっているのが見えた。

「荒木が、ご自宅まで遊びに来たことはありませんか？」

「ないです」

「間違いないですか？　あなたがいない時に、人が訪ねて来るようなことはないんですか」

「基本的に、私がいない時には、お客さんは呼ばないようにしていました」

「ご主人が荒木の家を訪ねたことは?」

「それは……分かりません。主人は忙しかったですし、外で何をしているか、一々言いませんでしたから」

納得したように、酒井がうなずく。若い刑事から受け取った書類に視線を落として、すぐに顔を上げた。

「一緒に呑みに行くようなこともあったみたいですけどね」

「それは……分かりません。主人は大抵帰りが遅かったですから。よく外で呑んでいましたけど、代理店の仕事はそういうものなので、私も一々詮索しませんでした」

「同じ豊洲に住んでいたので、自宅の近くで呑むこともあったみたいですよ。ご主人が荒木を会社に訪ねて来て、そのまま豊洲に戻って呑んで、という感じが多かったようです。その辺の会話を、荒木の会社の同僚も聞いていますので」

「そうなんですか……」菜穂子が唇を引き結ぶ。何か思いついたのか、ハンドバッグを探って手帳を取り出す。ぱらぱらとめくり始めたが、すぐに何かを見つけたようで手が止まる。顔を上げて、「知り合ったのは半年ぐらい前、という話でしたよね」と酒井に確認した。

「ええ」

「例えばいつ一緒に呑みに行っていたか、具体的な日が分かりますか？」

「そうですね」酒井が書類をテーブルに置き、人差し指を滑らせる。「曖昧な記憶による証言ですから、絶対正しいとは言えませんが、例えば四月の中頃、とか」

逆に助けを求めるように、酒井が菜穂子の顔を見た。菜穂子は顎に手を当てたまま、しばらく手帳を睨んでいたが、やがて納得したようにうなずいてまた顔を上げる。

「確かに……四月十七日、木曜日に、主人は呑んで帰ってきました」

「ええ」酒井が怪訝そうな表情で相槌を打った。

「その日は、豊洲で呑んでいたはずです」

「そんなことまで分かるんですか？」私は思わず話に割って入った。「分かりません」と言っていたはずなのに。

「分かります」菜穂子が私に向かってうなずいた。「どこで呑んでいたか、一々チェックはしていませんでしたけど、会社の経費で落ちないものだけは、全部私に言ってもらっていたんです」

「つまり、奥さんが完全に家計を管理していたわけですね？」私はさらに訊ねた。

「そう、ですね」菜穂子が少しだけ表情を緩めた。「あの、主人は四十三歳でした」

ですけど」

「バブルの名残の頃を、少しだけ知っているんです。当時はまだ新入社員だったはず

「はい」

新卒で入社したとすれば、一九九三年頃か。私はまったく知らない時代——当時はまだ中学生だったのだが、後で聞いた話では、バブル崩壊で一気に景気が悪化したわけではなかったらしい。株価の下落から始まった「失われた二十年」だが、その最初の数年間は、バブルの尻尾を引きずっていたようだ。タクシーチケットなどは自由に使えなくなっても、高級な接待用の店はまだ繁盛していたし、銀座や六本木も街全体が賑わっていたという。私は菜穂子に向かってうなずきかけ、先を促した。

「結婚した頃、とにかく金遣いが荒くてびっくりしたんです」

「でも代理店ですから、給料はよかったんじゃないですか？」

酒井がずけずけと質問すると、菜穂子の顔がにわかに曇る。私は目線で彼に「黙っていてくれ」と合図した。途端に酒井が情けない表情を浮かべる。

「私は専業主婦でしたから、自分ではお金を稼げないので……ずっと景気も悪かったですし、将来のことを考えて、お金の出し入れをちゃんと把握することにしたんです」

「ご主人、よくＯＫしましたね」

「そこは……」菜穂子が一瞬だけ苦笑を浮かべた。夫婦間の強烈なせめぎ合いを思い出したのだろう。おそらく夫は強硬に抵抗し、菜穂子の方ではそれを打ち崩すだけの材料を何か持っていた——菜穂子が急に真顔に戻る。「とにかく、自分のお金で呑んできた時には、領収書を出してもらいました。確定申告しているわけではないですけど、私は取り敢えず領収書を取っておいて、手帳を家計簿代わりにして記録しておいたんです」

「でも、それだけで分かるんですか？」

私が疑問を口にすると、菜穂子がテーブルに手帳を広げた。見開きで、一か月分の予定が書きこめるようになった、カレンダー式のページ。彼女が四月十七日のところを指差す。「豊洲　焼き鳥　四千二百円　半分」。細く赤いボールペンで書かれた細かな文字。

「豊洲の焼き鳥屋と言うと、駅前の商店街の中ですか？」

「そうです」

「元々の豊洲は、あの辺らしいんですけど、とにかくそこにある焼き鳥屋さんで呑んでいたはずです。焼き鳥屋さんは一軒しかないですから。それで……半分っていうのは、割り勘したんですね。普段は豊洲で呑むことはほとんどなかったから、たぶん、犯人と一緒だったんじゃないですか」

「なるほど」酒井が真面目な表情でうなずく。「家で、荒木の話題が出るようなことはなかったですか？」

「ないです。はい……仕事のことは基本的に話さなかったので」

「仕事以外でのつき合いは結構あったんですか？」

「そうでもないです。やっぱり、仕事が忙しかったので」

線はつながった。しかしこれが、今回のひき逃げ事件に関係しているかどうかは分からない。その後も酒井は手を替え品を替え質問を続けたが、菜穂子から有益な情報を引き出すことはできなかった。菜穂子も疲れ切ってしまい、私は一時間ほどで、「これぐらいにしましょう」と介入した。酒井は不満そうだったが、菜穂子は露骨にほっとした表情を浮かべる。

そこへ刑事が一人飛びこんで来て、事情聴取は本格的に終了になった。刑事が耳打ちすると、酒井の表情が急に険しくなる。菜穂子に「どうもありがとうございました」とだけ声をかけると、すぐに他の二人の刑事とその場で打ち合わせを始めた。

こういう態度はよくない——わざわざ呼び出したのだから、きちんと最後まで礼を尽くして送り出すべきなのだ。しかし酒井は何か重要な——極めて重要な案件に引っかかってしまったようなので、仕方がない。私が彼女を送ることにした。

下まで行くと、菜穂子が「車で来ていますから」と言った。私は少しだけ眉をひそめた。自動車事故で夫を失った後、車を運転するのに抵抗はないのだろうか。事実、妻を亡くした夫が、免許証を返納してしまったケースを私は知っている。二度とハンドルは握りたくないです、と寂しく笑って。

「大丈夫ですか？」

「何がですか？」

「いや……」私は言葉を濁《にご》した。気持ちをそのまま口にすれば、あまりにも直接的な言い方になってしまう。

菜穂子の方で察したようで、「車ぐらい、大丈夫です」と言った。「子どもが小さいですから、車がないと困ることも多いし……生活していかなくちゃいけないので」

「分かります」

菜穂子が、小型のＢＭＷ——１シリーズだ——に近づき、リモコンでドアロックを解除した。鋭いデザインのヘッドライトは、現行モデルの証である。

「何か、嫌な話ですね」ドアに手をかけながら菜穂子が言った。

「分かります」

「知り合いの車で……事故に遭うのは、どんな感じだったんでしょうね」

「でも恐らく、誰が運転していたかも分からなかったと思います」

「そうですよね」菜穂子の顔が曇った。

実際、あの事故では、犠牲者五人はほとんど即死状態だった。菜穂子の夫も、病院に運びこまれた時には既に心肺停止状態で、手の施《ほどこ》しようがなかったはずである。痛みや苦しみを感じずに死んだであろうことが幸運だったかどうかは……誰にも分からない。

「ちょっと気味が悪い感じがします」

「ええ……もしも何か思い出したり、新しい事実が分かったら教えてもらえますか？私にでもいいですし、江東署の交通課でもいいですから、連絡していただければ」

「分かりました……でも、本当に気味が悪いです」

言い残して、菜穂子が車に乗りこむ。私は表通りに出て、彼女の車が道路へ出るのを誘導してから、会議室に戻った。少しだけ腹が立っていた。いくら緊急で大事な用事があったにしても、やはり酒井のあの態度は許せない。年上で階級も向こうが上なのだが、ここはきちんと説教しておかないといけない——教育も支援課の重要な役目だ。

しかし会議室に入った瞬間、私の意思は挫《くじ》かれた。深刻な表情を浮かべた酒井が手招きしてきたのだ。

「こいつを見てくれ」

文句を呑みこみ、私は彼の言葉に従ってテーブルを覗きこんだ。置かれていたのは、通帳のコピーである。

「ちょっと気になったので、荒木の口座を調べてみたんですが」先ほど入って来た若い刑事が、遠慮がちに切り出した。

金の出入りは、比較的規則正しいようだ。それもそうか……独身のサラリーマンの場合、急に金が必要になることなどあまりないだろうから。給与の振り込み、公共料金とマンションの家賃、それにクレジットカードの引き落としと、現金を下ろした記録。しかしその中で、私は桁が違う金の動きをすぐに見つけ出した。

「これか？」私が指差した先には「五百万円」の記載がある。振り込まれた金……そして、振り込んだのは三田だった。

「奥さんは、この件を知りませんでした」私は受話器を戻して言った。捜査の手伝いをするのは支援課の仕事ではないのだが、成り行きということもある。それに、不審な手がかりを見つけて厳しい雰囲気になっている酒井に、菜穂子と直接話をさせたくなかった。また、菜穂子が急に前向き――この言葉を使っていいかどうか分からなかったが――になっているのを、少し後押ししようという気持ちもある。何でもいいのだ。喪失感を乗り越えるには、忙しくしている方がいい、ということを私は経験で知っている。菜穂子に事情を話すと、家の中を調べ始めたのだった。

「口座の管理はどうなってるんだ」酒井が嚙みつくように言った。「奥さんが、全部管理しているような話だったじゃないか」

「それがどうも、三田さんは口座を二つ持っていたようです。普段の金の出し入れをする口座と、自分用の口座……奥さんが今、別の通帳を発見しました」

一番驚いていたのは彼女自身だろう。金遣いが荒いという理由で自分が家計の管理を始め、完全小遣い制で金を渡していたのに、何故か夫は別の口座を持っていた。現在の残高は二十万円程度だったが、一時は七百万円ほどの預金があった――荒木の口座に五百万円を振り込む以前は。

「おいおい……」酒井が目を細める。「ただの呑み友だちじゃなかったっていうこと

か？」

「これだけ大金が動いていたとしたら、違うでしょうね。これは、仕事の金額ですよ」私は言った。

「仕事って言っても、二人とも普通のサラリーマンじゃないか」酒井が反論する。

「個人の口座間で金のやり取りをするなんて、あり得ないだろう……裏金か何かか？」

アーバンＨＤの広告事業は、どのように行われたのか……普通は、業者を決めるのにコンペを行うのではないだろうか。その仕事を取るために、三田が荒木に裏金を渡した？　それにしては額が大き過ぎる。普通は、接待ぐらいで何とかしようとするものだろう。だいたい、金の受け渡しがあったのはごく最近で、この仕事自体に関係していたとは思えない。

「ちょっと調べてみてもいいですか」私は申し出た。刑事の本能がちくちくと刺激されている。それにこれは、被害者にかかわることでもあるのだ。

「いや、それはお前の仕事じゃないだろう」酒井が渋い表情を浮かべる。

「それは分かってます。でも、荒木の上司とは一度会っているんですよ」

「……顔見知りなのか？」

「ええ」

「話はすぐに通じそうか？」酒井が乗ってきた。

「大丈夫だと思います」

酒井はしばらく無言で考えていたが、やがてゆっくり顎を撫でながら、「ばれなければいいな」と結論を出した。

「電話だと誤魔化されるかもしれませんから、直接会ってきます。念のため、通帳のコピーを貰っていきますよ」

「ああ。部外秘で頼むぞ」

そんなことは言われなくても分かっている。こっちだって、短いとはいえ、刑事の経験はあるのだ。しかしここで口喧嘩しても仕方がないと文句を呑みこみ、私は黙ってコピーを受け取った。

さて、相手はあの女性部長か……どこから攻めようかと考えながら、私はアーバンHD本社に向かった。

5

「宣広《せんこう》エージェンシーさんですか？」杉本綾子が首を傾げた。

「今年、御社の広告企画を担当したと聞いていますが……」

「ああ、はい」綾子が大きくうなずく。「だったら、東北キャンペーンの件ですね」

「東北キャンペーン？」私はおうむ返しに言った。

「東北地方のホテルに重点的に観光客を誘致するキャンペーンで、旅行会社とも組んでやっていたんですよ」

「まだ続行中ですか？」

「いえ、ゴールデンウィークまででした」

事故の直前までか……何か関係あるのだろうか、と私は疑念を抱いた。

「荒木さんも、その仕事をしていたんですね」

「ええ。開発の担当者も入っていた方がいいだろう、ということで。開発の人間は現地によく行きますから、事情が分かっているんです」

「直接の担当は宣伝部ですね？　担当者を呼んでいただけますか」

「はあ」急に綾子が面倒臭そうな声を出した。

会社としてはいい迷惑だろうな、と私は同情した。社員が犯人——しかも五人もの犠牲者が出たひき逃げ事故の犯人ということになれば、会社のイメージも悪くなる。支援課としては、こういう「犯行に関係ない関係者」のケアも考えなくてはいけないな、と時々思う。完全に個人の犯罪なのに、所属している組織や会社までが非難の対象になることはままあるのだ。

「迷惑でしょうが、お願いします」私は頭を下げた。他の社員の目が気になるが、この際、そんなことはどうでもいい。

「分かりました。ちょっとお待ちいただけますか」

綾子が立ち上がり、自分のデスクに向かって歩いて行った。衝立の陰にある来客用のテーブルに一人取り残された私は、両手を組み合わせてテーブルに置いたまま、少し首を伸ばして綾子の様子を窺った。立ったまま、こちらをちらちらと見ながら電話をかけている。すぐに受話器を置くと、険しい表情で戻って来た。

「すぐ来ますので」そう言うと座らず、大部屋の出入り口の方に体を向けた。ほどなく、小太りの若い男性社員が、ほぼ全力疾走でこちらへ向かって来る。胸元で、社員証が左右に大きく揺れていた。

名刺を交換し、相手の名前を「加賀《かが》」と頭に叩きこむと、私はすぐに本題に入った。

「宣広エージェンシーとやった、東北キャンペーンの関係なんですが」

「はい」甲高い声。緊張のせいか、走って来たせいか、額には汗が滲んでいる。

「荒木さんと、亡くなった三田さん――宣広エージェンシーの方ですね――が、友人としてつき合うようになったのは、その仕事がきっかけですか？」

「あ、その話、私が警察に話したんですよ」

よし、好都合だ。彼の記憶で、少しずつ糸が解きほぐされているのだから、この件の「主役」と言っていいだろう。私はテーブルの上に身を乗り出し、声を低くして質問を続ける。少しだけ、口調をラフにした。

「正直なところ、二人はどれぐらい親しかったんですか？」

「かなり親しかったと思います。ウマが合ったというか……後から思い出したんですけどね」

「金のやり取りをするぐらいにですか？」

「金？」加賀が首を傾げる。

「ちょっと待って下さい」綾子が割りこんだ。金の話が出てきたので、心配になったのだろう。会社が一番気にするのは、やはり金銭的なスキャンダルだ。「二人の間に、お金のやり取りがあったって言うんですか」

「ありました」この二人に隠しても仕方がない。情報を引き出すために、正直に話すことにした。「宣広エージェンシーの三田さんから荒木さんに対して、五百万円が渡っています。口座の記録が残っていますから、間違いないですね」

綾子と加賀が顔を見合わせた。そんな馬鹿な……と思っているのだろうが、こちらには証拠がある。私は通帳のコピーを二人に見せた。

「確かに……五百万ですね」加賀が眉をひそめた。

「これが裏金か何かだった可能性はありますか？」

「いや、それは……ちょっと考えられない」加賀が自信なさげに言った。

「どうしてですか」私は突っこんだ。

「東北キャンペーンなんですけど、うちの総予算が五千万円だったんです。裏金って、賄賂っていう意味でしょう？ 総費用の十分の一の賄賂って、いくら何でも多過ぎじゃないですか」

私は腕組みをした。もちろん、目の前の仕事を取るためだけに使うのが裏金ではない。相手の会社に食いこみ、長く仕事を続けるための「手付金」という可能性もある。それを指摘すると、加賀はあっさり否定した。

「宣広エージェンシーさんとうちは、昔からつき合いがありますから、今さらという感じですけどねえ。だいたいこの仕事も、一応入札はしましたけど、最初から宣広エージェンシーさんが最有力でしたから。宣広さんも、裏金なんか使わなくたって落とせると思ってたはずです。意味が分からない」

「だったら、個人的な金のやり取りですか？」

「個人的って……」呆れたように言葉を切る。馬鹿馬鹿しい、とでも言いたかったのだろうが、その可能性があるかもしれないと考えたのか、加賀が黙りこむ。個人の金であってくれた方がありがたいだろう。会社絡みの金なら、ややこしいことになる。

「もしかしたら……」綾子がぽつりと言った。

「何ですか」私はすぐに食いついた。

「独立話のせいかも」

「荒木さんが独立する、ということですか？」

「分かりませんよ、本人からはっきり聞いたわけじゃないですし」綾子が慌てて言い訳した。「ただ、そういう噂があったのは確かです。彼も経験を積んできたから、自分で会社を立ち上げようとしていたという話が……」

「独立は、会社としては問題なかったんですか？」

「どうして問題になるんですか？」逆に綾子が訊ねた。「そういう自由はありますよ」

「何の会社だったんですかね」

「旅行代理店、だったと思います。それなら、それほど多額の資金がなくても立ち上げられるはずですから」

「さすがにホテル関係ではないんですね？」

「自分でホテル関係のビジネスを始めようとしたら、億単位……それより一桁か二桁多い資金が必要になりますよ。一人では絶対に無理です」半分笑いながら綾子が言った。「旅行代理店なら、窓口だけ準備できれば、取り敢えずスタートできます。ネット専業という手もありますよね。それだと、システム構築の費用が主で、資金はぐっと少なくて済むはずです」

「独立ですか……」私は腕を組んだ。それなら、五百万円という金額について、納得できないこともない。例えば荒木が、仕事上で知り合った三田から出資を募ったとか。単なる借金ではなく、ビジネスのために出資して欲しいという話なら、垣根も低くなるのではないだろうか。いや、それでも不自然さは残るが……二人は、知り合ってまだ間もない。それなのにいきなり、五百万円もの大金をやり取りするのは、考えにくかった。

かすかなヒントで満足し、私は会社を去るしかなかった。

「独立か……そのための資金援助というのは、ありそうな話だな」私の報告に、酒井が顎を撫でる。

「本当にそうかどうかは分かりませんよ」

「荒木に直接ぶつけてみるか」

「本当は、もう少し周囲の情報を集めた方がいいんですが……」これは交通部ではなく刑事部の仕事だな、と私は思った。交通捜査の範疇《はんちゅう》は広いが、普段はこういう事件までは扱わない。

こういう事件――殺人？　ふいに頭に浮かんだ考えに、私は身震いした。そう言えばしばらく前、捜査本部の中でも「事故ではなく故意では」という説が出ていたはずだ。主に現場の状況から。

「どうした」酒井が怪訝そうな表情を浮かべる。

「いや……」材料が少ないこの段階で話していいものかどうか――迷ったが、酒井は最初からこの可能性を考えていたのではないか、と想像した。彼も、誰かに言ってもらいたいのかもしれない。自分と同じような疑念を持っている人間がいれば、また前へ進める。

「仮の話ですよ。あくまで仮の話」

「分かってる」酒井の口調は苛立っていた。「事実は少ないんだからな」

「そうですね……でも、どう思います？」

「俺に聞くなよ」酒井が嫌そうに言った。「これは、うちの事件じゃなくなるかもしれないんだから」

「捜査一課の出番ですかね」

「そうなるかもしれないな」

しかし……こんな展開があり得るのだろうか。ひき逃げなら、交通捜査課が担当するのは当然である。だが、途中で実は殺人だと分かったら？　殺人事件の捜査に関しては、捜査一課というエキスパートがいるが、途中での担当変更や合同捜査への移行など、あり得るのだろうか。

「三田と荒木の間で、何らかの金銭トラブルがあった……」念仏のようなものだと思いながら、私は言った。

「その可能性は極めて高いな」酒井が応じる。「五百万円は、少ない金額じゃない」

「そのために、人を殺そうとするぐらいに？」

「五万円でも人殺しの原因にはなるよ」

「そうですね」私は捜査一課時代に手がけた強盗殺人事件を思い出した。二十二歳の男が路上でいきなり七十五歳の男性を襲い、手加減せずに殴り倒した結果、被害者は死亡。被害額はわずか七千円だった。

「どうなんだ？　元捜査一課の人間としては、どうすべきだと思う？」

「一課の耳には入れておくべきでしょうね」それが筋だ。プロにはプロのやり方があるのだから。「ただし一回だけ、荒木に直接ぶつけてみたらどうですか？　もしもこれまで分かったことで自供させられたら、大きな手柄になりますよ。元々、手がかりは交通捜査課の方で摑んできたわけだし」

「なるほどね……あんたも、結構色々考えているな」

「支援課は、上手く遊泳しないとやっていけませんからね。交通捜査課とは、一緒に仕事することも多いですし……お手伝いしますよ」

「やってみるか」酒井がうなずいた。「もちろん、この件は……」

「分かってます」私は口の前に人差し指を立てた。

こんなやり方は間違っている。少しでも疑いがあれば、すぐに本来の担当部署に相談すべきだ。しかし警察の仕事は、必ずしも杓子《しゃくし》定規に行われるものでもない。前例主義、官僚主義と批判されながら、実は結構柔軟に運用されている。

取り敢えず、交通捜査課に恩を売ることはできるだろう、と私は計算した。

酒井と交通捜査課の若い刑事が取り調べを担当し、私も流れでそこに同席することを許された。ただし、口出しはしないように、と酒井から釘を刺された。

取り調べが始まる前、私は支援課に連絡を入れ、優里に状況を説明した。

「ひき逃げじゃなくて殺人だったたって言うの？」

「まだ証拠は一つもない」

「あなたの感触では？」

「可能性はあるな。だいたい、この事故自体、おかしいと思わないか？　ブレーキとアクセルを踏み間違えたぐらいで、あれだけの大事故になるとは思えないんだ」

「助走時間と距離が短か過ぎるわね」優里が突然数字を挙げ始めた。「荒木のボルボは排気量二リットルで二百三馬力、ゼロ—百キロ加速は八・二秒。スポーツタイプとは言えないでしょう」

「ああ」うなずきながら、彼女はカタログを暗記したのだろうか、と私は訝った。時々優里は、妙なところにこだわる。

「しかもあの車には、歩行者検知システムがあるのよ。事故の可能性が高まると自動的にブレーキがかかるから、相当スピードが出ていないとあれだけの大事故にはならない。それこそ、意識してアクセルを床まで踏みこまないと」

「つまり、交通捜査課の見立てが間違っていると？」

「交通捜査課は、まだ結論を出していないわ。ブレーキとアクセルを踏み間違えたというのは、あくまで荒木の言い分でしょう。それは物理的に検証されてはいないし、実際には検証は不可能だと思う」

「意図的に突っこんだ可能性も否定できない、か」

「しかも、何か動機になるようなことがあれば……この件、一応課長には話しておくわ」

「まだ保留つきだぜ」

「分かってる。でも、ひき逃げ事件じゃなくて殺人事件だとしたら、被害者対応も変わってくるわよ。一応、落ち着き始めた家族もいるけど、これだけひどい話になれば、またショックが大きくなるでしょう」

「そうだな」

「取り調べ、つき合うのね？」

「そのつもりだ」

「もしも自白したら、すぐに教えて。善後策を協議しましょう」

「分かった」

電話を切り、取調室に向かう。今回は交通課の取調室を使った。酒井と若い刑事は既に部屋に入っていて、荒木が到着するのを待っている。酒井が私にうなずきかけるのと同時に、ドアをノックする音が響いた。すぐに、手錠に腰縄の荒木が連れてこられる。逮捕されてから久しぶりに顔を合わせたが、ひどく疲れた様子で、頬がこけていた。額にはまだ絆創膏が残っている。酒井の向かいに座ると、少し咳きこみ、手錠をはめられたまま鼻を擦った。

酒井は搦《から》め手――状況を確認するところから入った。

「あんた、会社で東北キャンペーンの仕事をしていたね？　ゴールデンウィークまで」

荒木が「ああ」と短く言った。だがその声はやけに緊張してうわずっており、両肩がほんの数ミリ上がるのを私は見逃さなかった。聞かれたくない部分を突かれたのだと分かる。酒井が間髪入れず畳みかける。

「その時、広告代理店の宣広エージェンシーと仕事をした。そこには、今回の事件の被害者、三田さんがいた。あんたたちは一緒に仕事をして、時々呑みに行く仲にもなった。そうだね？」

「いや……」否定なのか、答えを留保しているだけなのか。荒木が唇を舐めた。顔色は不自然に白く、髪が汗で額に張りついている。

「あんたたちが遊び仲間だったことは、証言が取れている。そこまで否定しますか？」言い方は丁寧だったが、口調は厳しい。酒井がぐっと身を乗り出した。「それと、三田さんからあんたの口座へ、五百万円が振りこまれている。これはいったい、何の金ですか？」

「いや……それは……」

落ちる、と私は読んだ。期待した。絶対に真相を明かさない決心があるなら、相槌さえ打たないものだ。何の意味もない言葉すら、突っこみの材料になってしまう可能性がある。

「どうした？　何か説明したいことがあるなら言って下さい。時間はいくらでもあるから、ゆっくり話してもらっていいよ」

荒木がうつむいた。首が深く折れ曲がり、一見反省しているようにも見える。肩がかすかに震えていた。酒井がさらに追及する。

「あんた、独立を考えていたそうですね。自分で会社を立ち上げようとしたんでしょう？　その五百万は、開業資金だったんじゃないですか？　とにかく、あんたの銀行口座に、三田さんから五百万円が振りこまれたのは事実だ。これについて説明して下さい」

「……借りたんです」荒木の声は消え入りそうだった。

「借りた」酒井が繰り返した。「何のために？」

「だから、会社を……」

「旅行代理店？」

「そうです」

「そのために、三田さんから金を借りた。彼は出資者ということだね？」

「……はい」

「あんたが三田さんと知り合ったのは、最近でしょう。半年ぐらい前かな？　それで五百万もの金を出すっていうのは、三田さんもずいぶん太っ腹というか……簡単にあんたを信用したんだね」

無言。酒井が椅子に背中を預けた。少し距離が開いたせいか、荒木が細く溜息を漏らす。しかしそのタイミングを見計らったように、酒井が身を乗り出し、一気に距離を詰めた。荒木がびくりと体を震わせ、肩をすぼめる。

「この五百万円を巡って、何かトラブルはなかったのか？」

「それは……」

「五百万、少ない額じゃないでしょう。それに、あんたの会社はどうなったんだ？

本当に作るつもりだったのか？」

「そうですよ」荒木が顔を上げた。嘘だと決めつけられたと思ったのだろうか、不満気な表情を浮かべている。

「でも、実際には動いてなかっただろう。本気だったのか？」

「本気です」荒木が少しだけむきになって反論した。

「一つ、聴かせてくれないか」酒井が声のトーンを落とした。「あんたと五百万円の貸し借りをしていた三田さんが、通勤途中にいきなり車にはねられた。車を運転していたのは、五百万円を借りていたあんただ。偶然が過ぎると思うんだけどね」

「……偶然です」

「警察は、偶然を信じないんだよ」酒井の声が尖る。一瞬言葉を切って、またぐっと身を乗り出した。「今、事実を言えば、あんたが自分から進んで喋ったことにしてもいい。我々はまだまだ調べるよ？　調査はとば口に入ったばかりだから、これからどんどん事実が出てくるだろう。それでも黙っていれば、あんたの立場はますます悪くなる。逆にあんたの口から直接言ってもらえれば、こっちだって配慮する。いつまでも黙っていると……」

死刑だ。

荒木は、三田を故意にひき殺そうとしたのかもしれない。そのために、関係ない他の四人を巻きこんだとすれば、悪質極まりない。裁判員の心証も最悪になるだろう。仮に、自分から進んで自供したとしても、判決に影響を与えるとは思えなかった。しかし荒木は、沈黙を選んだ。逃亡生活、逮捕・勾留と精神的にもダメージが残っているはずだが、それでも最後の気力を振り絞ることに決めたようだった。

こういう人間の口を割らせるのは難しい。私は長期戦を覚悟した。

再び警察に呼ばれた三田の妻、菜穂子は露骨に警戒していた。短い間隔で二度も警察に呼ばれたら、何かあったと思うのは当たり前である。前回からの流れで私が話を聴くことになったが、気が重い——物理的な証拠がないが故に。今のところは、二つの口座の間で金が動いた記録だけである。そして金には色がついていない。記録を見ただけでは、背後はまったく分からないのだ。

菜穂子も同様だった。

「会社に出資ですか？」私の説明に首を捻る。

「そうです。荒木が旅行代理店を作ろうとしていて、そのための出資金ではないかと見られています」

「それは……本当なんですか？」

「あくまで推測です。分かっているのは、ご主人が荒木の口座に五百万円を振り込んだことだけですから」

「五百万円……大金ですよね」

「そうです。大きい額です」私はうなずいた。「これだけの額を簡単に出したということは、ご主人と荒木の関係は、実際にはかなり深いものだったと考えられますが」

「ちょっと……分かりません」菜穂子は顔色が悪かった。想像もできない推測を突きつけられ、混乱しているのは間違いない。

「ご主人の口から、こういう出資をしているという話を聞いたことはないですか？」

「ないです。仕事のことは、基本的に言わない人なので」

「これは、会社の仕事じゃないんですけどね」

「そうなんですか？」

「宣広エージェンシーにも確認しました。会社として、そういう出資の事実はないそうです」

三田は、会社にも黙って動いていたのだろう。あるいは宣広エージェンシーが何か隠しているのではないか——例えば税金逃れのトンネル会社を作るのに荒木を利用するつもりだったとか——とも思ったが、その証拠は何もない。

「もう一つ不思議なのは、ご主人がどうして五百万円もの金を用意できたか、ということなんです。別の口座があったのも、どこか不自然ですよね」

「ああ、それは……私に隠していたことがあったみたいです」バツが悪そうに菜穂子が打ち明けた。

「そうなんですか？」私は思わず嚙みつくように訊ねた。

「あ、いえ……別に悪い話ではないですよ。隠していたと言っても、そんなに大変なことではないですから。一年ぐらい前に、主人の伯父さんが亡くなったんですよ。昔から可愛がってもらっていたみたいで、私も会ったことがあるんですが——その人が、遺言で主人に遺産を残していたんです。それが七百万円ほどで……主人は私に何も言わないで、別に口座を作って預金していたようです」

「よく分かりましたね」

「心配になって……親戚中に確認したんです。そうしたら、このことが分かって。別に、最初から言ってくれればよかったんですよね。主人が引き継いだ遺産ですから、好きにしていいんですから」菜穂子が溜息をついた。それから意を決したように、厳しい表情を浮かべる。「何かトラブルがあったんでしょうか」

「分かりませんが、この事実は見逃すわけにはいきません」

「主人は殺されたんですか」

そうだ。証拠はないが、私の勘はそう告げている。しかし警察官として、はっきりした裏づけもないのに、ある人間を殺人犯と決めつけるわけにはいかない。ましてや相手は被害者家族である。無用な想像、推測で、さらに精神状態を悪化させてしまったら本末転倒である。

「今はまだ、何とも言えません。これからも証拠を探すつもりです」

「でも警察は、荒木という男が主人を殺したと疑っているんですよね」冷たい声で菜穂子が言った。

私は無言を貫き、真っ直ぐ彼女の顔を凝視した。あらゆる言葉、態度に気をつけなければいけない。言質《げんち》を与えたくないのだ。菜穂子も真っ直ぐ見返してくる。私の目を射貫き、心の奥底までほじくり返してやろうという強い意図が感じられる。

その強烈な視線から逃れるのは、手強い容疑者と対峙するよりも難儀だった。

6

めてだった。

「それはどういうことだ！」

私は仰天した。本橋が怒っている——声は割れんばかりで、こんな彼を見たのは初めてだった。

私が菜穂子と二度目に会った翌日の午後。少し開いた課長室のドアの隙間から、怒声が飛び出してきた。思わず立ち上がり、課長室へ歩み寄る。これは尋常ではない。気づくと、優里も隣に立っていた。

ドアの隙間から中を覗く。本橋は立ったまま受話器を握り締めていた。こちらには背を向けているのだが、怒りで肩が震えているのが分かる。今までの慇懃無礼《いんぎんぶれい》な態度は上辺だけで、これが本当の姿なのだろうかと心配になる。私たちは、分厚い仮面を被った男を長に頂いているのかもしれない。

二言三言話した本橋が、受話器を叩きつける。壊れるのではないかというぐらいの勢いだった。振り向くと私たちと目が合ったが、凶暴とも言える光が目に宿っている。しかし、わずか数秒の間に自分を取り戻したようで——それが本当の彼かどうかは分からないが——落ち着いた声に戻って、「面倒なことになりました」と告げた。

「どうしたんですか?」緊張で鼓動が早くなっているのを意識する。

説明せず、本橋はファクスのところへ行った。ほどなく、ファクスが紙を吐き出し始める。新聞のコピーらしい。見出しが見えてきた瞬間、私は顔面から血が引くのを感じた。

豊洲ひき逃げ　容疑者と被害者に接点

見出しがすべてを物語っている。本橋は引っこ抜くように紙を摑むと、私に渡した。私は前文を読んだ瞬間、首から上に完全に血液がなくなったように感じた。

江東区豊洲で5人が犠牲になったひき逃げ事件で、逮捕された荒木勇人容疑者(42)が、被害者の一人と金銭のやり取りをしていたことが分かった。被害者と加害者が顔見知りだった可能性があり、江東署の捜査本部で、関係を慎重に調べている。

「クソ」思わず吐き捨て、優里に紙面を渡す。本橋に向き直り、「これ、どうしたんですか」と訊ねた。

「駅の売店で、夕刊の早版を買った総務課の人間が気づいたんです」本橋の口調は、普段通りに戻っていた。

「冗談じゃないですよ。いったいどこから漏れたんですか」私は酒井の顔を思い浮かべた。あの男は、普段新聞記者とどの程度のつき合いがあるのだろう。まだ海の物とも山の物ともつかない情報を、簡単に話してしまうような相手がいるのだろうか。

「よく書けてるじゃない」

優里がさらりと言ったので、私は思わず嚙みついた。

「冗談じゃない。三田さん以外の被害者家族には、まだきちんと事情を説明していないんだぞ」

「それが一番の問題ですね」本橋も同意した。「私たちには、捜査について口出しする権利はありません。しかし、被害者家族に捜査状況を告知する必要はあります。新聞で知るのは、最悪でしょう」

「これは、確定した事実じゃないですよ」優里がファクス用紙を振った。「捜査状況の説明は、確実に分かったことだけを伝えるべきです。推測や当てずっぽうで知らせてしまって、後でがっかりさせることもありますから」

優里の話を聞いているうちに、私は冷静さを取り戻した。確かに彼女の言う通りで、適当な情報で被害者家族を一喜一憂させるわけにはいかない。私よりも支援課での仕事が長い優里は、過去にそういう経験をしたのかもしれない。

「それはともかくとして、手は打った方がいいですね」優里が冷静に指摘する。「記事が出てしまった以上、こういう方向で捜査が進んでいることだけは、説明しなくてはいけません」

「手配しましょう。支援係を全員集めてもらえますか。それと、支援センターにも連絡を」

本橋がてきぱきと指示して、課長室に引っこんだ。それを見送った優里が、小さく溜息を漏らす。

「厄介なことになるわよ、これは」

「分かってる」私はうなずいた。

「一番危険なのは……」

「大住さんだろうな」

「そうね……それともしかしたらこの記事、出所は三田さんの奥さんかもしれない」

「まさか」

「考えられないことじゃないでしょう。こんなショッキングな話を聞かされて、黙って一人で耐えているのは辛かったのかもしれない」

「だからマスコミにタレこんだ？」私は首を捻った。

「そういう可能性もあるっていうこと。今、犯人探しをしても仕方ないけどね」肩をすくめ、優里が自席に戻った。

時々、彼女の冷静さが鼻につくことがある。昔から――学生時代からこうだった。白けているわけではないのだが、仲間内で盛り上がっている時に、急にマイナス点を指摘して場の空気を冷たくしてしまう。そのお陰で、浮かれている場合ではないと気づいたことも何度もあるのだが……仕事の上では、彼女のような人間は絶対必要だ。内野ゴロでファーストのバックアップに走るキャッチャーのようなもので、そういう陰の努力がなければ、ゲームは崩壊してしまう。

しかし今は……彼女に感謝するより、前途の多難さを思い描いて暗い気分になるばかりだった。

大住は、夕刊を既にチェックしていた。会社でニュースサイトを見ていて気づいたのだという。どんな反応を示すか予想がつかなかったのだが、自宅で私と相対した大住は、意外に穏やかな様子だった。

「本当なんですか、この話」ダイニングテーブルの上に夕刊を広げる。社会面のトップが、荒木関係のニュースだった。

「こういう可能性もある、というだけの話です。裏が取れているわけではありません」

「へえ」

短く素っ気ない返事を聞いて、私は大住が穏やかな状態ではないことを悟った。心を殺している。胸の内に渦巻くどす黒い物を、必死で封殺しているのだ。

「荒木本人は、容疑を否認しています」

「そうなんですか」新聞を取り上げ、ゆっくりと畳む。「じゃあ、どうして記事になったんですかね」

「そういう疑い――荒木と三田さんの間で、金のやり取りがあったのは事実なんです」

「三田さん……残されたのは、奥さんと娘さんでしたね」

「ええ」

「たまらないだろうなあ」大住が嘆息した。「人を殺すのに、車で突っこむなんて……そんな手口、今までありました？」

「私の知る限りではないですね」大住は既に、荒木が三田を狙ったと断定している。非常にまずい傾向だが、強固に否定するとまた、彼の精神状態に悪い影響を与えそうだ。「今のところ、荒木がわざと車を突っこませた証拠は一切ありません」

「本人が認めない限り、どうしようもないということですか」

「物証という点では、これ以上詰めるのは難しいかもしれません」

「それが警察の限界ですか」挑発するような口調。目には光が宿っていた——久しぶりに見る、大住の怒りの表情だった。

「限界にはしませんよ。二人の間で金のやり取りがあったのは事実……記事に書いてある通りなんです。これを突破口にして、捜査担当者は、もっと厳しく責めますから」

「茉奈は、巻き添えですか」大住がぽつりと言った。「それじゃ、ただの事故より悪いじゃないですか」

「その可能性もあります」

「どうして、そういう曖昧な言い方しかしないんですか！」大住が突然爆発した。新聞をテーブルから叩き落とし、いきなり立ち上がる。上から押さえつけるように私を睨みつけ、言葉を叩きつけてきた。「こんなクソ野郎、どんな手を使っても吐かせればいいじゃないか。人を殺すために車で突っこむ？　まともな人間がやることじゃない。まともじゃない人間に対しては、拷問でも何でもして喋らせればいいじゃないですか！」

私は無言を貫いた。イエス、と言えばさらに大住を暴走させることになる。一度落ち着いた事件が、また宙ぶらりんの状態で戻ってきてしまった状況が辛いのは分かるが、あくまで仮定、可能性の話で勝手に突っ走られても困る。

「座りましょうか」

低い声で言うと、いきなり力が抜けたように、大住がすとんと椅子に腰を下ろした。うつむき、両手で頭を支える。肩が震え始めたが、今の私にはかけるべき言葉が見つからなかった。マニュアル三か条の三番目、「時には沈黙を選ぶ」。

しばらくすると、大住がゆっくりと顔を上げた。虚ろな目つきからは、内心は読めない。ふと、彼の心の逃げ道を思い出した。

「明日、セラピーがありますね」

「え？　ああ」声にも力がない。

「是非、出席して下さい。この記事が話題になるかもしれませんが、他のご家族がどう考えているか知るのも、いいことだと思います。私も同席しますので、答えられることがあれば、答えていきますから」

「そんな……明日になっていきなり事態が動き出すようなことがあるんですか」皮肉っぽい口調。

「捜査は生き物ですから」私は自分に言い聞かせるようにうなずいた。「急に展開することも珍しくないですよ」

「じゃあ、それに期待しましょうかね」どこか白けた調子で大住が言った。「この事件の真相が分からないと、俺は……俺たち被害者家族は、全然前へ進めないんですよ」


セラピーは、暗く沈んだ雰囲気で始まった。そもそも、菜穂子がいない。愛が出席の確認を取ったのだが、「出る気になれない」と断ってきたのだという。愛はさりげなく出席を促したのだが、一度頑なになってしまった人間を引きずり出すのは難しい。結局、セラピーとは別に、支援センターの支援員が後で自宅訪問することで話を打ち切ったという。

「今回は、皆さんとお話ししたいことがあります」

　今日も、最年長の水木が口火を切った。しかしこの前とは明らかに様子が違う。前回は、完全に悲しみを乗り越えてはいないものの、他の家族を気遣う余裕が見えたし、頼まれた「先導役」をきっちりこなしていた。しかし今回は非常に切羽詰まった様子で、怒りを隠そうともしない。立ち上がって参加者を見回す視線は、やり場のない怒りに満ちていた。

「既にご存じかもしれませんが、荒木が故意に事故を起こした――いや、これは殺人ですね。殺意を持って子どもたちの列に突っこんだ可能性が出てきました。もしもこれが本当なら、今までとはまったく状況が違ってきます」水木が言葉を切り、また全員の顔を見た。「実は私、弁護士に相談しました。もしもこれが事故ではなく殺人なら、徹底して荒木を追いこむべきではないかと思いましてね……弁護士の方では、警察の捜査の甘さを指摘していました」

　私は、一瞬で鼓動が跳ね上がるのを感じた。このセラピーに出席している警察官は私だけである。支援センターからは愛を含めて二人が同席しているが、水木の攻撃は私一人に向くだろうと覚悟した。

「殺人とひき逃げでは、罪の重さがまったく違います。故意だったのか、そうでないのか……最初の時点で、故意だったことを見抜けなかった警察の捜査には問題がある、というのが弁護士の指摘です。その辺、どうなんですか」

水木が真っ直ぐ私を見た。逃げるわけにはいかない――そう決めて立ち上がる。

「当初、ひき逃げということで捜査が進んでいたのは事実です。これは現場の状況、事故の目撃証言などから導き出された初期の結論でした。実は殺人かもしれないという可能性が浮上したのは、ごく最近のことです。詳しい事情は、まだお話しできる段階ではありませんが、荒木に関する金の流れを調べる中で出てきた話です」

「三田さんのご主人と荒木の間でトラブルがあったという話は、本当なんですか？」

水木がさらに追及する。

「二人が顔見知りで、金銭のやり取りがあったのは事実です。しかし今現在、明確なトラブルを示唆する材料はありません」

「そんなことも分からないのは……警察の怠慢じゃないんですか」水木が厳しく指摘する。

「荒木は現在、殺意を否定しています。あくまで事故だったという主張です」

参加者の間で、一斉に溜息が漏れた。まるで私を非難するように……それをきっかけに、厳しい言葉が飛び交い始めた。

「どうして荒木は自供しないのか」

「警察は本気で殺人事件で追及する気はあるのか」

「何故担当者が直接説明しに来ないんだ」

非難じみた質問が次々に浴びせかけられる。私はできる限り丁寧に答えたが、どれも言い訳めいて、我ながらうんざりしてきた。もちろん、ここに酒井を呼ぶわけにはいかないのだが……支援課が家族の対応をするのは、捜査担当者に余計な気遣いをさせないように、という意味もある。

「申し訳ありませんが、捜査の事情で話せないこともあります」

「さっきからそればかりじゃないですか」水木が不満気に指摘した。

「お怒りはごもっともです」何を言われても、ここは全て受け入れるしかない。「しかし捜査本部では、この件の真相を探る捜査に全力を尽くしていますから」

重苦しい沈黙が部屋に満ちる。誰かがペットボトルのキャップを開ける音さえ、やけに大きく聞こえるほどだった。一応、怒りを吐き出し終えたのか、水木が一転して心配そうな口調で訊ねる。

「三田さんの奥さんは？　今日は見えられてないけど、やはりこの件がショックで？」

「来ていただけないか、確認したんですが」今度は愛が応じた。「やはり、来る気にはなれないということでした」

「心配だな」水木が、隣に座る妻に話しかけた。妻がうなずくのを見て、私たちに顔を向ける。「ちゃんとフォローしてもらえるんですか」

「もちろんです」愛が請け合った。「いつまでも」

またも沈黙。愛が「しまった」と言うように顔をしかめる。「いつまでも」。これでは菜穂子の苦しみが永遠に続くようではないか。しかし愛は言葉を訂正せず、ただ咳払いするだけだった。支援センターにも、我々のマニュアル三か条の三番目、「時には沈黙を選ぶ」と同じようなノウハウがあるのかもしれない。

「我々も、また話してみるつもりです」水木が宣言するように言った。

「それは、大変いいことですよ」

愛がうなずくと、水木たちは、自分たちだけの話し合いに戻った。愛に言わせると、セラピーの本来の形とはこういうものである。「セラピー」というと、いかにも心理療法士に本心を打ち明け、アドバイスを貰うようなイメージがあるが、集団セラピーは、アドバイスを貰ったり、与えたりする場ではない。ただ話し合って互いに胸中を吐露するだけだが、それで気持ちが楽になることも多いのだ。お互いがお互いの受け皿になる——本当は、まったく違う事件や事故の被害者同士が一緒になる方が効果的だという。自分とは違う不幸を背負った人を見ると、自分のダメージを受け入れる準備ができる。世の中には、自分ほど不幸な人間はいない――というのが思いこみだと分かるのだ。そういう意味では、同じ事件の被害者家族が集まったこのセラピーは、ある意味危険である。「自分の方が不幸だ」という比べ合いがエスカレートするだけで終わってしまう可能性もある。

ただし今回、話はそういう方向へは流れなかった。あくまで荒木という人間がどれだけクソか――殺人犯であるという前提での話だが――を表現することに終始し、菜穂子に対して同情的な意見が多く出た。ある意味、この場にいない菜穂子が、会の雰囲気をまとめたとも言える。

「ちょっと……」会が始まって三十分ほど無言を貫いていた大住が、遠慮がちに手を挙げた。椅子に深く座り直し、私の顔を見て質問する。「仮にこれが殺人だったら、荒木は死刑ですかね」

「それは何とも言えません」私はまた、曖昧な答えを口にするしかなかった。

「あんな大変な事件なのに？」

「警察は、判決を下す立場にないですから。裁判員の判断次第です」

「まず、事実がないとね」

「それはそうですが……」大住の真意が読めない。まるで、自分で荒木を揺さぶり、本当のことを吐き出させようとしているかのようだった。もちろん、そんなことができるわけもないが。

「このまま荒木が否認し続けたら、どうなるんですか」

「ひき逃げ容疑に関しては、立件可能です。その場から逃走したことは、荒木も認めていますから」

「それでも罪は軽い……」

大住の言葉が、私の胸に染みこんだ。被害者家族が望む量刑と、裁判員が導き出す結論が常に一緒になるとは限らない。しかも、凶悪事件で犯人が死刑になったとしても、今度は別の後味の悪さを抱くことになるのだ。

人の死を決める権利が誰にあるのか。

7

私の唯一の純粋な楽しみは、週末の午前中に大リーグの試合中継を観ることだ。普段テレビはほとんど観ないのだが、これだけは別である。平日には必ず食べる朝食も抜きで、コーヒーを飲みながら、二時間か三時間、野球の試合だけに集中する。野球がオフの時期は……決して代わりにはならないが、アメフトだ。

　これがないと、気持ちのバランスが崩れてしまうかもしれない。そして捜査一課時代には、決して許されなかった贅沢ではある。あの頃は、休日などないに等しかった。いや、あったことはあったのだが、普通のサラリーマンのように、土日が必ず休みになるわけではなかった。一方支援課では、基本的に週末は出勤の必要がない。

　先週はいろいろなことが同時に起きて、心も体も疲れていた。そのせいもあってか日曜日は完全に寝坊してしまい、意識がはっきりした時には、ヤンキースとレッドソックスの試合は既に三回に入っていた。前半を見逃したか、とがっかりしたが、こういう時もある。田中将大《たなかまさひろ》が「ゼロ」を重ねていたのを確認してコーヒーの準備をし、顔を洗っているところでスマートフォンが鳴った。それだけでどきりとする。被害者家族からの電話ではないか？

　濡れた顔をタオルで拭いながら、着信を確認する。「安藤」と名前が浮かんでいた。梓？　どうして？　日曜日にまで仕事をしているのか……それはともかくとして、私に電話してくる理由は何だろう。嫌な予感に襲われ、慌ててスマートフォンを耳に押し当てた。

「お休みのところ、すみません」

「いや」大した用事ではないだろう、と少しだけほっとする。重大事なら、いきなり用件から話し始めるはずだ。

「大住さんと連絡が取れなくなりました」

「何だって？」私は思わずスマートフォンをきつく握り締めた。大きな液晶画面がたわむのではないか、と思われた。「君は何をしてるんだ？　今日は日曜だろう」

「いろいろ気になって……」梓が遠慮がちに打ち明けた。「例の、荒木に関する情報も、大住さんの情報も聞いていましたから。金曜日に、会いに行ってみたんです」

勝手なことを……頭に血が昇った。今回のように重要で特殊な事案では、何をやるにしてもこちらに報告してもらわないと困る。しかし私は、一つ深呼吸して怒りを呑みこんだ。彼女は彼女でやる気を出した——これは大きな前進である。今までは、事件の大きさに戸惑い、家族たちのむき出しの感情と相対するのを恐れていたのに。

「金曜日の様子はどうだった？」

「ちょっと、前と同じように……自分の殻に閉じこもった感じがしました」

セラピーの翌日だ。精神状態が悪化していたのは間違いない。

「それでぴんときたのか？」

「あまり話ができる状態じゃなかったので、その時は引き上げたんです。でも、また会う約束をしたんですよ」

「それが今日なのか？」壁の時計を見る。まだ十時半だ。日曜の午前──面会には少し早過ぎる。

「ええ。土曜日──昨日は出かけなくちゃいけない用事があるっていう話だったので」

出かける？　どこへ？　今の大住に行くべき場所などあるのか？　嫌な予感に襲われ、私はさらに強くスマートフォンを握り締めた。

「それで、今日の約束は？」

「十時だったんです。でも、家を訪ねてもいなくて……管理室に確認してもらったんですが、昨日からずっと帰っていない様子です。車もありません」

「部屋の中は見られるか？」

「鍵を借りれば大丈夫ですけど、それは……」

怯えている。万が一、部屋で死体を発見することになったら、とでも考えているのだろう。

「分かった。すぐそっちへ行く。どこかで待機していてくれないか？」すぐと言っても、一時間はかかるだろう。中目黒から豊洲までは、結構遠い。

「分かりました。マンションの前にいます」

「そうしてくれ」

電話を切り、急いで着替えた。ネクタイは省略。膝に鈍い痛みを感じたので、雨が降るかもしれないと思い、折り畳み傘だけをバッグに押しこんだ。家を出た瞬間、自分が完全に足を引きずっていることに気づいた。

足を引きずりながら豊洲駅から走り、マンションの前で梓と合流した。彼女は不安そうな顔つきだったが、それでも私を見ると唇を嚙み締め、「大丈夫」と表情で表そうとした。

「まだ連絡は取れないか？」

「何度か電話しているんですが」携帯を振ってみせる。「音沙汰ありません」

「メールもか」

「ええ。留守電にメッセージも残したんですが……」

「とにかく部屋を見てみよう」いない可能性が高いと思ったが、念のためだ。私たちは常駐している管理人から鍵を借り、大住の部屋に足を踏み入れた。

臭いがしない——男の一人暮らしに特有の汗臭い臭いはかすかにあったが、それだけである。ドアを開けた瞬間に少しだけほっとして、後は各部屋を確認していく。リビングルーム、寝室、バスルーム……大住の姿はない。最後に、空き部屋——将来の子ども部屋にと用意してあった部屋を覗き、安堵の吐息を吐く。

リビングルームで梓と落ち合う。彼女も、露骨にほっとした表情を浮かべていた。

「また倉庫ですかね」

「いや……まさか、二度同じことはしないだろう」そう言いながら、私はスマートフォンを取り出していた。前回と同様、倉庫の監視を始めなければ。また坂上の携帯に電話をかけ、事情を話して協力を取りつけた。これで一安心——というわけにはいくまい。果たして今回、彼は何をしたいのだろう。どこへ行こうとしているのだろう。

「どうしますか」梓が恐る恐る訊ねた。

「捜すしかないだろう」

「前もそうでしたけど、それが支援課の仕事なんですか」

「違うだろうな」

「だったら——」梓が眉を上げる。

「支援課は、できてからまだ二十年だ。だから試行錯誤で、仕事のやり方は、どんどん変わる。変わるべきなんだ。何が正しいかは、やってみなくちゃ分からない」

「失踪課に連絡した方が……」

「それは後で考えるけど……どうやら君はもう、支援課のやり方が分かっているようだね」

「え？」

「どうして大住さんに会おうと思った？　所轄の支援員の仕事は、主に初期支援だ。ある程度の時期が過ぎたら、長いタームで被害者のケアができる支援センターに引き渡すのが筋だ。でも俺は、かかわり続けることもある。君もそうだろう？　気になった、放っておけない、だから会おうとした……違うか？」一気に喋って梓の目を覗きこむ。これまでとは違い、戸惑いや弱気は見えなかった。「失踪課に頼らずにやってみないか？　本気で捜すんだ」

「……ええ」

「彼の友だちにもう一度お願いしようと思う。学生時代の友だちは、この前も本気で心配していたから、手を貸してくれるはずだ」

「分かりました」

「よし。その前に、もう少し部屋を調べてみよう」

「勝手に家宅捜索はまずいんじゃないですか」

「誰にもばれなければいいんだ。俺と――」自分の胸を親指で指し、ついで梓に人差し指を向ける。「君だけの秘密にしておけば」

二人の人間が住んでいた家を徹底的に調べるのは難しい。本来なら人手も時間もかかる。今回は、手がかりになりそうなところだけを重点的に捜索することにした。まず、リビングルームの一角にある、引き出しのない木製のデスク。大住が普段の作業に使っていたようで、ノートパソコンとプラスティック製のファイルボックスが二つ、それにトレイが置かれている。トレイには領収書や請求書の類。ファイルボックスにはノートやクリアファイルに入った書類が乱雑に突っこまれている。梓がファイルボックスを床に下ろし、中身を精査し始めた。

私はパソコンに向かった。電源を入れてみると、パスワードを要求されずに起動できた。安堵の吐息をついて、まずメールから確認する。昨日、今日とメールは届いていなかったが、それ以前には、お悔やみのメールが大量に入っていた。新しいものから見ていくと、多少時間がかかっているものの、大住が全てのメールに返信していることが分かった。定型文だが、丁寧な返信。ひたすらメールを返すことで、日常生活を取り戻そうとしていたのかもしれない。

続いてブラウザを立ち上げ、閲覧履歴を確認する。妻を亡くしてからほとんどインターネットを使っていなかったようで、最近の閲覧記録は数えるほどだ。これなら、全部チェックしても大した手間にはなるまい。

先週末には、ニュースサイトを何回かチェックしていた。やはり荒木のことが気になったのだろう。他に、彼と何の関係があるか分からないブログ……いや、すぐに分かった。彼と同じように、犯罪被害者やその家族が苦悩を綴ったものばかりである。やはり、同じ不幸を背負った人の心情は知りたくなるものなのだ。

一つだけ、気になる。ある会社のホームページ……。「TNT」。聞き覚えのない名前の会社は、「トランスナショナル・トウキョウ」の略だった。「会社概要」のページを見ていたことが分かる。この会社を調べていたのは間違いないようだが、大住とTNTが結びつかない。

しかし、会社概要を読みこんでいるうちに、淡い疑いが芽生えた。

「ちょっといいか」

声をかけると、梓が顔を上げる。膝立ちで細かい作業をするのに疲れたのか、いつの間にか胡坐《あぐら》をかいていた。

「トランスナショナル・トウキョウっていう会社、知ってるか？　略称はTNT」

「いえ」

「社長の名前が『荒木』なんだ」

「え？」

梓が立ち上がり、私の肩越しにパソコンの画面を覗きこんだ。私は、画面に触れないよう気をつけながら、「社長メッセージ」の部分を指さした。

「これは……」梓の眉が寄る。

「社長の名前は荒木孝信《たかのぶ》」いかにも「社長です」という感じの写真が掲載されていた。厚みのある上半身は少し右側を向き、ライティングの上手さのせいか、顔の皺が目立たない。「経歴」を見て、既に七十歳だと知ったが、その年齢がにわかには信じられなかった。白くなっているが髪はふさふさで、体も萎《しぼ》んでいない。

ＴＮＴ自体は、ＩＴ系の老舗と言える企業で、八〇年代中頃に創業している。オフィス用のメインコンピュータの整備から始まり、サーバーレンタル、ＩＴコンサルなどと業態を広げてきたようだ。一般人にはほとんど関係ない会社だが、この世界ではそれなりに「大手」であるらしい。その証拠というわけではないだろうが、本社は港区にある自社ビルだ。荒木社長本人は、外資系のＩＴ企業の技術者としてキャリアをスタートさせ、数社を渡り歩いた後に自分の会社をスタートさせている。

「間違いありません」

「この荒木は……」

「父親です」梓が慌てて手帳をめくった。

「そうか」嫌な予感がどんどん膨れ上がる。私はパソコンをシャットダウンした。

何故大住がこの会社のことを調べていたのか……様々な理由が考えられる。すぐに頭に浮かんだのが、民事訴訟を前提としての調査だ。例えば今回の被害者家族五組が、一斉に損害賠償請求の訴訟を起こしたらどうなるか。まず、荒木には払い切れまい。逆に言えば、訴訟を起こしても無駄になってしまう可能性が高い。だったら親に責任を負わせてやる——しかも親が、かなり大きな会社のオーナー社長だったら、かなりの賠償金を分捕れる可能性が出てくるだろう。

いや、それは少し気が早い。確かに被害者家族は、犯人を憎み、金の面でも追いこむと同時に、自らの経済的損失を補塡《ほてん》する目的もあって、損害賠償請求を起こすのが一般的である。ただしそれは、刑事事件の裁判にある程度見通しがついた段階になることが多い。その頃になると、少しは冷静に考えられるようになるからだ。

今回は……まったく別のこともあり得る。それを口にするのは憚《はばか》られたが、頭の片隅には置いておくべきだ、と私は自分に言い聞かせた。

何が起きるか分からないのが事件なのだ。

8

「この件については、承知しています」

荒木孝信は、低い声で私に向かって言った。面と向かってみると、やはり老けが目立つ。目じりには皺が刻まれ、頬の肉も緩んでいた。

写真修整技術の進歩には、驚かされることも多い。

老けて見えるのは、格好のせいかもしれない。ぴたりと決めたスーツ姿ではなく、薄い黄土色の地味なポロシャツにグレイのパンツという、年齢なりの休日用の服装だったのだ。腹も突き出て、何となく体つきもだらしなく見える。渋谷区内にある自宅のソファに浅く腰かけていると、妙に疲れて見えた。

「警察の方で、事情聴取はありましたか」

「ありましたよ。交通の人ですが」

ということは、酒井たちもかなり手広く捜査の網を広げていたわけだ。この件は知っておくべきだった、と悔いる。

「その時の話は……」

「まあ、いろいろと」荒木の分厚い唇が歪む。「背景が気になるようでしたが、私には話せないこともあるんでね」

「と言いますと？」

「息子とは、長いこと絶縁していますので。かれこれ十年ほど、話もしていません」

「何かあったんですか？」

「不信感の積み重ね、ということですかね」

「不信感？」実の親の口からそんな台詞が出ると、奇妙な感じがする。子どものことを語っているというより、部下のミスをなじるような口調なのだ。

「勇人は、ことごとく親の期待を裏切りました。中学受験から始まって、高校、大学……腰が落ち着かずに、仕事も何度も変わっていますしね」

「何度も転職したのは、あなたも同じではないですか」親の背中を見て育ったのでは、と私は皮肉に考えた。

「私の場合は、呼ばれたから会社を変わっただけです」荒木が鼻で笑う。「勇人は、とにかく落ち着きがなかった。どこへ行っても結果を出せず、いつまで経っても一人前になれない」

「ずいぶん厳しいですね」そんなに落ち着きがなかったとすると、こんな事件を起こさなくとも、荒木の「起業」はやはり失敗に終わったのではないだろうか。

「厳しく生きなければ、生きている意味などないでしょう」

荒木がゆっくり立ち上がり、テーブルに置いてあった煙草を取り上げた。立ったまま火を点け、一服したものの、すぐに灰皿に押しつけてしまう。さらに厳しい視線を私に向けてきた。

「今回の件でも、こちらは迷惑しているんですよ。十年も会っていない、連絡も取っていない息子の話をされても、どうしようもない」

「世間はそうは思わないんじゃないですか」私も立ち上がり、彼の正面に立った。そうして見ると、部屋の圧倒的な広さに改めて気づく。バレーボールのコートの半面ほどもありそうだ……渋谷区の一等地でこれだけの広さのリビングルームを確保していることからも、彼の資産の規模が想像できる。

「思わない、とは？」荒木が私を睨んだ。

「息子の犯罪は親にも責任がある、そう考えるのが普通ですよ」

「既に親子の縁は切りました。どこに住んでいるのか、何をしているのかも知らないんだから、責任を問われるいわれはない」

「その件は、裁判にでもなったらご自分の口から仰って下さい」

強烈な一言を浴びせたつもりなのに、荒木はまったく動じなかった。

「ああ、損害賠償請求のことですか？　裁判になったら、弁護士に任せますよ。私が出て行くのは筋違いだが、もちろん、金で解決できるならそれでもいい」

「それは――」

「被害者として、将来を保障するための金が欲しいというなら、払うことには問題はないですよ。ただし私は、謝罪はしませんが。私が謝罪しても、誰も喜ばないでしょう。子どもは親とは別人格だし、そもそも私はあれを子どもと認めていない」

「謝った方がいいですよ」

「冗談じゃない」荒木の顔が真っ赤になった。

「被害者の家族は、常に誰かに謝って欲しいと思っています。それが犯人だとは限らないんです」おそらく、人に頭を下げることなどほとんどない人生だったのだろう。この男の傲慢さが鼻につき始める。鼻をへし折ってやりたい、と私は思い始めた。

「そういう心理は分からないでもないが、筋違いだ」

「しかし――」

「何なんですか？」荒木が椅子に腰を下ろした。革張りのたっぷりした椅子で、仕事をするためのものというより、読書やテレビ鑑賞に向いている。「あなたは警察官でしょう。民事不介入とかいう原則があるのでは？　あなたの口から損害賠償の話が出るのは、おかしくないですかね」

「仰る通りです」私も向かいの椅子に腰を下ろした。こちらはずっと小さく、もしかしたら足置きに座ってしまったのでは、と不安になる。荒木はわざと黙っていて、私を見下しているのではないか。「今のは、単なる雑談です」

「は？」荒木の顔が赤く染まった。馬鹿にされている、とでも思ったのだろう。

「今回の事件――息子さんが起こした事件の関係で、被害者の家族から接触はありませんでしたか？」

「いや」

「弁護士を通じても？」

「ないですな。そういう話があれば対応しますが」

「そうですか……」

「何なんですか？」荒木が私の名刺を改めた。「被害者支援課……被害者を助けるために、私のように関係ない人間に嫌がらせをするのも仕事なんですか」

「いえ」

「だったら――」

「忠告です」

「何が」

「あなたの身に万が一のことがあったら、困りますから。あなたの家族を被害者家族にしたくないんです」

「脅すのか？」荒木が目を細めた。

私はすっと息を呑んだ。どこまで話すべきか、迷う。あくまで推測に過ぎず、私が考えている「忠告」も、まったく無駄な行為かもしれないのだ。だが事件は、人の想像が及ばないところで起きるものである。どれだけ心配しても足りるものではない。

「息子さんは、交通事故を起こしたわけではないかもしれません」

「ああ」荒木の声が暗くなる。「その件は新聞で読んだ。本当だとしたらとんでもない話だ」

「それがお分かりなら、ご自分が危険かもしれないと分かりませんか」

「私は関係ない」荒木が怒声で吐き捨てる。

「それはあなたご自身の考えです。他の人がどう思うかは、また別の問題だ」

「だから？　息子が人殺しをしたから、父親が復讐されるとでも？」

一瞬間を置き、私は「ええ」と言った。唖然としたように、荒木が私の顔を見詰める。すぐに「馬鹿馬鹿しい」と吐き捨てた。先ほどと同じように煙草に火を点け、すぐに消してしまう。フィルター近くまで吸わなければ健康に影響がないと思っているのか、あるいは気持ちの揺れの表れか——後者だ、と私は判断した。身の危険を感じた時、冷静でいられる人間はいない。どんなに金があっても、それでは解決できない問題もあるのだ。

「具体的な証拠はありませんが、その可能性はあると思っています」

「馬鹿馬鹿しい」荒木が繰り返し言って、また煙草を引き抜く。しばらく掌の上で弄《もてあそ》んでいたが、すぐにテーブルに転がした。「復讐は、許されていない」

「その通りです」

「だったらどうして、そんな無駄なことをするのかね」

「理屈じゃありませんから。たとえそれで自分が罪に問われることになっても、失った家族のために復讐しようと考えるのは、ごく自然です」

嘘だった。実際には、復讐心が原動力になった犯罪というのは、映画や小説の中にしか存在しない。屈辱を受けた「自分」のために復讐を誓う人間はいるが、家族や友人の仇討ちのために動く人間は、実はほとんどいないのだ。「自分のため」ではないという事実が、黒い気持ちの暴走に歯止めをかけるのだろう。

「誰かが私に復讐しようとでも考えているのか?」

「分かりません」

「何なんだ、君は!」荒木が身を乗り出す。「私を不安にさせるために、わざわざここへ来たのか?」

「いいえ。用心してもらうためです」

「そんなに心配なら、警備でも何でもすればいいだろう」

「それはできません」

荒木が目を見開いた。ゆっくりと椅子に背中を預け、今度は目を細めて私を睨む。

「意味が分からない」

「警察が正式に動けるほど、情報はないということです。もしも本当にそういう動きがあると確信できれば、警備も検討しますが、今はまだそういう状況ではないんです」

「つまり、あんたの勘に過ぎないわけか」

「ええ」私は認めた。

「馬鹿馬鹿しい」この台詞も三度目だ。「警察も暇ですな。こんな意味がないことをしている時間があるなら、他にするべきことがいくらでもあるでしょう。税金の無駄遣いだ」

「警察としては、今はまだ本格的には動けません。でも、何かあってからでは遅いんです。ですから、あなたの方で個人的に警戒して欲しい。会社の方でも、そういうことに役立つスタッフはいるでしょう」

突然、荒木が声を上げて笑った。私の懸念を、馬鹿にして崩壊させようとしているようだった。

「笑っている場合ではないんですが」

「ご心配なく」荒木が真顔に戻る。「私は明日から十日間、シリコンバレーに出張です。いくら何でも、そこまで追って来る人間がいるとは思えないがね」

大住は、荒木が出張することを知っているだろうか。そういう情報は、ホームページを見ていても分からない。ただし、完全な秘密というわけではないはずだ。何らかの伝《つて》があれば、半ば公人である社長のスケジュールぐらいは把握できるだろう。

荒木は馬鹿にしていたが、私は彼が嫌がるまで念押しせざるを得なかった。成田《なりた》からの出発だというが、そこまでの足はどうするのか、同行する社員はいるのか、しつこく確認した。一応不安要素はないと判断し、家を後にする。それでも最後に、無事に出発したかどうか、会社の方に確認すれば分かるようにして欲しい、と頼みこんだ。荒木もいい加減呆れたのか、最後は「社長室に確かめればいい」と言った。

それで一安心して、江東署に戻ることにした。日曜日なので人気はなく、交通捜査課が捜査本部に使っている部屋の周辺にだけ、ざわついた気配が漂っている。酒井には警告しておくべきだろうかと考えたが、今の段階ではやはり私の妄想に過ぎない。大住が荒木の父親の会社を調べていた——それだけで危険が迫っていると判断するのは、やはり早計過ぎる。本人には忠告しておいて正解だと思ったが、同僚に話すとなると、また事情が違う。

それでも私は、酒井に会うことにした。気になることもあったのだ。

「何だ、日曜日にわざわざ」疲れた表情で酒井が言った。「支援課は、土日は仕事をしないいんじゃないのか」

「いろいろありまして。ちょっといいですか?」

「ああ」

酒井は私を喫煙所に誘った。久しぶりの煙草だったのか、まずは煙をゆっくり味わおうとしたようで、煙草の長さが半分になるまで、無言でふかし続ける。一度灰皿に灰を落としてからようやく、「それで?」と訊ねた。

「荒木の様子はどうですか？」

「どうって」にわかに不機嫌な顔つきになる。

「故意だったのかどうか……殺人になるかどうか、という問題ですよ」

「本人は否定してる」

「突っこみようがないんですか？」

「何しろ物証がないからな。それに周辺捜査でも、二人のあいだにトラブルがあったことを裏づける証言が出てこないんだ」

「そうですか」

「何でそんなに気にしてるんだ？」

「いや……大住さんが、また行方不明なんです」これは明かしていいだろうと判断する。

「ああ？　それで、また面倒を見てるのか？」

「これがうちの仕事ですからね」

「また自殺でも図るつもりかね」

「そうじゃないことを祈りますけど……先日、夕刊に記事が出たじゃないですか。あの一件で、またダメージを受けてるんです」

「うちは関係ないぞ」酒井が警戒線を張った。

「それはどうでもいいです。情報漏れを追及するのは、俺の仕事じゃないので」

「まあ、確かに……ひき逃げじゃなくて殺人の巻き添えだったら、ショックは大きいだろうな」

「そうなんですよ。だから心配――」

私は言葉を切った。若い刑事――先日金の流れの情報を持って来たのと同じ男だと気づく――が飛びこんできて、「大変です！」と叫ぶ。

「どうした」酒井の顔も蒼くなる。煙草を灰皿に投げ捨て、若い刑事と向き合った。

「荒木ですが……金の問題のトラブルが……」よほど慌てていたのか、若い刑事の荒い息遣いはすぐには収まらなかった。

「落ち着いて話せ」そう言う酒井の声も上ずっている。

「はい、あの……荒木が借金をしていたのが分かったんです。消費者金融から、数百万円単位で……別口座で金のやり取りをしていました」

「その口座が見つかったのか？」

「はい」若い刑事の口調は、ようやく落ち着いてきた。「もう一度、徹底して家宅捜索をやったんです。別口座の通帳と、消費者金融と金のやり取りをしていた証拠を発見しました」

「よし」酒井が意気ごんで言ったが、すぐに勢いを失ってしまった。確かにこれは、若い刑事たちの執念の捜査である。だが、どういう風に結びつく？　酒井が、助けを求めるように私を見た。

「もしかしたら三田さんの金は、消費者金融からの借金返済に使われたんじゃないですか？」

「会社を立ち上げるための資金だったんじゃないのか」

「最初はそのつもりだったかもしれませんが、借金返済に使ってしまったとか」

「となると、三田さんにすれば騙されたも同然だ」

「ええ……この線は、詰めた方がいいでしょうね」

自分でやれる仕事でないのが悔しかった。現代の犯罪は、とにかく金絡みのものが多い。金の流れを解きほぐしていく捜査は面倒だが、やりがいがあることは私も経験上知っている。しかし今は、人がやることを指をくわえて見ているしかない。調査結果のおこぼれを、愛想笑いを浮かべながら教えてもらうだけだ。情けない話だが、これが支援課の限界でもある。

消費者金融に関する問題は、翌日になって急展開した。消費者金融側が、荒木が借りた金額は、総計七百万円ほどに上ると証言したのだ。ただし目的については、「知らない」。遊興費だったのか、あるいは仕事の穴埋めか……いずれにせよ、会社設立のためではないと思われた。何しろ、会社設立のための具体的な動きがまったくなかったのだから。三田から渡った五百万円に関しては、この金が口座に入った直後に、消費者金融に振り込まれていたことが分かった。

——という話を、私は酒井から電話で聞いた。

「これは、捜査一課に本格的に応援を頼むことになりそうだな」酒井が情けなさそうに言った。

「そうですね。人手も必要ですし、その方がいいんじゃないですか」交通捜査課には荷が重い——それは明らかだったが、さすがにそこまでダイレクトには言えない。だいたい、新聞に情報が漏れてから、捜査一課も交通捜査課を非公式に突いていたらしい。「おたくで大丈夫なのか」と。酒井にすれば、道半ばで手柄を取り上げられるようなものだろうが、これだけ複雑な事件では仕方がないだろう。事実を明らかにするためには、プライドの張り合いなどしていられないのだ。

もっとも肝心の荒木は、この事実を突きつけられても、依然として殺意を否認しているという。なかなか粘り強い男だが、自分の人生がかかっているのだから、それも当然だろう。

捜査はまた動き始めたが、大住の行方は依然として分からなかった。荒木の父親が月曜日の昼過ぎに会社を出て、午後四時過ぎのサンフランシスコ行きの便に無事に乗ったのは確認できた。それで少しだけほっとしたが、全てが終わったわけではない。大住の意図が読めない以上、とにかく彼を捜し続けるしかなかった。

とはいっても、手がかりは完全に切れてしまっている。車の動きは摑めなかったし、クレジットカードや銀行のカードを使った形跡もない。手詰まりだと感じ始めた時、私たちの元に、予想もしていなかった情報がもたらされた。

電話に取りついて情報収集の輪を広げていた最中に、課の代表番号の電話が鳴った。取る人間が誰もいないので、スタッフの様子を見守っていた本橋が、自ら受話器に手を伸ばした。

「はい――え？」

頭から突き抜けるような本橋の声に、私は思わず電話の相手に断って会話を中断した。そのまま本橋の顔を見詰めると、彼は私に向かって右手を上げ、「ちょっと待て」の合図をした。そのままデスクに屈みこみ、メモを取り始める。

「ええ、はい……間違いないんですか？　いや、しかし、それは……機動捜査隊が急行中ですね？　消防も出ている？」

大住が何かやらかそうとしているのだ、と私は直感した。例えばビルの屋上に上って、「飛び降りる」と騒ぎ始めたとか。私はもう一度受話器を耳に押し当て、「後でまた連絡します」と告げて電話を切った。そのタイミングで、本橋も通話を終えた。

「捜査一課からです」本橋が普段とは違う大声で告げると、電話に集中していたスタッフが一斉に顔を上げる。「大住さんが、TNTの本社に立てこもった、という情報があります」

「確かなんですか！」私は思わず大声を上げてしまった。

「本人が大住だ、と名乗っているそうです。確認はできていない」本橋の声は引き攣《つ》っていた。

「被害は？」

「社員を人質に取っているようですが、詳細はまだ……」

「行きましょう」私は立ち上がり、背広を手にした。

「少し落ち着きましょうか」本橋が自分に言い聞かせるように言った。「もう少し、ここにいて情報収集すべきです。まず、本当に大住さんなのかどうかを確認しないと。大住さんだったら……我々の出番です」

私は思わず椅子を蹴飛ばした。くるくると回転した椅子が、そのまま長住の方まで滑っていく。座っていた長住が足を伸ばし、椅子を止めた。

「何だか最悪ですね」白けた口調で言って、長住が椅子を私の方へ押した。「被害者が別の事件を起こしたら、もうこっちの責任じゃないでしょう」

「ふざけるな！」私は彼に駆け寄り、胸ぐらを摑んだ。そのまま上に引っ張り上げるように立たせる。「俺たちのフォローがしっかりしてなかったから、こういうことになるんじゃないか！」

「いや、反省してもらうのは勝手ですけど、俺の担当じゃないんで」苦しそうだったが、長住は言い訳を忘れなかった。

「そういう問題じゃない！　一人の被害者の人生は、支援課の全員で背負うんだよ！」

「そんなの、非効率的じゃないですか」長住の声は醒めていた。

「何だと！」

「まあまあ」

誰かが私を後ろから抱えこんだ。腕の自由を奪われ、そのまま引き剝がされる。最後まで長住のネクタイは離さなかったが、いつまでもこんなことをしていても無駄だ、と悟る。振り返ると、芦田が苦笑していた。

「村野、お前もこんなことをする年じゃないだろう」

「年齢は関係ないですよ」

「とにかく」本橋が声を張り上げる。「情報収集を急いで下さい。もしも大住さんが本当に立てこもっているなら、現場に急行します」

課長の一言が、支援課の空気をいつもと変わらぬものにした。といっても、他のスタッフの表情はそもそも変わっていなかったのだが。自分だけが熱くなっていたことを悟ったが、それが恥ずかしいことだとは思わない。我を失うのが当然ではないか。

しかし、呼吸を整えながら椅子に座った瞬間、優里も「馬鹿？」と冷たく言ってきた。

「分かってる」彼女に指摘されると、さすがに認めざるを得ない。

「冷静にならないと、いつまで経っても大人になれないわよ」

「大人になったからって、いい警察官になれるとは限らない」

「あなた、本気で馬鹿なのね」鼻を鳴らし、優里が受話器を摑んだ。

支援課の中は急速にざわつき始めた。怒声が飛び交い、立ったまま電話をかけている人間も増えてきた。私は腕組みをしたまま、騒ぎを聞き流しつつ、考えをまとめた。失敗だった、と認めざるを得ない。私は、大住の恨みは荒木の父親に直接向くものだと思いこんでいた。何故会社を狙った？　もしかしたら父親がいると思って突っこんだのだろうか。だったら事前の調査が甘いのだが……しかし私たちとしては、こういう状況も想定しておくべきだった。

次第に状況が明らかになってきた。

大住がＴＮＴの本社を訪ねたのは、今日の午後四時過ぎ——まさに荒木の父親が成田から飛び立った頃だ。そのタイミングに何か狙いがあったかどうかは分からないが、ごく普通に、仕事を装ってきたらしい。実在の社員の名前を挙げ、アポがあると言って受付の社員の応対を待つ間に、社員証がないと通れないゲートを飛び越えたのだ。警備員もいたが、あまりにも素早い動きに、対応が遅れたという。

社内に侵入した大住は三階まで駆け上がり、たまたま近くのトイレから出て来た女性社員を会議室に押しこめた。その後、防犯システム——社員証とパスワード入力が必要なキーパッドをいじったらしく、会議室を内側から完全にロックしてしまった。

それが、午後四時十五分過ぎ。警察に連絡が入ったのが四時半頃で、その直後、捜査一課特殊班の知人が、本橋に連絡を入れてきたらしい——あくまでサービスとして。

午後五時までに、大まかな状況は分かった。しかし大住の意図が分からない。大住は会議室に閉じこもったままで、何の要求も出してこないのだ。携帯の電源は切っているようだし、会議室の内線電話を何度鳴らしても出る気配はない。

「強行突入できないんですか」それが不思議で、私は本橋に訊ねた。

「非常に強固な建物のようですね」

「強固って言っても……そもそも建物の内側じゃないですか」

「防犯システムをいじった話をしましたよね？　あれで、会議室は完全にロックされたようです。全てのロックは警備室からコントロールされているのですが、今は無反応ということで……」本橋が天を仰いだ。「ドアを打ち破って突入するのは危険です。大住さんが何を持っているか分かりませんからね……それに、気づかれずに作業するのは不可能でしょう」

「窓はどうなんですか？」

「少し複雑な構造になっているようで、突入は現実味がないと聞いています」

うなずき、私は無言で自分のスマートフォンを手にした。何度もかけた大住の番号を呼び出し、通話を試みたが、やはり電源が入っていないようだった。小さく舌打ちし、スマートフォンをデスクに置くと、非難するような梓の視線に気づく。

「昨日の件……こういうことだったんですね」梓の顔色は悪く、紅を引いていない唇は真っ白だった。

「ああ」私も認めざるを得なかった。「見当違いの方向へ走ったな」

荒木社長本人ではなく、会社……しかしそれでは、大住の狙いがますます不明確になる。彼は――少なくとも茉奈を事故で亡くす前は、常識を良く知った社会人だったはずだ。「犯人の父親が経営する会社」というのが、事故自体からどれほど遠い存在かは、十分分かっているはずである。復讐心を持つのは分かる。しかしそのターゲットがあまりにも外れている場合、心に空いた穴は満たされるのだろうか。

少なくとも、ＴＮＴに突入した人間は、私が知っている大住ではないような気がする。

「捜査一課は、どういう方針で臨むんですかね」私は本橋に訊ねた。

「まだ分かりません。状況を調査中ということで……特殊班が主体になって動くはずですが、今の所は攻め手がないかもしれません」

いや、ないわけではない。ＩＴ企業という性格上、ＴＮＴの建物には床下、天井にケーブルを這わせるだけの隙間が十分にあるはずだ。そこから突入して――というのは私の素人考えかもしれない。仕方がない。この件に対応するのは支援課の職分ではないし、余計な口出しをすれば、捜査一課からは邪魔者扱いされる恐れもある。しかしＴＮＴに立てこもっているのは、私たちの——私の被害者家族なのだ。

この立てこもり事件の行く末も気になるし、一課の手伝いもしたいが、支援課としては、大住に無事に出て来てもらうことが先決だ。

「どうする？」優里が声をかけてきた。

「大住さんに何があったのか、調べたい」いつの間にか私の考えはまとまっていた。「どうしてこんなことをしたのか、何のつもりなのか、誰かに話しているかもしれない」

「どうしてそう思うの？」

「立てこもって、何の要求をするつもりか知らないけど、一人ではどうしようもないと思うんだ。例えば会社に対して金の要求をしたとして、それをどうやって受け取る？　会議室に持ってこさせるのか？」

「共犯がいるって言いたいわけ？」

「明確な、論理的な目的があるなら……とにかく、できる限り電話を突っこもう。それでいいですね、課長？」

「構いません」真顔で本橋がうなずいた。次いで、助けを求めるように芦田を見る。

芦田は「暴力沙汰がない限り、自由にやってもらっていいですよ」と告げたので、私は耳が赤くなるのを感じた。当の――被害者と言うべき長住は、不機嫌な表情を浮かべたまま無言を貫いていた。

私は一つ深呼吸し、手順を考えた。電話をかけるべきリストは長い。大住の友人たち、会社の人間、そして最新の知り合いである他の被害者家族たち。優里と相談して、重複しないよう気をつけながらリストの割り振りをした。準備完了。

その時、私のスマートフォンが鳴った。

大住からだった。

第四部

衝動

1

「もしもし！」落ち着いた声で対応しなければならない――頭では分かっていたが、私は思わず嚙みつくように叫んでしまった。

「村野さん？」大住の声は冷静だった。

「そうです、村野です」

「お願いがあるんですが」

大住の落ち着いた話しぶりのせいで、私も少しだけ平常心を取り戻した。そっと深呼吸して、私が慌ててどうする、と自分に言い聞かせる。

「聞きますよ……でもその前に一つ、確認させて下さい。あなた、今どこにいます？」

「もう知ってるでしょう」

「ＴＮＴの本社？」

「そうです」

「何のつもりか分かりませんが——荒木さんの父親はいませんよ。今頃、アメリカへ向かう飛行機の中です」

「そう……それは計算外だった」そう言いながら、さして悔やんでいる様子はない。

「でも、父親である必要はないんですよ。人質は誰でもよかったんでね。どっちにしろ、これでこの会社の社長は人殺しの父親だって、世間に広く知れるでしょう」

ある意味家族をターゲットにした復讐なのだと、私は思い知った。

「人質は、ＴＮＴの社員の方ですね？」

「そうでしょうね。社内にいた人ですから」依然として大住は、不気味なほど冷静だった。

「危害を与えないで下さい」

「人質にそんなことはしませんよ」

この言葉を信じていいのかどうか……信じるしかないだろう。今のところ、大住の言葉に、常軌《じょうき》を逸したものはない。もちろんその行為自体は異常なのだが、何か明確な目的がありそうだった。

「それで、要求は何なんですか？　何がしたいんですか」

「それはもう少し後で伝えます。村野さんが窓口になってもらえますか」

私は思わず唾を呑んだ。これは本来、捜査一課特殊班の仕事だ。自分が引き受けていいのかどうか……怖いわけではない。連絡役になることで、身動きが取れなくなってしまうのを私は恐れた。しかし、こうやって彼と話していれば、説得できるかもしれない。取り敢えず、話を進めていくしかないだろう。

「何か持っていますか？」

「何かって……ああ、凶器とかですか？」

「そうです」

「ありますけど、はっきりしたことは言わない方がいいでしょうね」自信がないわけではなく、あくまで手の内を明かしたくないだけのようだった。いつの間にか大住は、犯罪者――それもプロの犯罪者のような考え方と行動を身につけてしまっている。まずい。非常にまずい。

「何か必要なものはありますか？　飲み物とか、食べ物とか」

「ご心配なく」

「誰か、他に話したい人はいますか」

「そんな人、いませんよ」

「話したい人がいれば、仲介します」

「必要ないです」大住の声が急に冷たくなった。「誰かと話すつもりはない——いや、話したい人はいるけど」

「誰ですか？」

「今は言えません。また連絡します」

電話が切れると、掌にびっしりと汗をかいているのに気づく。スマートフォンの画面をスーツの袖口で拭っていると、全員の視線が集まっているのに気づいた。

「大住さん？」優里が訊ねる。

「ああ」

「何なの？」さすがに優里も緊張して、声が裏返りそうになっていた。

事情を説明した。話しながら、自分でも訳が分からず不安になってくる。大住には何か要求がありそうなのだが、何故、今の段階で明かそうとしないのか。もう少し時間の経過が必要なのか……何かを準備している？　立てこもっている会議室で？

「捜査一課に出頭しましょう」本橋が言った。「実際、この状況では君がパイプ役になるしかないと思う」

「ええ」自由な動きを封じられるのは残念だが、仕方がない。まずは人質の救出が最優先。窓口になるのは自分が一番適していると分かっている。もちろん、捜査一課の特殊班には交渉の専門家もいるのだが、こういう事件の場合、必ずしも彼らが担当するのがベストとは限らない。そう考えると、急に重荷を感じた。

「待っている暇はありません。このまま捜査一課まで行きましょう」

歩き出した本橋の背中を追い始める。部屋を出る瞬間、私は優里にちらりと視線を送った。優里はうなずくだけだったが、私にはそれで十分だった。

こういう時、頼りになる人間が側にいるほど心強いことはない。

特殊班は既に現場に出動していたので、まだ居残っていた管理官の益井《ますい》が私たちに対応した。小柄な益井は、何事にも異常に敏感に反応する男で、私が大住から電話がかかってきたと告げると、奇声を上げた。思わずすくみ上がってしまうような声だったが、一課の連中は慣れているのか、こちらを見ようともしない。

「要求は？」

「それはまだないんです。また連絡すると言っているだけで」

「よし、じゃあ、すぐに現場に出てもらえるか」忙《せわ》しなく言って、益井が眼鏡を拳で押し上げた。「向こうで特殊班と合流して、連絡役を務めて欲しい」

「分かりました」改めて自分の任務を意識して、下腹に自然に力が入る。何となく、唾が呑みこみにくくなった。

「しかし、何だ……」急に益井が声を低くした。「以前からこういう兆候はあったのか？」

「土曜日から行方不明でした」隠していてもいずれはばれる。こちらの失点になるのは覚悟の上で、私は素直に打ち明けた。「失踪は二回目です。精神的にだいぶダメージを受けていたようで……」

「あれだけの事件だから、それも分かるけどねえ」益井が顔をしかめる。「ちなみに一課としても、この一件——豊洲の件の捜査に参加することになったから」

「ひき逃げではなく、殺人での立件を目指すんですね？」

「ああ……ただ、壁は高そうだな。本人が頑強に否認している以上、金の流れをいくら解明しても、確証は取れない。物証からも、殺人は証明できないからな」

私は無言でうなずいた。彼の言う通りで、この一件では荒木本人の自供がない限り、立件は非常に難しい。勾留期限切れも迫っている。益井がまた眼鏡をかけ直し、「奴の狙いは何なんだ？」と訊ねた。

「はっきりしません。今のところ、特定の要求がある感じではないんですが」

「そうか」益井が不満そうに唇をねじ曲げた。

彼の不満は何となく読める。支援課は、もっと被害者家族と心を通わせているものではないのか？　それこそが仕事のくせに、何をやっているのか……しかし益井も、基本を忘れている。傷ついた家族が誰かに心を開くには、長い時間が必要なのだ。たかだか数週間で、何でも話してもらえるようになるわけがない。

しかし彼に対して、そんな言い訳はできなかった。ミスをしたことは、自分でも十分自覚している。

ＴＮＴの本社は、カナダ大使館のすぐ近く、地下鉄青山一丁目《あおやまいっちょうめ》駅と乃木坂《のぎざか》駅の中間地点付近にあり、車の往来が激しい。本社ビルの前にはパトカーと消防車、レスキュー車が何台も停まり、局地的に渋滞が発生していた。

十階建てのビルの前は歩道が広くなっていたが、その片隅には既に報道陣が陣取って、騒ぎを増幅していた。しかも報道陣は野次馬も呼ぶ。この連中が集まって来るのも大住の狙い通りなのだろうか、と懸念しながら、私は特殊班の人間を探した。

制服警官が何人も立って、ビルの入口付近を完全に封鎖していた。時々ビルの中から足早に出て来る背広姿の男たちは、ＴＮＴの社員だろう。一様に蒼白い表情で、事態の深刻さを感じさせる。携帯で話している男は、眉間に皺を寄せていた。私の横を通り過ぎる時に「……いや、やばい」という会話の一部が聞こえてくる。「やばい」も様々な意味で使われるようになったが、今のは本来の意味での「危険」を感じさせた。

しばらく、制服警官が立つ隙間からビルの様子を覗く。広いロビーは閑散としており、受付にも人がいなかった。エレベーターホールの前にあるゲート付近に数人が固まっているが、目つきの悪さから私服の刑事たちだとすぐに分かる。エレベーターの前にも制服警官がいて、社員が下りて来る度に外へ誘導していた。急かされた社員たちは、意識してかせずにか、必ず小走りで会社を出て行く。

「村野」

声をかけられて振り向くと、私は一瞬顔が緩むのを感じた。短い捜査一課時代に一緒に仕事をした先輩、小熊《おぐま》が、厳しい表情で立っている。私の顔を見ると一瞬だけ薄い笑みを浮かべたが、窓の汚れを拭い去るようにあっという間に消えた。そうか……警部補に昇進した後、強行班から特殊班に横滑りしていたのだ、と思い出す。

「悪いな」

「いえ」

「お前のところに電話がかかってきたんだって？」

「例の豊洲の一件で、彼を担当していたんです」

「そうか……話した感じでは、どんな様子だった？」

「冷静でしたけど、要求が分からないのが不気味ですね」

「追いこまれた感じじゃないのか」

「そういう風には聞こえませんでした。特殊班は、どういうアプローチを取ってるんですか？」

「まだ手をつけ始めたばかりだ……取り敢えず、現場を見ておこう」素早くうなずくと、制服警官に「捜査」の腕章を示してビルの中に入った。ゲートのロックは解除されており、そのまま進んでエレベーターホールに向かう。

「三階ですね」

「ああ」

エレベーターに乗りこむと二人きり。かって知ったる相手だが、事態が事態だけに、やはり緊張感が高まってくる。

「大住っていうのは、どういう人なんだ」小熊が訊ねる。

「今は、精神的に不安定です」

「そりゃそうだろうな」小熊がネクタイを緩める。顎の無精髭が目立った。「そういう人間は、何をしでかすか分からない」

私は何も言わなかった。乱暴なことはしない――して欲しくないという気持ちは強い。ただし要求が読めない以上、今の段階では何とも言えない。

「こっちだ」エレベーターの扉が開くと、小熊が左の方へ歩き出す。廊下は明るいグレーの絨毯敷きだが、照明が半分ほど落とされているため薄暗い。

場所はすぐに分かった。廊下の一角に、盾を持った機動隊員、それに私服の刑事たちが待機している。その数、約十人。特殊班も、まだ具体的な作戦行動には出ていないようだ。状況すら把握できておらず、取り敢えず正面を固めた、ということだろう。

小熊に気づくと、何人かが軽く目配せしてきた。小熊もうなずき返し、ドアを一瞥してから会議室を通り越して少し先まで行く。

「ここまで来れば、普通に話していても気づかれないはずだ」

私は無言でうなずき、会議室周辺の様子を観察した。天井に近い部分に細長い窓が横に並んでいるのは、灯り取りだろう。そこから見える限り、室内の照明はついている様子だった。ドアのところでは、刑事が一人、集音器を押し当てて中の様子を窺っている。本当は壁に穴でも空けて中の様子を観察したいところだろうが、大住に気づかれずにそんなことをするのは不可能だ。

「突入の手段はあるんですか？」

「今のところ、ない。部屋の構造上、強引に押し入るしかないんだが、ドアを破るにも時間がかかるだろうな」

私はもう一度、灯り取りの窓を見上げた。縦の幅は二十センチほど……小柄な人間なら通れないこともないだろうが、中へ入って作戦行動を起こすまでに手間取りそうだ。もしも大住が銃を持っていたら、それこそ狙い撃ちされてしまう。

「灯り取りの窓は無理だぞ」小熊が、私が至ったのと同じ結論を口にした。「説得して、出て来てもらうしかないな」

「説得してるんですか？」

「間隔を置いて呼びかけてる。だけど、反応がないんだよ」小熊の太い眉が寄る。刑事たちが動いたのを見て、さらに声を低めて言った。「ちょうど呼びかけるところだ。聞いてみてくれ」

私はドアの周りに集まっている刑事たちに近づいた。大柄な刑事が交渉役になっているようで、ドアに顔を近づけ、少し高い声で話しかける。

「大住さん？　取り敢えず中にいる人が無事かどうかだけ、確認させてくれませんか？」

返事はないようだ。あまりにも静か過ぎ、誰かが廊下の絨毯を踏んだ音さえ聞こえる。私は壁に耳を押し当て、中の様子を聞き取ろうとしたが、ホワイトノイズが頭の中を満たすだけだった。せめて歩き回っているかどうかぐらいは聞き取れると思ったのだが……集音器を使っている刑事も、ずっと渋い表情を浮かべている。

「大住さん、聞こえてますか？　要求があるなら聞きます。話してくれる気になるまで待ちますから、その気になったらそちらからドアをノックしてもらえませんか？」

やはり反応はない。大住は警察を焦らしにかかっているのだろうか、と私は訝った。それほど余裕があるのも意外な感じがしたが……壁から身をはがし、小熊に訊ねる。

「人質の人定はできているんですか？」

「ああ。尾川美千《おがわみち》、二十九歳。システム管理部の社員だそうだ。何をしている部署かは知らないが」皮肉っぽい口調で小熊が答える。

「一人なんですね？」

「ここを歩いていた人間は、彼女だけだったそうだ。運が悪かったな」

一対一で、しかも凶器を持っていれば、人質を制圧するのは難しくない。ロープや手錠などで簡単に自由を奪えるし、床に転がしておけば邪魔にならないはずだ。打つ手なし、か……圧倒的に有利な状況にあるのに、何も言ってこない大住。私は、俊足ランナーを一塁に背負ったピッチャーのような気分になった。いつ走られるかびくびくするばかりで、悪送球を恐れて牽制《けんせい》もできない。

「外からも突入できないんですか？」

「二重窓なんだ。暖房や冷房の効率の関係なんだろうが」

「二重窓ぐらい、何とでもなるでしょう」

「いや、外側の窓と内側の窓の間が、十センチぐらい空いている。一気にぶち破って突入できればチャンスはあるが、そう上手くいくかどうかは分からない」

「どこかで練習してから、ですかね」

「音で勘づかれるかもしれない」小熊が唇を歪めた。

「それぐらい、何とかして下さい」

「その前に、お前が犯人を説得してくれれば、万事無事に終わるんだが」

犯人、という言葉が私の胸に刺さった。そう、小熊たちから見れば大住は単純に「犯人」だし、その事実は否定しようもない。私はスマートフォンを取り出した。着信、なし。額にじっとりと汗をかいているのを意識する。建物全体の空調が停まっているのか、かなり温度が上がっているのだ。膝の痛みがないことだけが救いだった。

「ここにいた方がいいですかね」

「すぐに連絡が取れるようにしてくれれば、別にずっとくっついている必要はないが……何かあるのか？」

「支援課の連中と連絡を取りたいんです。大住さんの関係者に当たっているので、何か分かったかもしれません」

「捜査指揮車にいてくれればいい。案内しよう」

「お願いします」下げた頭を上げた時には、小熊はもう歩き出していた。昔と変わらぬ大股。そのせいで、歩くスピードはずいぶん速い。

外へ出ると、湿った冷たい風が頬に吹きつける。いかにもビル街の風らしく、すぐに吹く方向が変わった。一瞬強く吹き抜けた風に髪を煽られ、目の前が暗くなる。

それにしても目が痛い。東京の、それも都心部は夜になっても大抵は明るいままなのだが、今はパトランプがあちこちで赤い光をぶちまけているので、街全体が血に染まったようにも見える。

捜査指揮車は、十人乗りのワンボックスカーを改造したもので、運転席と助手席以外のシートは取り払われている。テールに向かって左側にベンチ、その前にはテーブルが置かれ、ベンチの反対側の壁は通信機器類やモニターで埋まっている。車内には三人。一人は運転席に座り、残る二人はテーブルの前に立って、図面を前にあれこれ相談している。どうやら建物の見取り図のようだ。私が入って行くと鋭い視線をぶつけてきたが、小熊がすぐに紹介してくれたので、少しだけ空気が緩む。

「支援課の村野だ。大住が、こいつを窓口に指名してきた」小熊が補足した。「大住からこいつの電話に連絡がある可能性が高い。支援課と連絡を取る必要もあるだろう。だから、ここで待機してもらうことにした」

二人の刑事が、まるで誰かが合図したように揃ってうなずいた。納得はしたが、もろ手を挙げて歓迎してくれる気配もない。それでもベンチを勧めてくれたのは、「取り敢えず座って大人しくしていてくれ」という意味だろうか。

私はベンチに浅く腰かけ、まず支援課に電話を入れた。優里が電話に出る。

「どうだ？」

「何もなし」

用件はこれで終わってしまう。電話も空けておくべきだと分かっていたが、何とか情報を搾り取りたかった。

「リスト潰しは終わった？」

「八割方……ちょっと待って」

優里が受話器を掌で覆ったのか、がさがさという不快な音が耳に飛びこんでくる。優里の「ちょっと」は長引いた。途中から腕時計の秒針を見詰めたが、針が二周するまで電話に戻ってこなかった。次第に鼓動が高鳴り、掌に汗をかくのを感じる。

「ごめん。ちょっとおかしな情報が入ってきたんだけど」

「何だ？」

「三田菜穂子さん。今日の昼過ぎから連絡が取れなくなっているみたい」

「電話に出ない？」

「そう」

それがどうしておかしいのか……確かにおかしい。菜穂子は子どもの面倒を見なければならないのだ。わずかな時間、電話に出られないことはあるかもしれないが、それがずっと続いているとなると、かすかに異常な気配がする。

「家に行って確認するべきだな」

「今、安藤が向かったわ」言葉を切り、一瞬溜息をつく。「それで、そっちは？　何がどうなってるわけ？」

「分からない」私は素直に答えた。分からないどころか、想像もつかない。「他の被害者家族はどうだ？」

「他の人たちは連絡が取れてるけど、大住さんのことについては何も知らないようね。全員、先日のセラピーで会ったのが最後、という話だったわ」

「そうか……セラピーの後で何か話したりしてなかったのか？」

「それもなかったみたい。この前は、セラピーが終わったところで別れたという話だから……それはあなたも見てるでしょう？」

「ああ」完全に全員の帰りを見送ったわけではないが、初回の時のように「食事でも」という話にならなかったのは覚えている。異様な展開が、被害者家族同士の脆い結びつきを奪ってしまったのだろう。「愛は、何か言ってなかったか？」

「ちょっと話したけど……彼女も分析不能の判断ね」

「そうか」大学では優里と一緒に心理学を専攻し、相談員としてのキャリアも積んでいる愛は、人の心の分析能力に長《た》けている。だが、そもそも心理学というのは一種の統計に過ぎず、人間の心の動きや行動を正確に予想することはできない。あくまで「こうなるだろう」というレベルの想定止まりで、しかもそれは往々にして外れる。

「復讐、なんだろうか」

「誰に対して?」

それが分からない。復讐の対象である荒木は留置場にいて、身動きが取れない状態なのだ。あそこは、実は日本で一番安全な場所といっていい。留置場にいる限り、誰も手出しができないのだから……その瞬間、私は嫌な予感に襲われた。

「ちょっと待ってくれ」身を屈めながら狭い車両の中を抜け、車の外へ出る。また強いビル風に頬を叩かれた。「もしかしたら、大住さんは荒木の釈放を要求するかもしれない」

「まさか」

「いや……荒木が外にいれば、自分で手を下せるかもしれないじゃないか」

「それは無理でしょう。肝心の大住さんは、立てこもっているんだから」

「人質の交換を迫るとか」

「それは、想像が飛躍し過ぎ」優里がぴしりと言った。「あなたは、犯人の立場に立って考えられないのが弱点ね。被害者のことはよく分かっているかもしれないけど」

「……そうだな」

切った瞬間に電話が鳴る。一つ深呼吸して画面を見ると、大住だった。ついに彼の要求を聞く時が来たのだ、と私は覚悟した。

「荒木を外へ出して欲しいんですが」

2

本当に、私が想像した通りとは……無理だ、と一言で切り捨てるのは簡単だったが、私は一瞬の沈黙の間に、少しだけ穏やかな言葉を選んだ。

「それが難しいことは分かりますよね」

「この先……話すとみっともないことになるので」大住が躊躇《ためら》った。

「どういう意味ですか？」

「人質の命はないとか、このビルを爆破するとか。そういう安っぽいことは言いたくないんですよ……そうするつもりだけど」

爆破、という言葉に、私は心臓を鷲摑《わしづか》みにされるショックを覚えた。大住は、爆発物を用意できるのか？　いや、まさか……爆破についてはあまり気にしなくていいだろう。会議室の中で何か爆発しても、ビル全体にまで影響が出ることはないはずだ。ただし……ビルの裏側はどうなっている？　こういう街の常として、ビルの裏にもビルがある。二重窓を吹き飛ばすような爆発で、裏のビルにも被害が出たら――近隣一帯の避難が必要だ。

私は指揮車に駆け戻った。スマートフォンを右手で覆い隠し、「大住から電話」と告げる。二人の刑事が同時にこちらを向いた。

「聞いてますか？」大住が怪訝そうに訊ねる。

「もちろん」

「難しいことは分かってますけど、何とかして下さい」

刑事の一人が、USBケーブルを差し出した。「挿せ」とジェスチャーで命じたので、左手でスマートフォンを持ったまま、手探りでケーブルの端子を挿しこむ。二人の刑事が、すぐにヘッドフォンを装着した。スピーカーフォンで聞くと相手にばれてしまう恐れがあるので――声が変に反響する――こういう方法を選んだようだ。

「村野さん、これは悪ふざけや冗談じゃないんだ」

「分かってますよ。いつからこんな準備をしていたんですか」

「そんなこと、言えるわけないでしょう」

私はかすかな違和感を抱き始めていた。何というか……大住の口調は軽過ぎないだろうか？　とんでもないことをしているという自覚があるのかどうか。私との会話も、日常のささやかな話題を転がしているような調子である。

「例えば……」無理だと言い続けていても突破口は開けない。私は敢えて少し譲ることにした。「期限は？　いつまでに出せとか、具体的な要求はありますか」

「どうせ、そんなに簡単には決まらないでしょう。だいたい、こういう判断はどのレベルでするんですか？　ずっと上の方でしょう」

「どうですかね。ほとんど例がないケースなので、私には何とも言えません」

「やっぱり前例主義ですか」

「それは……警察は、役所の中の役所なので」

大住が声を上げて笑ったが、軽い声には真剣味が感じられなかった。大丈夫なのか？　冷静に話してはいるが、まともな精神状態かどうか、気にかかる。心の奥深く潜んだ狂気は、声を聞いただけでは読み取れないのだ。

「午前零時、でどうですか。日付が変わるタイミングで」

私は反射的に腕時計を見た。午後七時半――無理だ。そもそも警視庁の幹部がこの要求を真面目に検討するとも思えないが、仮に検討し始めても、五時間で結論が出るはずがない。役所仕事は長く時間がかかるのだ。

「結論を出せる、とは言えませんよ。保証はしません」私は正直に言った。

「人の命を天秤にかけるんですよ……どうしますか？」

「とにかく時間を下さい」

「そうですか……少し譲りましょう。午前零時にもう一度電話する。それでどうですか？」

「その前にかけてもらっても構いませんよ――気が変わったら、いつでも話しましょう」

「変わりませんね」大住の口調は妙に自信に満ちていた。

「考え直す気はないですか？」

「無理ですね。戻ってこないものがある。一度壊れたら元に戻せない――分かるでしょう？」

「まさか、本当に人質を殺す気じゃないでしょうね」

「そういう脅しをしないと、人質を取っている意味はないでしょう」

「爆弾は？」

「ありますよ」大住があっさり言った。「ダイナマイトは、案外簡単に手に入るんですね」

「――とにかく話し合いましょうよ。力になりますから」

「村野さんは一生懸命やってくれましたよね」大住の口調は、やけにしみじみしていた。「仕事だから、というだけじゃないのも分かっています。でも、どうしようもないことは、ありますよ」

「大住さん、傷を抱えていない人なんか、世の中に一人もいないんですよ」こんな話で納得させられるだろうかと思いながら、私は言わずにはいられなかった。「傷が必ず治るとは言いません。心の傷は、永遠に残ります。人間は、自分の記憶をコントロールできませんから。でもいつか必ず、その傷と折り合いをつけて生きていけるようになります。人間は、そんなに弱い生き物じゃないんですよ」

「あなたは――誰も失っていないでしょう」

大住の言葉が、音を立てて胸に突き刺さる。そう、私は誰も失っていない。死んだ人間は一人もいなかった。もちろん、それまでの人間関係は壊れてしまったのだが、大住にすれば、自分の不幸とはレベルが違うということなのだろう。

時には沈黙を選ぶ――捜査においては、こんな馬鹿なお題目はあり得ない。しかし今の私は、これを捜査だと思っていなかった。最愛の人を亡くした人に対するケアである。大住がどう思おうが、関係ない。

「とにかく、また電話します」

「ちょっと――」

「長電話になると、警察も何か手を考えるでしょうからね。この電話も、皆で聞いてるんでしょう？」

電話はいきなり切れた。私はテーブルに静かにスマートフォンを置いて、二人の刑事の顔を見た。無表情。何を考えているか分からない。

「どうするんですか？」

「どうするって……」年長の刑事の顔に困惑の表情が浮かんだ。

「荒木を放す……できますか？」

「無理だ」即座に答えが返ってくる。

「釈放しないと、犠牲者が出るかもしれませんよ」

「突入して確保だよ」どこか虚ろな口調で刑事が答える。

「その突入も難しそうだというのが、現場の判断じゃないんですか？　少なくとも、釈放の検討ぐらいはすべきだと思います。話を通して下さい」

二人の刑事が顔を見合わせた。特殊班は様々な事件を経験し、シミュレーションもしているはずだが、こういう事態は想定に入っていないのだろう。まさか、人質を取って犯人の釈放を要求してくるとは。

「やってくれないなら、俺が話をします」私はスマートフォンを取り上げた。「絶対に犠牲者を出すわけにはいかないんです」

「分かった、分かった」年長の刑事が、私の腕に手をかけて抑えた。「話してみるから。あんたが勝手に動いたら、まとまる話もまとまらなくなる」

「どういう方向にまとまるんですか」

私の質問に、二人は答えなかった。答えられるわけがない。これは、刑事の想像力を超える事態なのだ。


本庁での緊急の会議には、交通部の会議室が提供された。私が会ったこともない上級幹部が、ずらりと顔を揃えている。交通部と刑事部の部長を筆頭に、交通捜査課長、捜査一課長ら……知った顔と言えば、酒井と、オブザーバー的に出席している本橋のみ。この二人がいるせいで、少しだけ気が楽になっている。

先ほどの大住との会話は、途中から録音されており、会議ではまずそれが披露された。録音されていない前半部分については、私が説明することになった。話し終えた瞬間、刑事部長が「要求には応じない」と断言した。

「ちょっと待って下さい」一度座った私は、すぐに腰を上げた。他の部の部長、しかもキャリアの警視長という立場の人間に逆らうのは自殺行為だが、私の中にある何かが背中を押した。

刑事部長が、分厚い眼鏡の奥から睨みつけてくる。私は一度唾を呑んでから、一気にまくしたてた。

「結論はもう決まっているんじゃないんですか？　だったら、こんな会議を開くのは無駄でしょう。もっと具体的な対策を考えるために時間を割くべきです」

「口が過ぎるぞ」

忠告してから、刑事部長がテーブルに視線を落とした。何をしているのだろうと思ったが、どうやら出席者の名前が書かれたメモが回っているらしい。こんなクソ忙しい時に、よくそんなものを用意する暇があったものだと、秘書役でもある刑事総務課の手回しのよさに唖然とする。本当は、そんなことをしている場合ではないのだが……。

「村野警部補、だな」

「はい」立っていた私は、そのまま直立不動の姿勢になった。

「だいたい今回の一件は、支援課のフォローが足りないから起きたんじゃないか？　懲戒処分ものだ」

「だったら処分して下さい。それで大住さんが投降するなら、どんな処分でも受けます」

「そういう子どもじみたことを言われても困る」刑事部長が吐き捨てた。「子どもじみたついでに、荒木を釈放しろと言い出すんじゃないだろうな」

「お願いします」私は頭を下げた。

「馬鹿な……」刑事部長がつぶやく。「法的にそんなことができないのは分かっているだろう。これは、政府による超法規的措置を検討するような事案じゃない。あくまで警察の枠内で片づけるんだ」

「突入、逮捕ですか？　それが難しいことは、もう結論が出ていると思いますが」

「だから、効果的な方法を考えるために、こうして集まっているんだろうが」刑事部長がそっぽを向いた。「人質救出、犯人逮捕のための上手い手がないか、率直に意見を出して欲しい」

「共犯の存在を考えるべきかと思います」発言したのは本橋だった。

「それは……何か見当がついているのか？」刑事部長が眼鏡の奥で目を細める。

「確証はありません。しかし、同じひき逃げ事件の被害者家族で、連絡が取れなくなっている人間がいます」

私が現場に張りついている間に、支援課では様々な情報を掘り出していた。まず、菜穂子は子どもを実家に預けていた。学校を休ませ、午前中に実家に子どもを連れて行ってから、「明日まで用事がある」と言い残してどこかへ出かけた様子だという。他にも一人、連絡が取れなくなっている人がいる。そして最年長の水木の様子が、どうもおかしいという。最初に電話をかけた時には普通に話をしたのだが——会話を交わしたのは優里だった——いかにも早く電話を切りたい様子で、普段とはまったく態度が違っていた。被害者家族の中では、いち早く立ち直りを見せていたのに、明らかに妙だ……一度電話を切った優里は疑念に囚われ、水木に直接会うために豊洲に向かった。

優里なら何とかしてくれるだろうと思いながら、不安は消えない。自分たちから見えないところで、事態がどんどん進んでいるような感じなのだ。

「支援課は、被害者家族に対する調査を進めてくれ」刑事部長が短く指示した。「何か分かり次第、捜査一課に連絡」

他の部の部長から頭ごなしに命令されているにもかかわらず、本橋が丁寧に一礼して着席した。少しは反論してくれないものか……と不満になる。この課長は、腰が低いのではなく気が弱いだけかもしれない。

結局、会議はずっと刑事部長主導で続いた。やはり、刑事部内で既にある程度の方針は決まっていて、それを関係者に周知徹底するためだけの会議だったのだ——それに気づいてから、私は苛立ちを隠せなくなっていた。

「突入、逮捕しかないな」会議が始まってからわずか十分で、刑事部長が結論を口にした。「捜査一課特殊班に、作戦検討と準備をさせる。そのためのフォローをお願いするとして……できるだけ時間稼ぎが必要だ。次の電話は、午前零時だな？」

私は敢えて答えなかった。刑事部長が睨みつけてきたのは分かったが、無視する。段々図々しくなっている自分に気づいた。

「次に電話があったら、何らかの方法で結論の引き延ばしにかかってくれ」

「荒木を出しましょう」

私は、反射的に立ち上がって言った。刑事部長の眉が眼鏡の下で上がる。

「それはできないと最初に言ったはずだ。法を曲げるわけにはいかない。法の範囲内で勝負するんだ」

「考えがあります」

「聴く必要はない」刑事部長が書類を揃えて立ち上がった。

「結論が決まっているなら、こんな会議を開く必要はないでしょう」私は噛みついた。「時間の無駄です。単なるアリバイ作りですか？」

「何だと？」

「アイディアを出し合うための会議じゃないんですか？　だから私はここで、アイディアを披露しようとしているだけです」

刑事部長の隣に座っている交通部長が、何事か耳打ちした。交通部も、今回の事件では弱い立場である。ひき逃げの背後に隠れた殺人――しばらくその事実に気づかなかったのだから。捜査一課の連中は、陰であざ笑っているだろう。俺たちならもっと早く気づいて、荒木も落としている、と。そういう雰囲気が、交通部長のアンテナに引っかからないわけがない。それ故、刑事部長を牽制するつもりになったのだろうか。刑事部長は眉根を寄せたまま交通部長の話を聞いていたが、やがて素早くうなずいた。この二人がどういう関係なのかは分からないが、交通部長が刑事部長に自然に耳打ちできる程度の距離にあることだけは分かった。

「話してみろ」刑事部長が席に着く。

私は急いで計画を説明した。と言っても、ほんの数分前に浮かんだ計画なので、どうしても無理な点はある。おそらく刑事部長は鼻で笑って却下するだろうと思ったが、案外真面目な表情で耳を傾けていた。私が話し終えると、一睨みして訊ねる。

「それで、誰がやるんだ？」

「私です」自分の胸に親指を突き立てる。「今回の件は、最初から担当しています。それに、刑事部の貴重な戦力を削がれるようなことがあったらまずいでしょう」

「英雄になりたいわけか？」

「こんなことをしても、英雄にはなれません。その後どうなるか、読めませんし」私は肩をすくめた。「ただ、やるとしたら私しかいない、ということです。責任は取ります」

「更なる情報収集。突入を前提とした計画の策定。その方針に変更はない」刑事部長がまた立ち上がった。一呼吸おき、「最悪の場合、今の案を検討する」と宣言した。


散会した後、私は本橋に連れられ、課長室に閉じこめられた。他のスタッフが慌ただしく仕事をしているのが見えるので、何となく後ろめたい。

本橋は自席につき、椅子に体重を預けて眼鏡を外した。鼻梁《びりょう》をゆっくりと揉み、小さく溜息を漏らす。

「出過ぎた真似をしました」頭を下げる。

「いや」私の謝罪を、本橋は軽くはねつけた。「あなたが指摘した通り、あれはアリバイ作りの会議でした。実際には、捜査一課の特殊班が着々と作戦を練っているでしよう。私たちの出る幕はない……それより、気になることがあったんですが」

「何ですか？」

「あなたには、破滅願望でもあるんですか？」

私は言葉を呑んだ。考えたこともないが……言われてみればそうかもしれない。あの出来事以来、私は支援課の仕事に全力を注いできた。被害者の本当の気持ちが理解できるのは、警視庁の中でも私だけだろうと思って。だがその一方、どうしても人生に真面目に向き合えない本音にも気づいていた。あの出来事で、私は多くのものを失っている。軌道に乗り始めたばかりのキャリア、愛する人……どこかで、「人生などどうでもいい」と考えている、虚無的な自分がいる。

「作戦としては悪くないと思いますが」本橋に対して、自分の本音を語るつもりはない。彼はあくまで、数年でここを通り過ぎていくだけの管理職だ。本音を話せる相手とは思えない。そういう人間はごくわずか――この課では優里だけだ。

「分かりますが……私としては、むざむざスタッフを危険な目に遭わせるわけにはいかないんです」

「それしか手がないと分かったら、行きますよ」

「しかし――」

「それこそ、破滅願望があった、ということにしておいて下さい。それなら、上も納得するでしょう。要するに、作戦行動の形を取った自殺ですから、誰かが責任を取る必要はない」

「村野警部補……」本橋が目を細め、溜息をついた。

「心配いりません」私は笑顔を浮かべた。多分本橋の目からは、顔が引き攣ったようにしか見えなかっただろうが。「積極的に死にたいと思っているわけじゃないです。それに人間は、意外に頑丈ですから、そう簡単には死にませんよ。俺は一度、そういうピンチを乗り越えました。二度目はもっと簡単でしょう」

我ながら理屈になっていないなと思ったが、一気に言い切った私の台詞を聞いて、本橋は少しだけ安心したようだった。眼鏡をかけ直し、頬を膨らませて息を吐く。

「とにかく、情報収集を進めましょう。共犯が見つかれば、その筋から何か大住の弱点を見つけられるかもしれない」

「その方が心配なんですけどね」

「……ああ」本橋の顔がまた曇る。

「被害者家族が加害者に——最悪ですよ。我々の仕事は、完全に失敗したことになります」

「それが分かった時には、私が責任を取ればいいだけです。課長なんていうのは、そのためにいるんですから」

3

不穏な空気が濃くなり始めた。菜穂子は依然として行方不明。優里は水木と直接面会したが、明らかに何かを隠している様子だという。少なくとも事情は知っている――そう確信した優里は、水木に任意同行を求めた。江東署で水木を叩くと聞いて、私もそちらに向かうことにした。大住から連絡がある予定の午前零時には立てこもり現場にいなくてはならないが、それまではできる限り動き回るつもりだった。

水木はトレーナーにコットンパンツというラフな格好で、髪はぼさぼさだった。帰宅してくつろいでいたところを、いきなり警察に連行されたのだから、動揺していないはずがない。取調室の中では、セラピーで見せた落ち着いた雰囲気は消え失せ、視線の行方が定まらない。優里が正面に座っていたが目を合わせようとせず、しきりに右肩だけを小刻みに上下させていた。

私は折り畳み式の椅子を引いてきて、水木の斜め向かいに座った。

「大住さんが、荒木の父親が経営する会社に立てこもっています。しかも、爆発物を持っているとほのめかしています。荒木を釈放しないと、人質を殺してビルを爆破する、と脅しをかけてきました」

早口で状況を説明したが、言葉はない。右手で左手首をきつく握り締め、唇を一本の線にしている。

「何か聞いていませんか？　ご家族同士での横の連絡もあるでしょう」

水木は依然、無言を貫いていた。ちらりと優里の顔を見ると、怒ったような表情で片方の眉だけを上げて見せる。あなたがやって——という依頼だと判断する。彼女は、刑事としての経験がない。所轄の交通課で初期支援員を務めた後、直接支援課に引き上げられたので、容疑者と直接対峙し、法の範囲ぎりぎりで責め上げるような経験に乏しいのだ。ここは自分でいくしかないと、私はさらに水木を追及した。

「荒木の一件——殺人事件かもしれないと分かった時、どう思いました」

「それは——」水木が声を張り上げる。こめかみがひくつき、いきなり顔が赤くなっていたが、それでも理性が勝ったようだった。低い声で「辛いに決まってるじゃないですか」とだけ言った。

「荒木を殺してやりたいと思うほどに？」

「殺人事件の犯人に対して、厳しく思わない人はいないでしょう」

「一般論ではなく、あなたはどうなんですか」

「私を、そういう人間だと思っているんですか？」

「荒木は殺されていません。一番安全な場所にいます。つまり、荒木に対する殺意を今明らかにしても、あの男を殺すことはできません」留置場を出れば話は別だが。

「どうなんですか？　ご家族同士の間で、荒木の話は出なかったんですか」

　水木が無言の行に戻る。私は少しだけ身を乗り出した。斜め向かいの位置にいるので、体がくっつきそうになる。

「こんなことは言いたくないんですが、電話の通話記録やメールのログを調べることはできます。他のご家族と連絡を取り合っていたかどうか、分かりますよ。直接会わなくても、荒木に対する不満をぶつけ合うことはできるでしょう？　それがエスカレートして、大住さんは犯行に至ったんじゃないんですか」

「人のことは知らない」

「今、大住さんに監禁されている女性がいるんですよ？　大住さんは彼女を殺すかもしれない。見殺しにするんですか？　私は、復讐心は認めます。ひどい目に遭って、それでも相手を許せる、なんていうのは嘘だ。でも別の、まったく関係ない人間を巻きこむことは警察官として許せません。一刻も早く、人質を助けたいんです。どうなんですか？　大住さんから何か聞いていないんですか？」

「今は言えない」

「今は？　午前零時まで、ということですか？　そのタイミングで大住さんが何かしかけるまで言えないんですか？」

水木の肩がぴくりと動いた。彼は大住の計画を知っている——それを実現するために、口を閉ざしておく道を選んだのだろう。もしかしたら水木自身も、計画に一枚嚙んでいるのかもしれない。

「午前零時がタイムリミットです。その時間にまた大住さんから連絡がくる予定ですが、彼の要求に応えるのは不可能です。本当に爆発物を持っているのかどうかも分かりません……荒木をどうしたいのか、あなたは何も聞いていないんですか？」

水木の体が左右に揺らいだ。セラピーではどこか堂々としていたイメージが崩れ、今は弱々しく見える。ちらりと顔を上げて、壁の時計に視線を投げた。プレッシャーを受けているのは間違いないのに、時刻を確認した瞬間、厳しく強い表情を取り戻す。「時間」の壁を意識したようだ。あと三時間……三時間口をつぐんでいれば、全てが終わるとでも思っているのか。

「あなたが何か知っていて、それで黙っていると、共犯に問われる可能性もありますよ。それでもいいんですか？」

「私たちがどれほど多くの物を失ったか、分かりますか」

「分かります」私は即座に言った。

「まさか……」水木がどこか白けた口調で言った。「支援センターでも言われましたよ。同じ立場の人間は世の中に二人といない。人の悲しみは理解できない、と」

「その通りです。だからセラピーが開かれるんですよ。同じような立場の人と、悲しみを共有するんです」

「共有は……できたんでしょうか」

「あなたはどう思うんですか」こんな話をしていても埒《らち》が明かない。本来の自分の仕事——それこそ水木の精神状態をケアすることだ——を忘れかけ、私は強い口調で逆に質問を投げつけた。

「できたんでしょうね」

「つまり……大住さんのやっていることに共感できるんですね？　共感しただけですか？　手は貸していないんですか」

水木の口が、一瞬だけ細く開く。しかしすぐに「何も言わない」と決めたようで、きつく引き結んでしまった。今までとは表情が違う。決意の固さは、初めて彼に会った時以来、見たことがないものだった。

「水木さん……人質を見殺しにする気なんですか」

命の重さを持ち出しても、今の水木は何も感じないようだった。恐らく彼の中では、命の重さに「差」がある。一番大事なのは自分の子どもの命。今人質になっている女性にも家族がいて、もしも何かあれば、水木と同じような思いを味わうはずなのに、それが想像できなくなっているのだ。

不幸は、人の心を萎縮させる。本来人間の想像力は無限のはずなのに、身の回り五メートルのことしか考えられなくなってしまうのだ。

「水木さん……」

泣き落としに行くべきか、論理的に責めるべきか。決めかね、名前を呼んだところで話が止まってしまった。その瞬間、取調室のドアが開いて梓が飛びこんで来る。重要な局面で邪魔されて怒鳴るところだが、今日は彼女の顔を見た瞬間、何も言えなくなってしまった。今までに見たことのない、真剣で悲壮な表情……何かあったと確信して、私は席を立った。優里が素早くうなずく——ここは任せておいて。

取調室の外は刑事課の大部屋だ。今夜は江東署の刑事たちも残っていて、一斉に私に鋭い視線を突き刺してくる。私は居並ぶ顔を一瞥してから、梓に「どうした」と訊ねた。

「弟です」

「弟？」

「あの……三田さんの弟さん……」

私は一瞬混乱した。三田に弟？

いた。妻と子どものことばかりを考えていたので、頭から抜けていたが、三田には確かに弟がいた。ただし、名古屋在住。まだ独身で、両親と同居していたはずだ。仕事は……。

「確か、建設会社で働いていなかったか？」

「ええ」

つまり、ある程度は爆発物を手に入れやすい環境にいるわけだ。まずい——ビルを爆破するという大住の脅しは、やはり本当かもしれない。

「その弟がどうしたんだ？」

「愛知県警本部から連絡が入ったそうです。一昨日から行方不明で、家族が捜索願を出したと……失踪課の方で気づいて、連絡してくれたんです」

「菜穂子さんは？」

「まだ見つかりません」

「俺たちのミスだな」

「……ええ」

被害者「家族」というと、すぐに同居している家族を念頭に浮かべる。しかし当然、離れて暮らす親兄弟もいるのだ。とはいえ、東京にいる家族のことならともかく、遠隔地に住む家族のケアまでは難しいのが現状だ。愛知県警の連中は、そこまでやってくれなかったのか……こちらで気づいて、申し出ておくべきだった。

「何か、手がかりはないのか？」

「調べました。東京にいる可能性があります。昨日の午後、首都高を利用した記録が残っています」

「もしかしたら、大住さんと一緒に何かやっていたのか？」

「可能性はあります」梓の顔は蒼白く、健康な人間のそれには思えなかった。

「すぐに手配しよう。ＴＮＴのビルにいるのは大住さん一人だから、共犯は外を自由に動き回っている可能性が高い」

「分かりました」

梓が踵を返して駆け出して行く。一人で大丈夫だろうか……支援課か、あるいは酒井に連絡を入れてくれれば、何とかなるはずだが。

私は再び取調室のドアを開けた。今度は立ったまま、「三田さんの弟さんと面識はありますか？」と水木に訊ねる。

水木は無言だった。だが頬にわずかに赤みが差し、目が細くなるのが分かる。知っているのだ、と確信した。おそらく、大住と三田が何をしようとしているのかも、水木は把握しているはずだ。

私は椅子を引き、もう一度水木と相対した。何としても落とす。絶対に犠牲者を出してはならない。

4

私は刑事としての能力を失っているのだと思う。水木を「容疑者」だと考えれば、もっと厳しく追及して落とせたかもしれない。しかしどうしても意識の底で、「被害者家族」だと捉えてしまう。傷ついた人間をさらに傷つけることはできなかった。刑事なら、そういう感情はひとまず意識の外に出して、犯人逮捕を第一に考える。

新しい材料もないまま、午後十一時四十分、私は一人で現場に戻った。あと二十分で、また大住から連絡が入る。しかし今のところ、捜査一課も打つ手を決めかねているようだった。やはり外部からの突入は難しいようだし、説得も功を奏していない。

私は指揮車の中で、孤独を味わっていた。中にいる刑事は私を除いて四人に増え、現場や捜査一課と頻繁に連絡を取り合っている。厳しく激しいやり取りを聞き流しながら、私はベンチの隅に座ってスマートフォンを握りしめていた。今にも電話が鳴るかもしれない。しかし、大住の具体的な要求は何なのか……捜査一課が釈放にゴーサインを出していない以上、今度かかってきても、「無理だ」と伝えるしかない。その結果、大住が何を始めるか。考え始めると、暗い想像で頭が満たされてしまう。

どこかで電話が鳴った。自分の着信音ではないのに、慌ててスマートフォンを見てしまう。画面は黒く、沈黙したままだった。一人の刑事が、通信機器が並んだ壁から受話器を取り、話し始める。しばらく相手の声に耳を傾けていたが、ほどなく受話器を耳から離し、「刑事部長からだ」と告げる。私はのろのろと立ち上がり、受話器を受け取った。捜査一課長ならともかく、刑事部長から直々に名指しで電話がかかってくるとは。しかし今の私は、そのことで緊張感は覚えなかった。警察官としての常識が麻痺してきている。

「村野です」

「ちょっと外に出て来てくれ」

「どちらですか？」

「すぐ近くだ。出れば分かる」

私は受話器を刑事に渡し、指揮車を出た。相変わらず、赤色灯が街を赤に染めている。時刻が遅くなり、近隣のビルの灯りは消え、行き交う車も少なくなっているだけに、まさに街全体が赤くなっているように見えた。出た瞬間、近くの覆面パトカーに背中を預けて立っている刑事部長を見つける。険しい表情がやはり赤く染まり、顔が血塗《ちまみ》れに見える瞬間があった。刑事部長は私に向かって目配せすると、覆面パトカーのドアを開けて中に入った。当然シート上をずれてくれるような気遣いはなく、私は助手席側まで回りこんでドアを開けた。

「やってみるか」

刑事部長が前置き抜きで切り出す。私は、特に驚きもしなかった。驚いたとすれば、自分の中でいつの間にか覚悟が固まっていたことである。本橋が指摘した破滅願望があるのかないのか……自分では判断できなかったが、恐怖はない。

「構いません」

「危険かもしれないぞ」

「危険かどうかは、現段階では判断できないと思います。大住さんが荒木に何をしようとしているのか、分からないんですから」

「そうか……この一件、下手すると警視庁にとっては大きな失点になりかねない」

「分かっています。ただ、俺がやれば、刑事部の失点にはなりませんよね。部長は、刑事部のことだけを心配されていればいいと思いますが」

「いい度胸してるな」刑事部長がちらりとこちらを見て眼鏡を直した。

「一度死にかけましたから。これぐらいは何でもないです」

「その話は聞いている……刑事部はともかく、総務部としては問題になるかもしれないぞ」

「理屈は何とでもなります」被害者家族を傷つけないためだ――少なくとも私の中では完結している。それを他人が納得するかどうかは、まったく別の問題だ。まず自分が信じられないことを、他人に押しつけるわけにはいかないのだから。「私が志願した――支援課の仕事の範囲内でやったことだと押し通せばいいんです。どうせ、こちらが先手を取れるとは思えない。ドタバタの中で、どうしようもなかったことにしておけばいいじゃないですか」

「そう言うのは簡単だが」部長の声が揺らいだ。

「何とかするのが部長の仕事じゃないんですか。俺たちの仕事は、現場で血を流すことです」

「簡単に言うな」刑事部長が釘を刺した。

「そうですね……一つ、お願いできませんか」

「何だ？」

「今回、誰も怪我せずに無事に解決したら、今後はもう少し支援課に協力してもらえませんか？　第一線の刑事さんたちには、被害者や被害者家族を気遣う気持ちがまだ足りません」

「……そうか」

「こういうのは意識の問題ですから、部長が命令をかければ何とかなるというものではないかもしれません。でも、ことあるごとに口を酸っぱくして言っておけば、いつかは頭に染みこみます」

「分かった。それは約束する」

「お願いします。後は……いつでも死ねと言っていただければ結構ですから」

「そういう言葉を軽々しく口にするな」

「俺には、言う権利があると思いますけどね」私はドアに手をかけた。何か言われるかと思ったが、言葉は続かない。強く風が吹く中に降り立ち、ドアを閉めようとした瞬間、刑事部長から声をかけられる。

「村野警部補」

私は身を屈め、刑事部長と相対した。眼鏡の奥の目は鋭く、殺気さえ感じさせる。

「君のことは覚えておく」

「必要ないでしょう。所詮、刑事部では役に立たない人間ですよ」

「私は、いつまでも刑事部長でいるわけではない」

そうですか、と相槌を打とうと思ったが、言葉は出てこなかった。もはや軽い調子で話せる状況ではなくなっている。黙ってうなずきかけ、車から離れた。風が顔を叩き、一瞬寒さを感じるほどだった。初夏とは思えない寒さ——これぐらいの気温だと、常に膝に痛みが宿っているものだが、何故か今夜は痛みを感じない。

背広の胸ポケットに入れたスマートフォンが鳴り出す。引き抜いた瞬間に時刻が見えたが、まだ十二時五分前だった。早いな……私はこれを、大住の焦りと受け取った。これまでの態度からすると、十二時ジャストに電話してきそうな感じがしていたのだが、時間が経つにつれ、不安になってきたのかもしれない。仮に共犯者がいたとして、大住はどうやって外部と連絡を取っていたのだろう。携帯の電波は追跡されているのだが、発信されたのは私に電話をかけてきた時だけだった。

まあ、いい……今は集中しないと。私は指揮車に駆け戻り、「電話です」と叫んだ。前回と同じようにケーブルを挿し、そこにいる全員が会話を聞き取れるようにした。

今回も、私には一切裁量権がない。ただ会話を引き延ばし、同時に聞いている刑事たちが攻略ポイントを探すための時間稼ぎをする役割だけが期待されている。さらに午前零時と切った時間を、何とか先延ばしさせる——望まれているのはそれだけだ。しかし後者の指示は、もう無視していいだろう。刑事部長は、突入を半ば諦めている様子だから。

「村野です」

「どうも」

大住の声には以前より元気がなかった。疲れているというより、薬物の効果が切れたような感じ……まさか、覚醒剤でも使っているのか？　それだと対応がまったく違ってくる。

「釈放は決まりましたか」

「いえ」

「まあ、そうだろうと思った……仕方ないですね。人質を殺して、ビルを爆破します」

「ちょっと待って下さい」私は慌てて呼びかけた。「釈放といっても、いろいろなやり方がある。あなたは、何をして欲しいんですか？　江東署から荒木の身柄を放して、それで終わりじゃないでしょう」

「要求を聞くつもりはあるんですか」

「具体的な話を聴いてから判断します」

「そうですか……」大住は私の話を真面目に検討している様子だった。特に焦りは感じられない。「では、言いますよ」

私は顔を上げ、他の刑事たちの顔を見た。全員がヘッドフォンを装着し、厳しい表情を浮かべている。

「荒木を車に乗せて下さい」

「車？」

「そう、あいつが人殺しに使った道具だ」

「人殺し」はまだ確定できていない——こんな緊迫した場にもかかわらず余計なこと

を考えてしまい、私は思わず首を横に振った。

「車も警察で用意する、ということですか」

「いや。こちらでもう用意してあります」

「それで？」かなり用意周到だ……やはり三田の弟が、大住の手足になって動き回っているのだろうか。

「その先は、車に乗った荒木に直接指示するので」

「あなた、彼を殺すつもりですか」

「それは言えない」

「だったら、何を……」

「荒木を車に乗せて下さい。一人で。要求はそれだけです。後はこちらと荒木の話になるので、警察は関係ない」

「その車は、どこに停めてあるんですか？」

「檜町《ひのきちょう》公園の北側。品川ナンバーのレンタカーが路上に停めてある」

刑事たちがばたばたと動き出した。一人がヘッドフォンを外して、壁の受話器に取りつく。送話口を手で覆い、低い声で話し始めた。

「あの辺は、道路が狭いはずですよ」しかも東京ミッドタウンの裏手……マンションが建ち並んでいる地域だ。付近一帯を封鎖することはできるが、住民全員を避難させるには相当時間がかかる。何も起きないように、祈るしかないのか……。

「それは気にする必要はない」

「どういう意味ですか？」

「とにかく、余計なことはしないで、荒木を連れて来て欲しいんです。車に何かすれば、すぐに分かりますよ。監視してますから」

「どうやって」

「それを言ったら監視にならないでしょう。まあ、警察なら探り出すだろうけど、監視をストップさせたら、最初に予告した通り、人質を殺します」

「荒木を車に乗せたら、人質は解放するんですね？」

「もちろん」

「自分で、そこのドアを開けて出て来て下さいよ」

「まあ……無事に荒木が車に乗ったら、またその話をしましょう」

「大住さん……」私は溜息をついた。わざとらしく。「荒木を殺す気ですか？」

返事はない。ただかすかに、呼吸の音だけが聞こえてきた。

「あなたに人が殺せるわけがない。家族を殺された人の苦しみは、あなたが一番よく知っているはずですよ」

「家族の事情はそれぞれ違うんです」大住の声が一気に冷たくなった。「俺を憎みたいなら憎めばいい。どうせ、憎しみは連鎖するんだから。この世は憎しみの積み重ねでできているんですよ」

「そんなことはない。そんなことにならないために、我々がいるんです」

「村野さん……」今度は大住が溜息をついた。「あなたは生きている。俺は女房を亡くしたんだ。全然違いますよ。分かったようなことを言わないで欲しい」

私の個人的な事情を話した時に、彼が流した涙……あれは単に、不安定な精神状態がもたらしたものだったのか。

「一時間、待ちます」大住の声から感情が抜けた。「どうせ警察のことだから、すぐには決められないんでしょう。一時間後に、荒木が車に乗らなかったら、それで終りだ。俺はもう、死ぬ覚悟もできている」

「あなたが死んだら、共犯の三田さん――三田さんの弟はどうなるんですか」

一瞬、電話の向こうで息を呑む声が聞こえた。痛いところをついたと確信したが、快感はない。むしろ、大住が正気を失うのではないかと心配になった。

「いったいこの件に、何人巻きこんだんですか」やはり返事はない。失敗したか、と顔が蒼くなるのを感じたが、一度口から出た言葉は取り消せない。

「一時間。午前一時。それだけです」

大住は電話を切ってしまった。その瞬間、刑事の一人が「村野！」と叫ぶ。疲れ切った私は、そちらにのろのろと視線を向けるしかなかったが、すぐに怒り狂った刑事の顔が目に入った。

「どういうつもりだ。相手を怒らせて、こっちの手の内を明かして、これじゃ捜査が滅茶苦茶だ」

「捜査してるんですか」私はゆっくりと立ち上がった。

「何だと？」

「特殊班が聞いて呆れますよ。突入の計画は立てられない、犯人の説得もできない——いったいどうするつもりなんですか？　ノープランのまま、大住さんが人質を殺して、ビルを爆破するまで待つんですか？」

「貴様——」

詰め寄って来る刑事を、私はいなした。相手の腕を摑んで距離を置き、「あなたが心配することはない」と告げた。

「何だと？」

「あなたが傷つくことはないですから。安全なところで、お茶でも飲みながら見ていて下さい」

私は彼の腕を思いきり振り払った。鋭い視線が突き刺さってくるのを無視して、指揮車を出る。アスファルトの上に降り立って肩を上下させ、軽く息を整えた。TNT本社の建物を見上げると、三階の一部の窓だけが明るくなっているのが分かる。あそこに大住がいる……自ら加害者に変身してでも、妻と子どもを失った悲しみを晴らそうとしている。

それでも——私は拳を握り締めた。それでも私は、刑事としての目で大住を見られない。

5

ミッドタウンの北側をぐるりと取り囲む檜町公園は、かつて政治集会やデモによく使われていたという。その喧噪は容易に想像できたが、午前零時を回った今、鬱蒼《うっそう》とした木立は闇の中に沈み、ただ静かである。その向こうにそびえるミッドタウンの建物も、今は灯りが控えめだ。片側一車線の道路を挟んで反対側には、小さいが高級そうなマンションが建ち並んでいる。ここで何かあったら本当にまずい……しかし捜査一課は、住人たちに避難を要請すべきかどうか、まだ決めかねているようだった。それも仕方がない。この時間に住人を叩き起こし、数十分でどこかへ移動させるのは不可能だろう。

道路は、東側から西側にかけて、緩い下り坂になっている。私たちは、一台の不審な車が公園側に停まっているのにすぐに気づいた。今は、前後をパトカーが挟みこんでいるが、パトランプは灯っていない。闇が街を支配していた。

問題の車——白いフィットは、品川ナンバーのレンタカーだった。照会の結果、今日の午後遅くに借り出したのも大住だと割れた。しかし彼は、夕方からTNT本社に立てこもっており、ここまで車を持ってくる時間はなかったはずだ。やはり共犯者がサポートしているのだ——おそらく、三田の弟が。

私は腕時計をちらりと見た。午前零時二十五分。タイムリミットまであと三十五分しかない。制服、私服の警官が散って周囲を調べていたが、まだ何も見つかっていなかった。肝心の車についても、何も分かっていない。何か工作がしてある可能性があり、迂闊《うかつ》に近づけないからだ。外から見た限りでは、何の変哲もないのだが……。

「カメラだ！」誰かが叫んだ。

カメラ？　何の話だ？　私は声がした方に歩き出した。公園の中……フィットのすぐ近くらしい。ガードレールを飛び越し、歩道に面した木の側に立っている制服警官に「何だ？」と声をかける。まだ高校生のような制服警官が、緊張した面持ちで指を上に向ける。それに釣られて視線を上げると、木の幹に小型のウエブカメラが設置されているのが見えた。ひどく場違いなそのカメラの役割が何なのか、私にはすぐに見当がついた。その考えを裏づけるように、スマートフォンが鳴る。

「そのカメラに近づかないでもらえますか」大住だった。

「これは、あなたが一人でやったんですか」

「……もちろん」

彼の一瞬の躊躇《ためら》いは、共犯者の存在を認めたも同然だった。私はそれには突っこまず、「こちらのやることは全てお見通しというわけですか」と言った。

「そういうことです。よく見えてますよ……手を振ってもらえますか？」

馬鹿にされているのかと思ったが、素直に従うしかない。

「ああ、どうも……今、右手を振りましたよね？　広角レンズですから、車の周辺の相当広い範囲までよく見えてます。何かしようとしたら、すぐに分かりますからね」

クソ、完全な監視つきか。あの車に荒木が乗りこむところまで、しっかり見られるわけで、それ以前に何か工作しようとしても、当然ばれてしまうだろう。もしかしたら他の場所にもカメラがしかけられ、車を中心に三百六十度を監視できるようになっているのかもしれない。私はスマートフォンを耳に押し当てたまま、周囲をぐるりと見回した。街灯と、夜更かしの住人がいるマンションから漏れ出て来る光だけでは、都会の闇に勝てない。カメラをしかける場所はいくらでもありそうで、人海戦術でも探し出せるかどうかは分からない。

「カメラが作動しなくなったら、そちらが何かしたと判断しますから。カメラはいじらないで下さいよ」

大住が淡々と告げた。カメラは、車を監視すると同時に、彼の計画にとってセーフティ・ネットになっているのだと分かる。シンプルだが効果的なやり方だ。しかし、彼一人でこれだけのことができるとは思えない。恐らく共犯者は、万が一のトラブルに備えて、この近くで待機しているのではないだろうか。

「もう時間がありませんよ。どうするか、決めたんですか？」

私は無言を貫いた。実際、まだ明確な指令が出ていないのだからどうしようもない。

「あなたの携帯の電源を入れておいてくれませんか」私は言った。「方針が決まったら、すぐに連絡します」

「では、一時十分前から電源を入れておきます。あまり時間はないですよ」言い残して、大住が電話を切った。彼の声にも、少しだけ焦りが感じられた。

公園から出ると、もう一台の指揮車から本橋が降りて来るのが見えた。深刻な表情で、小熊と何事か話し合っている。この場の指揮は小熊が執ることになったようだ。元々捜査一課出身とはいえ、今では部外者である本橋は、どこか居心地悪そうにしている。

「本当に、いいんですか」本橋が念押しした。

「ええ。破滅願望じゃないですよ」

「何だい、それ」小熊が不思議そうな表情を浮かべる。

この人は……と私は思わず苦笑してしまった。鈍いというか何というか。あの事故は、私の捜査一課時代に起きたものだ。その後私が一課を離れ、支援課に来た経緯も、全て知っている。「破滅願望」という言葉が出れば、それだけでぴんときそうなものだが。

「何でもないです」彼に向かってうなずきかけ、「少し離れませんか？　カメラに映りたくないので」と小声で言った。声まで拾われるとは思えないが、やはり気になる。
「カメラって何だ?」
「あそこに」私はカメラが設置された木の辺りを指さした。「監視カメラがありま
す。ネット経由で、どこからでも見られるようになっているようですね。大住さん
は、それをチェックしています」
「まったく、ふざけた野郎だ」小熊が吐き捨てる。
「しかし、迂闊な動きはできないわけですね」本橋が言って顎を撫でた。いつも剃り
たてのように見えるのだが、さすがに今日は髭が浮き始めている。「カメラに死角は
ないんですか?」
「ないと思います。もしかしたら、何台もしかけているかもしれません」
「カメラを切断して、ネット系のトラブルと思わせるとか……」
「やめた方がいいです」私は本橋の提案を即座に却下した。「余計なことをすれば、
大住さんは疑うでしょう。今は疑心暗鬼になっていると思いますから」
本橋が無言でうなずく。顎に力が入って、顔が強張っていた。
「とにかく、やります。刑事部長の許可も得ていますから」
「村野……」小熊が心配そうに目を細めた。「俺はやめた方がいいと思うけどな。何

とかもう少し時間稼ぎをして、その間に上手い手を考えた方が……刑事部長は、自分に責任がかからないように、お前に厄介なことを押しつけてるだけだぞ」

「責任云々を言うのは、上の人の話ですから。俺たちには関係ないでしょう。そうですよね、課長？」

本橋は渋い表情を浮かべるだけで、未だにこの作戦を気にいっていないのは明らかだった——彼だけではないだろう。誰一人、これが最善の策だとは思っていないはずだ。

もちろん、私も。

「準備しましょう。予定の物は揃っていますか？」

「ああ」小熊が暗い声で言った。「指揮車に全部用意してある」

私は無言でうなずき、指揮車に戻った。二人が遅れて、のろのろとついて来る。車内には刑事が三人いて、既に狭い感じがしたが、私は構わず準備を始めた。背広を脱ぎ、代わりにグレーのパーカを着こむ。ブルートゥースのワイヤレスイヤフォンをスマートフォンに接続し、動作を確かめてからスマートフォンをパーカのポケットに落としこむ。マイクとイヤフォンが一体になったヘッドセットを左耳に装着し、フードを被った。これで準備完了。小さなヘッドセットまでは、カメラに映らないはずだ。

「銃だ」小熊が拳銃を差し出す。

「いりません」

「いや、持っていけ」

「必要ないです」

「馬鹿言うな」小熊がむきになって言い募った。「何があるか分からないんだぞ」

「人を撃つ気はないですから」

「そういう問題じゃない」

しばらく押し問答が続いたが、最後は本橋が間に入ってくれた。

「このパーカだと、銃を持っていると目立ちます。相手を警戒させるようなことはしない方がいいでしょう」

「……そうですか」

本橋に言われて小熊も引き下がった。依然として不満、かつ不安そうな表情を浮かべてはいたが、私の身の上を案じてくれているのだと思って、少しだけほっとする。人間は、見捨てられたと感じた瞬間から、気持ちが萎えていくのだ。

「しかし、仮に荒木を誘い出したとして、大住はどうする気なんだろう」小熊が首を傾げる。

「殺すつもりでしょうね」

「お前、そういうことをさらりと言うなよ」小熊の顔が蒼褪めた。

「大丈夫ですよ。自分の体ぐらい、自分で守れます……心配なのは、その後ですね」

「目的を果たした後、大住さんが何をしようとしているか、ですね？」

本橋の質問に、私は無言でうなずいた。一番可能性が高いのは、その場での自殺だ。投降してくれないかと願っているし、捜査一課の特殊班はさらに説得を続けるはずだが、大住がそれに従うとは思えない。それなら、私の作戦行動は完全な無駄になるのだが、まずは要求を呑まないと、膠着《こうちゃく》状態が延々と続くことになる。

腕時計を見る。零時四十五分。私は何度か深呼吸し、意を決して車から出た。指揮車の前にはもう一台覆面パトカーが停まっていて、監視カメラに対する目隠しになっているはずだが、それでも不安は募る。頭の中で、もう一度手順を確認した。まず大住に連絡。納得させたうえで、午前一時になる直前、ずっと後方で待機しているパトカーに乗りこむ。そのまま、路上駐車されたフィットのところまで行き、二人の制服警官に両側を挟まれる格好で——監視カメラに対する目隠しの意味もある——車に乗りこむ。あとは大住からの指示待ち。複雑な手順ではないが、途中で何が起きるか分からないから気は抜けない。捜査一課では、まだぎりぎりの線を狙って私に交渉させようとしていた。警察官をフィットに同乗させるのを条件にしたい。法的に釈放が許されたわけではないので、あくまで警察官の監視が必要だと押し通したいのだ。だが、大住がそれを受けないであろうことは、想像に難くない。とにかく彼を怒らせないこと、こちらの行動を納得させることを第一に考えないと。

少し暑い……背広から生地の厚いパーカに着替えたせいだろうが、これから汗だくになりそうな予感がした。どうせ冷汗はかくのだろうが、考えただけで不快だ。何度か深呼吸していると、小熊が腕時計を見ながら近づいて来る。

「時間だ」

うなずき、スマートフォンをパーカのポケットから取り出す。大住の番号を呼び出し、ヘッドセットから音が聞こえてくるのを確認してほっとする。今回、他の人間が会話を聞くことはできないので、肝心な内容は復唱しながら会話しなければならない。

「準備ができました」

電話の向こうで、大住が息を呑む様子が窺えた。警察は折れない、と予想していたのかもしれない。驚かせることができたとしたら、こちらが精神的に少しだけ優位に立てたわけか……それが作戦全体にどう影響するかは分からないが。

「車に乗せて下さい」大住の声はぴりぴりと緊張していた。「分かりました。それで、こちらからも条件を出させてもらえますか」ここが一つの山だ、と私は唾を呑んだ。

「何ですか」

「荒木には、顔を隠すためにパーカを着せています。頭にフードをかけていますから。それと、車までは制服警官二人を護衛につけます」

「顔を隠す？　どうして」大住の声がいきなり不機嫌に低くなる。

「マスコミ対策ですよ」私は慌てて言った。慌てていることを悟られないように、と祈りながら。

「マスコミが動いているんですか？」

「あくまで念のためです。あの連中はしつこいし、勘が鋭いので。荒木がこんな時間にこんな場所にいることを知られたら、面倒なことになりますからね。顔を見せたくないんです」

「分かりました……でも、警官はいらないでしょう」

「車に乗せるまでは、拘束されていることになるんですよ。一人にして、むざむざ逃げられたら困りますよね……お互いに」

一瞬間を空けた後、大住が「分かりました」と言った。これで障害はなくなった、と私は静かに息を吐いた。

「では、午前一時ジャストに、荒木を車に向かわせます。カメラで見ていて下さい」

「車内に携帯電話が置いてあります。鳴ったら出るように、荒木に伝えて下さい」

「車内に携帯電話があるんですね？」

「そう」

「分かりました。それでは」

淡々としたやり取りは、仕事の会話のようだった。電話を切り、フードを後ろにはねのける。熱がこもっていたのと緊張のせいで、額に汗が浮いていた。

私たちは、準備の仕上げに取りかかった。といっても、私が手錠をはめられるだけだが。ロックされていないとはいえ、金属の冷たい感触はやはり気分が悪い。多くの犯罪者が、手錠をかけられた瞬間にこれまでの人生が終わったように感じる、と言うのも理解できた。

いつの間にか、優里が目の前にいた。私の顔の前で携帯を振る。

「西原とつながってるけど」

「こんな時間に？」私は顔をしかめた。時間は関係ない。優里が愛に連絡を取った事実が気に食わなかった。「彼女は関係ないじゃないか」とはっきり言ってみる。

「いいから、話して」

「何を？」

「無事に帰って来るからって。ちゃんと言わないと」

「馬鹿馬鹿しい。だいたい、作戦行動を民間人に言えるわけがない」私は吐き捨てた。危険な――予想ができない任務であることは分かっている。だが今の私には、最後になるかもしれない言葉を残すべき相手はいないのだ。

「いいから」

優里も強情だった。仕方なく諦め、うなずいたが、手錠をはめられたままなので携帯を受け取れない。優里が珍しく薄い笑みを浮かべて、携帯電話を私の耳に押し当てた。

「――もしもし？」愛の声は平常だった。夜型の人間ではない――少なくとも昔はそうだった――のだが、昼間話しているように明瞭である。

「ああ」何と言っていいか分からず、つい間抜けな返事をしてしまった。

「何か、危ないことをしようとしているらしいわね」

「どうかな。危ないかどうか……何が起きるか分からない」

「あなた、そういう冒険を楽しむ人じゃないわよね」

「性格が変わったんだろうな」あの一件から。

「気をつけて……じゃないわよね。十分気をつけてるだろうし」

「応援の言葉はいらないよ。ただの仕事だ」

「そう」

「夜に、わざわざ悪いな」

「私はいいけど。松木が電話してきたんだから……今回は、こっちにも責任があると思うし。大住さんが何を考えているか、読み取れなかったから」

「それはこっちも同じだ。共同責任だな」

「そうかもね」いつもと変わらぬ、素っ気ない口調。「だけど、松木もお節介よね」

「ああ。何か勘違いしているんだろう」

「たぶん」

「君からもよく言っておいてくれないか」

「言っても無駄だと思うけど。松木はロマンチストだから」

優里がロマンチスト？　何の話だ、と私は思わず首を傾げた。私が知る限り、最も現実的な二人の人間の一人なのに——もう一人が愛だ。

「そろそろ行かないと」

「分かった」

「大住さんの件、後でまた相談する」

「そうね」

　私がうなずきかけると、優里が電話を耳から離した。愛に対して「じゃあ」と短く言って電話を切る。それから深々と溜息をついて、私の顔を見た。

「何で普通に会話できないのかな」

「今はこれが普通だけど……あの頃とは違うんだ」

　優里が目を見開く。そんなことは当然分かっているはずなのに、初めて知らされた事実に驚いているような様子だった。

「とにかく俺たちも、研修のやり直しだな。大住さんのことは、痛い失点だ」

　無言で優里がうなずく。私は彼女の脇を通り過ぎ、ずっと後方で待機しているパトカーに向かった。小熊が助手席に座り、私は狭い後部座席で二人の制服警官に挟まれる格好になった。

「待遇がよくないですね」軽い冗談を飛ばしてみたが、小熊からの返事はない。彼の緊張感も頂点に達しているのだろう。当然か……長年警察で仕事をしていても、こういう変則的な事態に直面する機会は多くはない。

無言のまま、パトカーがゆっくり進む。私は手錠で拘束された腕を上げ、腕時計を確認した。あと三分……何もなければ、午前一時ちょうどには、私はフィットの運転席に座っているだろう。問題は、それから何があるかだ。何となく、車を運転させてどこかに向かわせるのではないかと思えた。例えば——それこそ、TNT本社まで。裏側に車を回させ、そこから大住が銃撃する——銃を調達できていたら、だが。自ら手を下して荒木を殺すには、そういう手が一番だろう。だが、車に乗った相手を一撃で殺すほどの銃の腕があるとは思えない。そもそも大住は、銃を撃ったことすらないはずだ。あるいは、車に爆発物をしかける。調べたら大住に見えてしまうはずで、チェックは不可能だ。

パトカーがフィットを追い越し、前に停まっているパトカーとの隙間に割りこんで停まる。右側の制服警官が降り、私は背中を丸めてその後に続いた。もう一人の制服警官は助手席側から車を出て、後部を回りこんでくる。二人が私の両腕を取った。演技だとは分かっているが、いい気分はしない。とはいえ、私も演技につき合うことにした。顔が見えないようにうなだれ、フードを隠れ蓑《みの》にする。これでカメラには顔が映らないはずだと分かっているが、それでも緊張が緩むことはなかった。背中を思い切り丸める。私と荒木ではかなり身長差があるから、少しでも小柄に見せなければならない。

フィットまでの距離は五メートルほど。一歩歩くごとに緊張感が高まってくる。ドアハンドルに手をかけた瞬間、その緊張は頂点に達し、軽い吐き気を覚えるほどだった。このドアに爆弾がしかけられていたら……ゆっくりとドアハンドルを引いたが、何も起こらない。急速に鼓動が落ち着くのを感じながら、私はドアを開けた。まず顔を突っこんで、助手席に携帯電話が置いてあるのを確認する。その他は――短い時間では、車の中全体を調べるのは不可能だ。とにかく乗ってしまおう。

フードを被ったままの頭を下げ、運転席に体を滑りこませる。腰が落ち着いた瞬間、制服警官の一人が黒い布袋を私に押しつけてきた。高級な靴が入っているシューバッグのような感じだったが、感触は明らかに違う。硬い、ごつごつした感じ――私は驚いて、彼の顔を見た。

「銃です」

「持っていかないと言ったけど」

「命令ですので」

小熊か、それとももっと上の誰かか……「持ち帰れ」とは言えない。この場で採めて、必要以上に制服警官が車の側にいるのを見たら、大住は不審に思うだろう。余計なことはしない。できるだけスムーズに事が進んでいくように努めなければ。私は「分かった」とだけ言って、袋を腿の上に載せた。制服警官がうなずき、ドアを閉める。

一人になり、重い沈黙の中に取り残される。腿の上に銃を置いたまま、左手を伸ばして携帯を取り上げた。電源が入っているのを確認して、手で持ったままでいることにした。大住からの着信は聞き逃したくない——と思っていた瞬間、電話が鳴った。また鼓動が最大レベルにまで跳ね上がったが、大住の電話番号が浮かんでいるのを見て、むしろほっとする。計画は確実に進んでいるのだ——ただし、大住のペースで。

しかし、どう話すべきか。私が声を出せば、車に乗っているのが荒木でないことがばれてしまう。かといって無視するわけにもいかないか……適当な作り声で誤魔化すしかないと思い、体を捻って電話に出た。

通話ボタンを押し、耳に押し当てたが、相手は無言のままで、電話は切れてしまった。車に乗ったのを確認しただけか……どうやら大住は、荒木と話す気はないようだった。話す機会があれば、罵詈雑言を浴びせてくるのではないかと思ったが、彼の怒りのレベルは、もうそれぐらいでは収まらないところまで上がってしまっているのかもしれない。だとしたら、何をする？　電話をかけてきたのに指示もしないで……私は最悪のシナリオを頭の中で描き始めた。

どうしたものかと考え始めた瞬間、また電話が鳴る——いや、今度は私のスマートフォンだ。慌てていたので操作を焦ったが、何とかポケットから引っ張り出す。耳に押し当てようとして、ヘッドセットを使っていたのだと気づく。苦笑しながら「もしもし」と言った瞬間、梓の声が耳に飛びこんできた。

「逃げて下さい！」

「は？」

「車ですよね？　逃げて下さい！」ほとんど悲鳴だった。

「おい、まさか……」嫌な予感に襲われ、私は胃の中に硬い物を呑みこんだような不快感を覚えた。

「三田を確保しました。車に爆弾を積んでいることを自供したんです！」

それを聞いた瞬間、私はドアを押し開けた。サイドシルを蹴って、一気に体を投げ出す。前転して立ち上がり、走り出そうとした瞬間、背後で爆発音が響いた。爆風に押され、体が一瞬浮き上がる。逃げろ、とにかく逃げろ——しかし足が地面を摑まなかった。目が回る感覚がするのは、吹き飛ばされているからなのか？　何とか状況を把握しようとしたが、爆風は私の考えよりも速いスピードで周囲の空間を舐めているに違いない。肩に何かがぶつかった衝撃。激しい痛みとショックに、私は思わず悲鳴を上げた。

6

気づいた時には、道路に仰向けになっていた。起き上がろうとしたが体が言うことを聞かず、私は過去の事故のトラウマに襲われた。思わず叫びそうになったが声も出ない。赤い……パトランプの赤かと思ったが、体を包みこむような熱気、それにガソリンのきつい臭いが、異常事態を実感させる。いったい何が……必死で、何とか首だけを動かしてみた。燃え盛っている車が目に入る。周囲には車のパーツが散乱していた。体は本当に無事なのか、と一気に不安になる。

「村野さん！」

梓の声が耳に突き刺さる。スマートフォンの何と丈夫なことか、と驚いた。爆発の影響も受けず、ずっと通話がつながっていたとは。ヘッドセットも無事だった。一方、ロックせずにはめていただけの手錠はいつの間にか外れ、どこかに吹き飛んでしまっている。

「……ああ」何とか声が出たのでほっとする。

「何があったんですか？」

「爆発した……君の忠告は、爆発の五秒前だった……助かったよ」

「助かったって、平気なんですか？」梓が声をひそめる。

「こうやって話ができているんだから、平気だと思うけどね」梓の声はどこか遠くから聞こえるようだった。爆音で耳もやられてしまったのかもしれない。その瞬間、また爆発音が響き、一際大きな炎が上がって車を包みこむ。

「大丈夫ですか！」梓が、自分が爆発に巻きこまれたような悲鳴を上げる。

「ガソリンタンクにでも引火したのかもしれない」早く逃げないと……これ以上爆発はしないかもしれないが、火が近い。顔が焼かれるようで、目を開けているのさえ難しくなってきた。さらにガソリンの臭いがきつく、普通に呼吸するのも厳しい。何とか後ずさろうとしたが、体が言うことを聞かない。まずい……本格的に死の気配を感じ始めた瞬間、誰かが私の腕を摑んだ。そのまま引っ張り上げられ、何とか周りの状況も見えるようになった。幸い、前後に停まっていたパトカーには被害がない。肩越しに後ろを見ると、マンションの窓に一斉に灯りが灯っていたが、爆風の影響はそこまでは及んでいないようだ。人的被害はない——自分のことは分からないが——とほっとする。

「大丈夫ですか？」

「いや、どうかな」声で、先ほど銃を渡してくれた若い制服警官だと気づく。「悪いな、銃が車の中だ」

「そんなこと、どうでもいいです。歩けますか？」

「分からない」意地を張っても仕方がないので、正直に言った。試しに一歩を踏み出してみたが、足に力が入らない。古傷を傷めるのが一番怖かったが、そういう痛みはなかった。足が動かないのは怪我のせいではなく、ショックが残っているためだと信じたかった。事件はまだ終わっていないのだから……動けないと、最後の場面に立ち会えない。

何を以て「最後」と言えるかは分からないのだが。

「とにかく、離れましょう」

「悪い……肩を借りる」

「どうぞ」

彼に体重を預けながら、ゆっくりと歩き出した。一歩ずつを数えるように……体重がかかって左膝が折れそうになったが、何とかこらえる。数歩歩いたところで、足に感覚が戻ってきた。周辺のパトカーから、消火器を持った警官たちが飛び出して来る。白い泡が燃え盛る車に浴びせられるのを見て、私は安堵の息を吐いた。これで何とかなる。類焼するようなことはないだろうし……ふと、心配になった。監視カメラはまだ生きているのではないか？　私がこうやって歩いているところを見られたら、大住は作戦が失敗したと思って逆上するかもしれない。いや……炎と黒煙が激しく空を舐めている。これがいい目隠しになってくれるはずだ。

指揮車までの百メートルほどが、はるか遠くに感じられた。途中からは小熊も助けに入ってくれて、体を左右から支えられる格好になったのでだいぶ楽になったが。

「どうするんですか」私は思わず小熊に訊ねた。

「今、それを言うなよ。取り敢えず被害状況の確認が先だ」

「いずれ、大住さんにはばれますよ」

「分かってる——その件については、手を考えた」

「まさか、突入ですか？」

「ああ」

「どうやって」

小熊が無言で上を指さした。天井から？　その手はあるのではないか、と私はかすかに考えていたのを覚えている。配線のために、床下や天井にはある程度のスペースがあるはずだから、そこから突入できれば。

「偵察は既にやっている」

「それを先に言ってくれれば、こんな目に遭わないで済んだんですけどね」

私の愚痴に対して、小熊は素直に「すまん」と謝った。

「ついさっき、方針が決まったんだ」

「間が悪いですね……無駄骨でした」

「いや、お前にはまだ仕事があるんじゃないか？　車に乗っていたのは荒木だということになってるんだから。また連絡があるかもしれない」

そうか……確認の電話が入る可能性もある。その場合、荒木が死んだことにしておくのも手だ。大住は納得し、自ら出てくるかもしれない。ただ、そんなに簡単に事は運ばないような気がするが……荒木が死んだ「証拠」を求められたらどうする？　黒焦げになった死体をどこかから調達してくるか？

馬鹿馬鹿しい。

「お前、病院に行かないと駄目だ」

「それは駄目です」私は小熊に強硬に抵抗した。

「しかし、ぼろぼろだぞ？」

そんなに？　確かに今になって、体のあちこちに痛みを抱えているのを感じる。特にひどいのは左肩で、広範囲に痺れたような感覚がある上に、痛みも激しい。だが別に、これからマウンドに上がるわけではないのだ、と自分に言い聞かせる。そもそも私は右利きだし。

「青山署に連れて行って下さい。簡単な手当てぐらいできるでしょう」

「そういう問題じゃないんだが」

「大住さんから電話がかかってきたらどうするんですか？　俺が出ないと、話が通じませんよ」

なおも小熊は病院行きを勧めたが、私は徹底抗戦した。こうしている間にも電話があるかもしれない、病院にいたら電話が受けられないではないか、と。結局小熊が折れたタイミングで、ちょうど指揮車に到着した。優里が駆け寄って来る。もちろん彼女は無傷だが、いつものように無表情ではなかった。心配——そう、子どもが病気をしたりするとこういう表情になるのではないだろうか。

「無事だから」

何か言われる前に、こちらから口を開く。優里の表情が少しだけ緩んだ。

「無事に見えないけど」

そんなにひどいのか？　自分の姿を見下ろしてみようかとも思ったが、やめた。見るとショックを受けるかもしれないから。鏡を見るのは、一段落してからでいい。

「どうしよう……西原に合わせる顔がないわ」

「愛は関係ないだろう」

「どうしてそういう発想になるわけ？」

「いや……」君こそ、どうしてそういう発想になる？　何故私たちによりを戻させようとする？　何かの妄想ではないかと私は疑った。私と愛の私的な関係は、とうに切れている。今さらどうなるものでもない。「とにかく、無事なんだから。生きていれば、それでいいんだ」

「そう……まだ終わらないわよ」

「分かってる。そうだ、安藤を褒《ほ》めてやってくれないか？」

「どうして」

「ぎりぎりで、あいつが連絡をくれたんだ。車に爆弾が仕かけられているって……あれがなければ、今頃丸焼けだよ」わずか数秒の差で命拾い——こんなことを二度も経験するとは、私はいったいどういう人生を送っているのだろう。

「三田を逮捕したことね？」

「ああ。どういう状況で逮捕したんだ？」

「職質で。このすぐ近くに車を停めていた」

「本当に爆発するかどうか、様子を見ていたんだろうな」

「爆発で監視カメラがやられると思っていたのかもしれない。直接確認するつもりだったんでしょう」

「容疑は認めているのか？」

「ええ」

「分かった。これから青山署へ行く。その後は……」

突入作戦に立ち会うつもりだ。優里が、私の言いたいことを察したのか、顔をしかめる。だが小熊と違って、彼女は余計なことは言わない。どうせ私が言うことを聞かないと分かっているのだ。何しろ学生時代からのつき合いである。

「つき合うわ」

「ひどい母親だな」私は笑おうとしたが、上手くいかないことに気づいた。痛みに表情を奪われる。

「朝ごはんまでには帰れることを祈るけどね。ごはんぐらい、ちゃんと食べさせないと」

優里が踵を返す。私は、支えてくれていた二人に礼を言い、一人で歩き出した。一番懸念していた左膝の古傷は何ともない。やはり全身がショックを受けていただけのようだ。耳の奥に、甲高い金属音が残っているのと、肩の痛みが消えないことだけが心配だったが、これで動けなくなることはない。

よし、まだ行ける。まだ動ける。

歩き出した直後に立ち止まり、振り返ってみた。消火活動が奏功したのか、炎は見えなくなっている。ただ夜空に白煙が立ち上り、黒い闇が灰色に変わってしまったようだった。ガソリン臭は既になく、これ以上の爆発の心配はなさそうだ。結果的に、付近の住人にも被害はなかったようで、この現場でこれ以上できることはない、と確信する。

問題はこれから。最大の仕事——大住と直接対峙する仕事が残っている。

「これは折れてるかもしれんね」

治療を受けるために青山署で上半身裸になった瞬間、様子を見てくれた初老の署員が言った。

「そうですか？」敢えてあっさり言ってみる。深刻に言えば、それだけで痛みがひどくなりそうだった。

「動くか？」

背後に立っていた署員が、私の肩を軽く押す。その瞬間激痛が走り、思わずうめき声を漏らしてしまった。

「変に我慢すると悪化するぞ。肩甲骨《けんこうこつ》だろう？」

「何かぶつかってきたんですよ」車のパーツが散乱していた現場の様子を思い出す。何がぶつかったのか分からないが、死んでいたかもしれないと考えると、今さらながらぞっとする。爆風で吹き飛ばされたパーツは、大きな銃弾のようにもなるはずだ。いったい何がぶつかったのだろう……。

「少なくとも、固定しないと駄目だ。病院行きだな」

「拒否します」私は上半身裸のまま立ち上がった。ゆっくりと肩を動かしてみる。肩の高さまで腕を上げた時に激痛が走ったが、まったく動かないわけではない。格闘にでもならない限り、何とかなるだろう。

「無茶言うな」初老の警官が、気弱な笑みを浮かべた。「ちゃんと手当しないと、後が面倒だぞ」

「せいぜいひびが入っているぐらいだと思いますから。取り敢えず、テーピングか何かで固めてもらえますか」

「素人は、下手なことはしない方がいいんだけどねえ」

「応急処置ぐらい、警察官なら誰でもやれるでしょう」次第に腹が立ってきた。「やってくれるんですか、駄目なんですか？」

「しょうがないな」勢いに押されたのか、警官が救急箱に手を突っこむ。幅広のテーピングテープを取り出し、端を剝がした。「素人だから、そんなにきちんとはできないよ」

「構いません。適当でいいから、とにかくお願いします」

言い争いになった恨みをこめたのか、警官が思いきりきつくテーピングを施した。肩全体がテープで真っ白になり、心なしか痛みが引いている。ただし肩は完全に固まってしまい、腕を体の脇につけることも、上げることもできない。

「ほらほら、一応ちゃんと巻いてやったんだから、文句を言うなよ」

警官が、無事な右肩を叩く。結構力が入っていて、怪我した左肩にまで響いたが、私は素直に礼を言った。

ない。

「これでまだ走れます」

「こき使われてるねえ……それにしてもひどい夜だな、ええ？」

黙ってうなずいた。確かにひどい夜だ。だが、これからさらにひどくなるかもしれない。

私は、臨時の対策本部が置かれた刑事課に上がった。小熊が無線の前で体を屈めて、大声で怒鳴っている。

「えー、了解。二時半を目途に、現場に人員を集中させます。小熊から、以上」

体を起こして振り向いた顔に、怒りの表情が浮かんでいるのに私は気づいた。私に向かって手招きしたので、ゆっくりと近づいて行く。今、階段を上がっただけでも、かなり息切れしたので、こんなところで無理はできない。

「突入が決まった」

「どこからですか？」

「天井」小熊が、デスクに載った図の上に屈みこむ。正式な図面ではなく、話を聴きとった誰かが作った手書きの図のようだった。「三階の会議室の天井……そこに高さ六十センチの隙間がある。隣の部屋の天井パネルを外せば、匍匐《ほふく》前進で真上に近づける。配線工事なんかのために、パネルが何か所かで簡単に外れる構造になっているそうだ」

「そこまで行ってパネルを外せば、中には入れる……」

「そうだ。ただし、陽動作戦を行う」

「外からですか？」

「ああ。上からラペリング降下で、特殊班の若手が姿を見せる」

「的になるんですか？」あまりにも危険だ。ロープを使ったラペリング降下では、ぶら下がった人間は自由に動けない。

「的になるというか、銃を撃ちこむ。そこから催涙弾《さいるいだん》を投げ入れて大住の動きを止めて、直後に天井から制圧部隊が突入だ」

頭の中で動きをシミュレートしてみた。上手くいくのかどうか……特殊班は、こういう状況を想定して日々訓練を続けているのだろうが、上手くいく保証はまったくない。

「突入訓練は繰り返している。八十パーセントの確率で成功する、ということだ」

「八十パーセントは低くないですか？」

「五割をはるかに超えてるんだから、やるんだよ」硬い表情で小熊が言った。「やらないと、いつまで経っても終わらない」

「大住さんは、目的を果たしたと思っているはずですよ？　投降するタイミングを考えているかもしれない。説得を続ければいいじゃないですか」

「それはどうかな。爆発直後に何度も声をかけてみたんだが、中から反応がないんだ」

嫌な予感がする。目的を達した大住は、自殺を図ったのではないか――仮に荒木を殺せたとしても、大住には何も残らないのだから。妻も、生まれるはずだった子どもも戻ってこない。しかも自分は、残りの人生で罪を背負って生きていかなければならないのだ。

そして私たちは、今度は荒木の家族をフォローすることになる。「絶縁した」と言い切ったあの父親に、フォローが必要だとは思えなかったが。

ふと、荒木の父親はどうしているだろう、と思った。サンフランシスコまでは、九時間ぐらいのフライトだろうか……今頃はとっくに到着して、第一報を聞いているはずである。慌てて引き返すのか、それとも出張の予定を普通にこなすつもりか。

「荒木の父親には、連絡がついているんでしょうか」

「どうかな。アメリカに出張中だって？」小熊が首を傾げた。

「もう、向こうへ着いたと思うんですが」

「確かめてみる。連絡がついたらどうするんだ?」

大住と話させてみるのはどうだろう、と考えた。荒木本人が直接謝罪するのは不可能だし、そもそも大住は荒木が死んだと信じているかもしれない。犯人の父親が本人に代わって謝罪したら、どう思うだろう。いや、そもそも荒木の父親を説得するのは不可能か。一度こじれた親子関係は、まず修復不可能である。むしろ、今回事件を起こしたことで、父親は絶対に荒木を許さないと頑なになっているはずだ。

「大住さんに対して謝罪させる……無意味ですかね」

「そうだな。もう、誰が話しても効果はないと思う。突入のタイミングだよ」

「俺も行きます」

「ああ?」小熊が目を見開き、私をまじまじと見た。「馬鹿言うな。今のお前は使い物にならないし、そもそもそういう訓練も受けてないだろう」

「突入するつもりじゃないですよ」私は苦笑した。「制圧したら、最初に大住さんに声をかけたいんです」

小熊が私の顔を凝視した。何かを感じ取ったようで、小さくうなずく。

「廊下で待機している分には問題ないだろう。出て来たら、声をかけてやればいい。だけど、それ以上は無理だぞ。余計なことはするな」

「ありがとうございます」素直に頭を下げた。

「いや、いいけどさ……それよりお前、どうしていつまで経っても大住『さん』って呼んでるんだ？」

それは……説明しても小熊には理解できないだろう。普通の刑事の感覚では、理解に苦しむはずだ。そして説明するのも面倒臭い。今の私には、他に考え、やるべきことがいくらでもあるのだから。

作戦決行は、午前二時三十五分と決まった。私は何度か大住の携帯に電話を入れたのだが、反応はなかった。説得の呼びかけにも、やはり答えはない。

私は午前二時二十分過ぎから、会議室の前の廊下で待機した。握りしめたスマートフォンが汗で濡れ、テーピングを施した肩には痛みがまだ残っている。立ったり座ったり……どんな姿勢を取っても痛みが引くことはなく、結局諦めた。

一瞬、ざわついた雰囲気が流れる。エレベーターの方を見ると、刑事部長と捜査一課長がこちらに歩いて来るところだった。刑事部長がこんな現場に来るのは珍しい。というより、極めて異例だ。もちろん、こういう事件では最高指揮官になるのだが、危険な最前線で指揮を執ることはあり得ない。督励《とくれい》だ、と私は判断した。短い訓示を与えたら、突入前にここを離れるだろう。それは一課長も同様のはずだ。

しかし、督励はなかった。この場に集まっているのは二十人ほど。全員に聞こえるような声で話し始めたら、中にいる大住にも聞かれてしまうかもしれない。それで変に刺激してしまうのは上手くない、という判断だろう。

結局刑事部長は、小熊たちに一声かけただけだった。去り際に私に気づくと、一瞬立ち止まって眼鏡の奥の目を細める。まだパーカを着たままで、しかもあちこちが破れてぼろぼろになっている私の様は、見られたものではないだろうが、背広よりもこの方が動きやすいので、そのまま来てしまった。一声あるのではないかと思ったが、刑事部長は私にうなずきかけもせずに立ち去って行った。まあ、こんなものだろう……私は大きな組織の中で、たった一つのパーツに過ぎないのだし。

代わりに、捜査一課長が声をかけてくれた。私が捜査一課にいた頃は所轄の署長だったので、直接面識はないのだが、顔は知っている。捜査一課長は、ある意味警視庁の「顔」だから。着任すると、新聞に顔写真入りで紹介される。

「大変だったな」

「大丈夫です。生きてますから」

「負傷したと聞いたが？」

「無責任な噂じゃないでしょうか」

一課長が唇を歪める。疲れた顔に小さな笑みを浮かべ、「無駄にならないようにする」と締めくくった。それだけで私には十分だった。警察の仕事は——そもそもあらゆる仕事は、九割が無駄になる。その中で、数少ないチャンスを拾っていくのだが、指揮官がこういう言葉をかけてくれるだけでも、無駄な仕事も報われた気分になる。結局指揮官というのは、言葉で生きている人種なのだと思い知らされた。

一課長が手を上げる。私の肩を叩こうとしたようだが、テーピングで変な具合に固定されているのに気づいたのだろう、ゆっくりと腕をおろし、短くうなずきかけるだけで、彼の督励は終わりになった。私は敬礼ではなく頭を下げて、彼の背中を見送った。

「もう一度電話をかけてみてくれないか」

小熊が小声で頼みこんできた。うなずき、スマートフォンを取り出す。梓から警戒の電話がかかってきて以来、着信はない。リダイヤル機能で大住の電話番号を呼び出す。どうせ反応しないだろうと諦めながら呼び出し音を聞いていたのだが、三回鳴った後で大住が電話に出た。私が目を見開くと、小熊も状況に気づいたようで、詰め寄って来る。近づいても、話が聞けるわけではないのだが。

「大住さん……村野です」

「どうも」さすがに大住の声にも疲れが滲んでいた。

「そろそろ出て来ませんか？　爆発の瞬間は見てたんでしょう」

「ああ……荒木はどうなったんですか」

「それは、申し上げるわけにはいきません。それより、もうやめにしましょうよ。目的は果たしたでしょう？」

「それはつまり、荒木は……」

私は何も言わなかった。嘘はつきたくない。大住が勝手に勘違いしてくれるのが一番だった。

「いい時間ですよ？　人質の人も疲れているでしょう。この辺が潮時です。それとも、まだ何か要求があるんですか？　食べ物や飲み物はいりませんか？」

「必要ない」

ずっと丁寧な口調で話してきたのに、急にぞんざいになる。私はそれに恐怖を覚えた。大住には、最後にやることがあるはずだ。自殺——と確信している。

「俺にはもう、何もないから。やるべきことをやったら、それで終わりですよ」

「馬鹿なことを考えないで下さい」マニュアルでは「馬鹿なこと」は禁句だ。これを言われると、自分の行動を全否定されたように感じて、さらに絶望的になる人が多い。「そろそろ出ましょうよ。話を聴かせて下さい」

「別に、話すことは――」

「あるでしょう?」私は彼の言葉を遮った。「愚痴でも何でもいいんです。いつでも話し相手になると言ったはずですよ。私もあなたに聴きたいことがあるんです」

「取り調べですか?」

「違います」喋りながら腕時計を覗く。決行の時間は着々と迫っていた。

「違うって……警察官が犯人と喋る時は、取り調べでしょう」

「それが仕事の人もいますけど、私は違う」

急に、ドアの前でざわついた空気が流れた。刑事たちが小声で話し合いながら、私の方をちらちらと見ている。電話で話し始めた刑事がその場を離れ、すぐに戻って来て報告し――慌ただしい。会議室の中で何かが起こっているのかと不安になったが、大住の声に異状はない。丁寧さはかなぐり捨てているようだが、焦りや絶望は感じられなかった。しかし、ドア付近の動きが気になって会話に集中できない。そのうち一人の刑事が走って来て、開いた手帳を示した。

『突入を早める　話を引き延ばせ』

殴り書きの字……正しい作戦だ。電話に気を取られていれば、突入に対して一歩も二歩も遅れる。

「あなたの仕事は違うんですか」

「違うのは、あなたもよく知っているでしょう……それより、一つ、謝らなくてはいけないことがあるんです」

「何ですか？」嫌な話を予感したのか、大住の声が暗くなる。

「荒木は釈放されていません」

「え？」

「警察として、それはできなかった。あの車……あなたが用意した車に乗りこんだのは私ですよ」

「だって、爆発して……」

「共犯者——三田さんの弟さんが身柄を拘束されたんです。それで、車に爆発物がしかけられていることが分かった。今の俺を見たら驚きますよ？ 全身ぼろぼろなんで」

「それは……」大住が言葉を呑みこむ。謝罪する寸前だ、と私は確信した。そういう意味で彼は、まだ常識を失っていない。見当違いの人間を傷つけるのは、本意ではなかったのだろう。

「そんなにひどくないから、ご心配なく」彼に謝らせるわけにはいかない。「今はとにかく、あなたの顔を見たいですね」

「合わせる顔なんかないですよ」

「いやいや……そんなことはないでしょう。とにかく話しましょうよ。今のあなたには、話をする時間が必要だと思う。いつでもつき合いますから」

「しかし――え？」

大住の声が途切れる。ドアのところに集まっていた刑事たちが、一瞬引いた。残っているのは、集音器を押しつけている刑事だけ。私は通話状態を保ったまま、壁に耳を押し当てた。分厚い壁は音を遮断し、中の様子は窺えない――はずが、銃声だけはかすかに聞こえてきた。続いて、何かが割れるような音。突入したのだと判断し、私はドアへダッシュした。刑事たちが持つ無線から「――突入！」「確保！」と次々に報告が入る。

刑事たちがドアに体当たりを続け、何とか中へ突入しようと試みた。しかしドアはびくともしない――と思いきや、いきなり内側から開いた。三人ほどが、勢い余って中へ倒れこんでしまう。私は床に倒れた刑事たちを飛び越し、部屋の中へ一番乗りした。

照明が点いた会議室の中は明るく、風が吹きこんでいる。窓が大きく割れているのがすぐに分かった。部屋の奥の天井は一部が開き、そこからロープが下ろされている。結局催涙弾は使われなかったのか、視界はクリアで、特有の刺激臭もしない。

大住は部屋の中央で制圧されていた。百八十センチぐらいありそうな大柄な刑事に右腕を極《き》められ、膝をついて前屈みになり、痛みに耐えている。包帯から覗く指先は不自然に白いが、包帯自体は赤く染まっていた。手首に傷……やはり、突入と同時に自殺を図ったようだ。大した出血ではなさそうだが、顔は蒼白い。突入した刑事は二人で、もう一人の刑事が手首の傷にハンカチをきつく巻きつけ、無事な左手に手錠をはめる。人質は……女性社員は、部屋の隅の椅子に座らされ、ロープで縛られていた。猿轡《さるぐつわ》を噛まされ、恐怖の色が目に浮かんでいたが、幸いけがをしている様子はない。ほっとして、私はその場で棒立ちになった。

後から会議室に入って来た刑事たちが、私を突き飛ばして奥へ突進し、人質の縛《いまし》めを解く。ようやく自由になれたものの、立ち上がろうとした女性はそのまま、膝から床に倒れこんでしまった。誰かが「担架！」と叫んだが、二人の刑事が両脇、それに足を抱えて女性の体をさっさと持ち上げ、部屋から連れ出して行った。

大住はボディチェックを受けていた。白いワイシャツにグレーのズボンという軽装で、顔色は悪い。彼の携帯電話が床に落ちているのを確認し、私は手にしていたスマートフォンの通話を切断した。

「大住さん」

両脇を抱えられた大住が、のろのろと顔を上げた。早くも顔の右側が赤く腫れ上がりつつある。特殊班がかなり手荒な制圧を行ったことは明らかだった。

「後ろ手錠はやめましょうよ」私は突入した二人に声をかけた。

揃って黒い出動服に身を包んだ隊員が、顔を見合わせる。小柄な方が、「何言ってる」と馬鹿にしたように言って私を睨んだ。

「逃亡の心配はないでしょう？　そこまで手荒なことをする必要はないと思います」

「どうして？　こいつは犯人なんだぞ」

「違います」私は大住の顔を真っ直ぐ見た。「俺にとってこの人は、被害者家族です。どんな状況になっても、それは変わりません」

7

翌朝一番で、私は大住との面会を求めた。捜査一課には拒否されると思っていたが、結局私の要望はそのまま通った。後で本橋が耳打ちしてくれたのだが、どうやら刑事部長が鶴の一声を発したらしい。私が死にかけたのを、これでなかったことにするつもりなのだろう。

どんな理由でもいい。とにかく、大住に会えれば。

青山署の取調室には、捜査一課の刑事が二人入った。監視のつもりだろうし、窮屈だが、私にすればどうでもいいことだった。それに、一課の刑事に聴かれて困るわけでもない。

大住は憔悴《しょうすい》しきっていた。緊張の時間に身を置いた後、ほとんど寝ていないのだから当然だろう。充血した目をしばしばさせ、私に向かって一礼したが、そのまま頭が上がらないのではないかと思えた。私は、いつも持ち歩いている目薬を取り出し、テーブルに置いた。大住が不思議そうにそれを見る。

「充血してますよ。目薬をさせば、少し楽になると思います」

大住がゆっくりと首を横に振った。警察の情けは受けない、と思ったのかもしれない。それならそれで仕方がないことで……私は座り直したが、その瞬間、背中がかすかに軋《きし》み音を立てたようだった。思わずうめき声を漏らしてしまうと、大住がはっと顔を上げる。

「やっぱり怪我したんですか？」

「爆発の直撃は受けませんでしたけど……飛んできたものが当たったんでしょう。大したことはないです」本当は心配になっていた。痛みは時間を追うごとに激しくなり、今や話に集中するのも難しくなっている。「昨夜、言いましたよね。話をしましょう」

「話すことなんかないですよ」大住が溜息をついた。

「いや、話して下さい。ことはあなただけの問題じゃないんです。三田さんの弟さん……奥さん、いずれも事件に関係していたんでしょう？　一番積極的にあなたをサポートしたのは三田さんの弟さんですけど、荒木の暴走で亡くなった人たちの家族、それぞれが今回の事件にかかわっていた。濃淡の差はありますが、計画と準備で、全員が参加していたと言っていい――昨夜から水木さんを警察に呼んでいるんですが、あなたが逮捕されたことを話したら、今回の計画の大部分を練ったのが自分だということを認めました」

「水木さんは関係ないですよ」

「最初に話を持ちかけたのがあなただから、そんな風に言うんですよね？」私は畳みかけた。「全部自分の責任にするつもりですか？」

「俺が考えたことだから」

「荒木が、殺意を持って三田さんを殺した可能性が出てきたから、こんなことをしようと思ったんですね？」それから短い時間で、よくここまでの準備をしたものだ。褒められた話ではないが、憎しみは人の集中力を高めるのかもしれない。「しかも荒木は認めていない。もしも殺人罪で起訴されなかったら、と考えたら我慢できなかった。そういうことですね？」

大住がかすかにうなずいた。それに意を強くして、私は話を続けた。

「反省しました」

「あなたが？」大住が戸惑いの表情を浮かべる。

「フォローが十分ではなかったんです。あなたたちの痛みを取り除くことができなかった。残念です」

「それは……そんなことは、誰にもできないでしょう」

「できないかもしれない。でも私は、諦めていませんから。迷惑がられても、ずっとあなたにくっついているべきだった」

「そうすれば、俺がこんなことをするのを妨害できたから？」

「いや、何とかあなたを立ち直らせることができたかもしれないから、です」私は大住の目を凝視した。「それも図々しい考えかもしれませんけどね。結局、被害者家族は、自分で立ち直るしかないんです。私たちはその手助けをするだけで……でも時々、自分たちなら何でもできるんじゃないかと思ってしまう。中途半端に経験を積んだ人間の、間違った感覚ですね」

大住が後悔するかのように首を横に振った。何を後悔しているのかは分からなかったが、今後の取り調べが面倒なことにはならないだろうと容易に想像できる。心を覆っていた硬い殻は、今は崩れた。

「荒木を殺したかったですか？」

「……ええ」

「今でも？」

「今でも」

「でも、もうそれは叶いませんよ。それに、荒木が無事でよかったと思います」

「どうしてですか？」

「事実がはっきりするかもしれないからです。もちろん、荒木が起こした事件を殺人として立件できるかどうかは、今でも分かりません。依然として殺意は否定していますから。もちろんあなたが――私もですが――想像している通りに、三田さんとの間に金銭を巡るトラブルがあって、それが原因で三田さんを殺したのが真相だと思いますが、あまりにも物証が少ない」

「それで巻き添えになった人間のことを……あいつは考えているんですか？」

「どうしても三田さんを殺したかったんでしょう。でも、密かに実行する手を考えつかなかった。結果的に、車でひき殺すという方法しか思いつかなかったんだと思います。もちろん、捕まることも覚悟していたでしょう。それでも、殺人とひき逃げだったら、罪の重さが違いますからね。逃げるのも当然です」

「そこまで計算して……でも、巻きこまれた人間は関係ないじゃないですか」

「だから今になって、必死に否認しているんだと思います。殺意を持って車を突っこませた相手は一人でも、結果的に五人もの方が亡くなっている。普通に考えれば死刑ですからね」

「絶対、死刑にして下さい」大住が身を乗り出した。「俺は……失敗した。でもまだ、あいつを許せませんから。それは、他の人たちも同じですよ」

「分かります」

「水木さんたちは……逮捕されるんですか？」

「おそらく。でも、それを決めるのは私ではない」捜査は難しくなる。リスク分散のためにそれぞれが小さな役割を負ったのだろう。カメラを用意したり、連絡役をこなしたり……しかし、立件の壁は低くはないはずだ。

「結局、骨折り損のくたびれ儲け、ということですか」大住が自嘲気味に言った。

「一つ言えるのは、これが荒木に対するプレッシャーになるかもしれない、ということです」

大住がすっと背筋を伸ばした。充血した目には光が戻り、すがるように私を見詰める。私は彼の顔を真っ直ぐ見据えて続けた。

「こういう事実を突きつけられて、それでも平然としていられるかどうか……私だったら、持たないですね。あなたたちの執念は、恐ろしいぐらいです。仮に有期刑で荒木がいつか出所できても、またつけ狙われるかもしれない。そう考えたら、自供するかもしれません。私が取り調べの担当だったら、まずそこを攻めます」

「そう、ですか……」

「私は、この事件に関するあなたの取り調べを担当することはできません」

「これは取り調べじゃないんですか」大住がすっと顎《あご》を上げた。

「違います。雑談です……というより、被害者支援担当として、あなたという被害者家族と話をしているだけです。私は刑事ではないので」

「そう、ですか」落胆した様子で、大住が肩を落とす。

「取り調べに対しては、できるだけ正直に話して下さい。それが荒木を追いこむことにもつながると思います。荒木がしたことは、許されませんからね」

「ええ」

「そして、荒木の事件に関しては、私はずっとあなたの担当です。何かあったら言ってくれれば、いつでも駆けつけますから」それが難しいことだとは分かっていたが、敢えて言ってみた。身柄を拘束された状態では、取り調べ担当の刑事、あるいは弁護士以外の人間と接触することは非常に難しくなる。これから捜査を担当する捜査一課としても、大住が私の名前を挙げたからといって、簡単にはつないでくれないだろう。それでも常に私が控えているという事実を、大住に知っておいて欲しかった。

「……分かりました」大住が頭を下げる。「お礼を言うべきなんでしょうけど、今はその気になれない……」

「構いませんよ。お礼を言われるために仕事をしているわけじゃないですからね」

「人生は、簡単に狂うんですね」大住が溜息をついた。「一か月前の俺は、これ以上ないぐらい幸せだった。ようやく子どもを授かって、生まれるのを待つばかりで。いろいろ考えて、地に足がつかない感じでした」

「ええ」

「それが、全部なくなった」大住が両手を左右に広げ、ぱたりと落とした。「もう終わった人生です。それに、自分がどれだけ間違ったことをしたかも分かっている。しかも思慮が足りなかった。どんなことをしても、犯人が釈放されるはずなんかないですよね」

私は無言でうなずいた。大住は勢いこんで喋っているが、目からは光がどんどん失われている。このひどい精神状態を、捜査一課はきちんとフォローしてくれるだろうか、と心配になった。

「馬鹿なことをしました。でも、俺の人生はもうなくなってしまったから。どうでもいいことです。後悔はしません」

「やり直せますよ」

「無理でしょう」大住が弱々しい笑みを浮かべる。

「いや、できます。私もそうだったから」今の人生が、挫折する前よりもいいかどうかは分からないが。

「村野さんは死んでいない」

「あなたも死んでいません。生きていれば、必ず何とかなるんです。周りも必ず、助けようという気になるんですよ。私も、そういう善意に助けられた一人です」

「村野さん、あなた……あなたの言ってることややってることは、警察官の仕事の枠からはみ出してるんじゃないんですか？」

「たぶん、そうでしょうね」私は肩をすくめた。左肩にまた激痛が走る。真剣に痛み止めが欲しくなった。

「それでいいんですか？」

「いいんじゃないですか」自分でも答えが出ていないことだし、いくら考えても出そうにない。私の結論は一つだった――だったら自分が正しいと信じるしかない。「仕事なんか関係ないんです。私は、自分が正しく生きるために、こんなことをしているのかもしれない」

支援課のメンバーは疲れ切り、意気消沈していた。捜査一課はこんな感じではなかったのだが――意気軒昂《いきけんこう》というわけではないが、犯人を無事に逮捕し、犠牲者が出なかったのだから、ほぼ満点の出来だったと言っていい。私が怪我したのは、当然被害のうちに入っていないわけで……それはどうでもいい。一課の作戦行動としては成功のうちに入る一件だろう。

しかし、支援課は違う。やはり「失敗した」という意識が強いのだ。守るべき被害者家族が暴走し、新たな犯罪に手を染めるのを止められなかったのだから。支援課の仕事に懐疑的な長住でさえ、今日は目に見えて落ちこんでいた。もちろん、多くの課員が徹夜を強いられ、体力的にダメージを受けているせいもあるのだが。

私も当然、ダメージを受けている。大住と面会した後で医者に行き、正式に肩甲骨の亀裂骨折との診断を受けた。今は患部をさらにきつく固められ、上半身の左側がほぼ動かなくなってしまっている。それなのに、痛みがずっと巣食っているのが嫌な感じだった。仕方なく、病院でもらってきた痛み止めを呑んだのだが、今度はぼうっとしてしまい、集中力が途切れている。徹夜と鎮痛剤は最悪の組み合わせだ、と今さらながらに自覚する。

左膝を怪我した時に、何回も同じような目に遭ったのに、まったく学習していない。

それでも、本橋が招集した会議には出ざるを得なかった。今回の事件について、支援課なりの決着をつけなくてはいけないのだ。

「様々な状況が分かってきました」本橋が淡々とした口調で説明を始める。「水木さんは、自分が計画の細部を決めたことを認めています。三田さん——弟さんですね、こちらもダイナマイトの調達などで手を貸したことを認めました。三田さんの奥さんと弟さんは、ずっと連絡を取り合っていたんです。他の被害者家族に関してですが……今のところは容疑を否認しています。今後の捜査一課の動きを見守らなければなりませんね」

「それと、三田さんと荒木の関係ですが」今度は芦田が立ち上がる。「三田さんの家を家宅捜索した結果、荒木が作った会社設立の趣意書が見つかりました。その中で、取締役として三田さんの名前が挙げられています。結局この二人が、共同で会社を立ち上げようとしていたのは間違いないようで、三田さんが橋渡し役になって、三田さんの会社とも一緒に仕事をする、という構図を描いていたようですね。ただし、この会社設立の計画は、資金面等で上手くいく感じではなかった。相当無理があったようです」

「荒木には、他にも借金がありましたね。これは遊興費と見られています」本橋が話を引き継いだ。「三田さんが出資した金はそちらの返済に消え、それに気づいた三田さんが、話が違うということで金の返済を迫ったのではないかと思われます。しかし荒木の方では返す当てもなく……前日、荒木が酒を呑んでいたという情報がありましたが、この店に一時三田さんも立ち寄ったそうです。二人で店の外に出て、かなり激しい口論をしていたのを、通行人が目撃していました。しつこく返済を迫る三田さんを疎《うと》ましく思い、感情的な衝突もあって殺意を抱いた、というのが捜査一課の現在の見立てです。それがあの事故——事件につながったと考えられますが、荒木は依然として事実関係を否認しています」

結局、そこか……荒木は最後まで意地を張り通すだろう。嘘を嘘で固めた人生。苦しいだろうが、結局逃げ切るかもしれない。

支援課の仕事とは何なのだろう、と思う。総務部にぶら下がっている組織であり、私たちは刑事ではない。ひたすら被害者や被害者家族の精神的ケアを進め、哀しみから立ち直るように手助けする——しかし被害者家族にとって、犯人の検挙が最も効果的な「癒し」であることは間違いない。だったら、普通の刑事のように捜査をするのも、精神的ケアにつながるのではないか。刑事部には「お節介」と罵られることになるかもしれないが。

「とにかく、この件に関しては今後も動向を見守りたいと思います。状況は流動的です」本橋が話を締めくくりにかかった。彼もひどく疲れていて、指揮官の面目を保つのに苦労している様子だった。「事件は終わったわけではありません。必要に応じて、支援課で何ができるか、考えていきましょう……取り敢えず、今日は解散にします。きちんと休んで下さい。特に、村野警部補」

私はのろのろと顔をあげた。疲れた本橋の視線が絡みつく。

「あなたは怪我人ですからね。無理はしないように」

「無理するほど、体力は残っていませんよ」うなずいた瞬間、眠りに落ちそうになった。会議中にこれはまずい……私は窓に目をやった。このフロアから見えるのは内堀《うちぼり》通り、それに桜田濠《さくらだぼり》ぐらいなのだが、無機質な室内から目を転じると、少しは目の保養になる。既に夕方……初夏の陽射しは弱くなり、夕暮れが街を染め始める時刻だ。

「では、これで解散です。お疲れ様でした」既に気の利いた台詞を吐く力もなくなったのか、本橋が淡々と締めた。

優里がさっさと荷物をまとめ始める。

「昨夜は眠れたのか?」私は目を擦りながら訊ねた。

「全然。結局、家にも帰れなかったし」

「朝飯も駄目だったか。子どもたち、悲しんでただろう」

「仕方ないわ。こういう時もあるから」

彼女が肩をすくめた瞬間、電話が鳴った。いつもは素早い反応で受話器を取るのだが、さすがに今日は動きが鈍い。しかし、受話器を耳に押し当てた瞬間、優里の顔色が変わった。

「荒木が……自殺した？」

8

一瞬の隙をついた出来事だったという。

荒木に対する今日の取り調べは、午後四時半には終わっていた。取り調べの最中にも特に変わった様子は見せず、言葉少なに、殺人事件への関与を否定し続けていたという。終了後に留置場に戻された直後、着ていた服を利用して首を吊った――留置場の中には何もないように見えるが、ドアの鉄枠にロープのようなものを引っかければ、首を吊ることはできる。実際今までも、留置された人間がこういう形で自殺したケースは何件もあった。

最近は、容疑者のプライバシーに配慮するために、留置室の前面には不透明な板が張られていることが多い。そして「監視されている」というプレッシャーを減らす理由で、留置室は廊下に沿ってずらりと並ぶ造りになっている——かつては円形に並んでいた——が故に、留置管理官からは目が届かないことが多い。今回も、そういうプライバシー重視の方針が荒木の自殺を呼んだ。

私は荒木の遺体と対面した後、梓と会った。江東署から支援課に連絡を入れてくれたのは彼女である。最初に会った時と同じように顔は蒼褪め、緊張のあまり引き攣りそうになっていた。署内のざわついた雰囲気に耐え切れず、私は彼女を外へ連れ出した。向かいの公園に入って、夕闇が迫る中をぶらつく。何を言ったらいいのか……思いつかないまま、無言で並んで歩き続ける。歩いているせいで眠気が吹き飛び、痛みも忘れられることだけが救いだった。

「君は何も悪くない」

結局、ぬるい慰めの言葉しか出てこなかった。広い意味で言えば、彼女にも責任がないわけではないのだが。この自殺は明らかに江東署の失策であり、彼女が江東署員であるのも、紛れもない事実なのだ。

「いえ……分かってるんですけど、気分は悪いです」

「でも、考えてみてくれ。荒木はどうして自殺したんだろう？　結局、罪の重さに耐え切れなかったからじゃないか。それに、罪を背負うのを覚悟して自分を殺そうとした人もいたんだから、プレッシャーは、並大抵じゃなかったと思う」

「そうかもしれませんけど、悔しいです。きちんと裁判を受けさせることもできなかったんですよ」

「裁判が全てじゃない」私は植えこみを無意識のうちに撫でた。初夏の植物は力強く、硬いのに弾力がある葉の感触は掌に心地好かった。「自殺したことで、荒木は自分の罪を認めたんだ。大住さんたちは、これで溜飲を下げるかもしれない。結局、家族を殺された人は、犯人が死ぬことでしか満足できないのかもしれない」

「それで満足してたら、警察の仕事の否定になるんじゃないですか？」挑みかかるように梓が言った。

「そうかもしれない」私は認めた。「犯人が死んだからといって、それで全て終わりで万歳するのは筋違いだ。でも、支援課の仕事に正解はないから。ここまでやればゴールということもないし、たった一回、被害者家族と面会しただけで、向こうが立ち直ってくれることもある。一つ一つ、手探りでいくしかないんだ。それで言えば、荒木が死んだことが、大住さんたちにとってよかったのかどうかも分からない」

「どうしてですか」梓が目を見開く。

「犯人が生きていれば、いくらでも恨みをぶつけることができる。でも、死んだらそんなことはできないだろう？　気持ちを持っていく場所が消えてしまうから」

この件はいつまでも忘れてはいけない、と私は肝に銘じた。忘れた頃に、また大住たちに不幸が起きる気がしてならない。

「一歩ずつ、歩いて行くしかないな」

「そう、ですかね」梓はどことなく不満気だった。「私、やっぱり支援課の仕事が理解できません」

「俺だって、理解しているとは言えない」

「村野さんは分かってるんじゃないですか？　ご自分も被害者なんですし」

「……聞いたのか？」事故に遭ったことしか話していなかったのだが。

「すみません」立ち止まった梓がいきなり頭を下げた。「村野さん、中途半端にしか話してくれないから、どうしても気になって。松木さんから伺いました」

優里か……まあ、仕方がない。積極的に話したくないだけで、この事実は多くの人が知っている。梓が知らなかったのは、彼女が警視庁に入る前の話だからだろう。

「あれは、単なる事故だ」

「でも、村野さんが被害者であることに変わりはありません」

私は目を閉じた。掌には、植え込みの葉の感触。

あの日のことは、今もはっきりと覚えている。きわどいプレーを球場の大画面でリプレーで観る時のように、いつでも鮮明に頭の中で再現することができるのだ。

「五年……もうちょっと前かな。俺が捜査一課に上がってすぐだった。その頃俺には、つき合っている女性がいた」

「……支援センターの西原愛さんですよね？」

「どこまで聞いたんだよ」私は思わず苦笑いした。「全部聞いてるなら、もう喋らないけど」

「いえ……聞かせて下さい」梓の目は真剣だった。

「結婚を考え始めていて、彼女もその気になっていた。捜査一課での仕事に慣れたら、結婚するつもりだったんだけど……非番の日に二人で出かけていて、あの事故に遭遇したんだ」

「今回と同じような事故ですよね」

「午後九時に、もう完全に酔っ払って車を運転している奴がいるんだから、呆れるよな」私は肩をすくめ、わざと軽い口調で言った。「一瞬、気づくのが遅れたんだ。車が歩道に突っこんできて……歩行者が六人、はねられた。その中に俺たちも入っていた」

「すみません」梓がいきなり頭を下げた。「話し辛いなら……」

「いや、せっかくだから聞いてくれ」私は彼女に向き直った。「俺より先に彼女の方が気づいた。それで、俺を押したんだよ。そのおかげで俺は、直撃は受けなかった……もちろん、無事では済まなかったけどな」私は左膝を叩いた。「普通に歩けるようになるまで、半年以上かかった」

「西原さんは……」

「今は車椅子だ。慣れたみたいだけどな」

慣れているはずがない。何でも自分でこなす愛だが、あちこちで不便を味わっているのは間違いない。

「それで、結婚は……」

「ご覧の通り、していない」私は梓に向かって、左手を上げて見せた。ここにはまるはずだった指輪が、この世界のどこかにあるのだろうか。「結局愛から、結婚はしないとはっきり言われた」

「そうなんですか？」

「ああ。迷惑かけたくないし、子どもも産めそうにないからって。俺にとっては迷惑でも何でもなかったし、どうしても子どもが欲しいわけでもなかったから、必死で説得したんだけど……頑なになった人の心を開くのは難しい」

「ええ」

「俺は、最終的に返事はしていない。結婚するともしないとも……そのうち愛は、支援センターで働き始めたんだ。元々事故に遭う直前に、ウエブ関連の制作会社を作って社長に収まっていたんだけど、今は支援センターの仕事の方に熱を入れている感じかな。どっちにしろ、完全に自立しているから、俺が手助けするようなことは何もないんだ。会社の方も上手くいっているみたいで、俺よりよほど金を持っているしね」

複雑な心境ではある。私はこの事故に関して、情けない気持ちしか抱いていない。一緒にいた恋人に助けられたようなものである。本当なら、体も大きい、力も強い私の方が彼女を助けるのが筋だったはずである。それができず、愛を不自由な体にしてしまった。

だが私たちは、その件について真正面から気持ちをぶつけ合っていない。愛はごくあっさりと「結婚しないから」と告げた。それに対して私は、説得を諦め、ただ黙ってうなずくしかできなかった。納得していないことは愛も分かっているはずだが、その後も、この件が二人の間で話題に上がったことはない。それなのに、警察と民間で似たような仕事をしている……奇妙なバランスというか、皮肉を感じていた。本当は愛に、真意を確認すべきなのだが。

自分は臆病だ、と認めざるを得ない。あの事故で変わったのは間違いないが、それは言い訳にできないだろう。たった一つ、変わっていないのはこの腕時計、シーマスターだ。事故に遭った時にひどく傷つき、ベゼルの一部が欠けているのだが、そのまま使っている。どうしてかは自分でも分からない。嫌な記憶を今につなぐものなのに。

「村野さんも、それがきっかけで支援課に来たんですね」

「膝がね……まだ完全には治っていないから、捜査一課の仕事をする自信がなくなったんだ。それに、警察官なのに被害者になる経験は滅多にないから、それを生かそうと思った。事故の後、所轄の初期支援員がすごく親切にしてくれて、その仕事のやり方に打たれたせいもある。その人は、今では俺の師匠だね。頭が上がらない存在とも言えるけど」

「そうなんですか……」梓が拳を口に押し当てた。「そんなすごい話があって……私には絶対無理ですよ」

「俺にだって無理だよ。事件や事故の被害者の気持ちは、百人いれば百通りある。理解することは不可能なんだ。同じような被害者だからって、他の被害者の気持ちを理解できるわけもない。できる、なんて言ったら、それは嘘になるね」

「ええ」

「だからこそ、この仕事はやりがいがあるのかもしれない。いつまで経っても答えが出ないんだから。それに、被害者しかこの仕事ができないとなったら、他のスタッフはどうなるんだ？　松木なんかは、元々大学で心理学を専攻したから、それを生かすためにこの仕事をしているんだぜ」

「私は、そういう専門家じゃないですよ」

「ゼロからやればいいさ。誰にも完璧にはできない仕事だけど、逆に言えば誰でも挑戦できるんだから」

「松木さんみたいにはなれないと思います」

「あいつだって、人の気持ちが全部分かるわけじゃない」私は皮肉に唇を歪めた。「だいたい、今でも、俺と愛をくっつけようとしてるのがおかしいだろう？　話し合えって、いつも煩《うるさ》く言うんだけど、俺はそうしたくない」臆病だから。「そういう気持ちを、全然分かってくれないんだよな」

「それは……支援課の仕事とは直接関係ないんじゃないですか？」

「気持ちの上では同じだろう……まあ、松木が、支援課の中で一番頼りになる、中心的なスタッフであるのは間違いないけど」

「とにかく私には、自信はありません。せっかく誘ってもらったんですけど、無理だと思います」

「初期支援員として、最初に取り組んだ事件がこれっていうのは、痛いよな。重過ぎたと思う」

「はい」梓が素直に認める。

「俺にとってもそうだった。今回の事件は特にきつかったけど、支援課のどんな仕事も同じだよ。慣れていくんだ」

「自信、ないです」梓が繰り返した。

「そうか」私は口をつぐんだ。最近、三か条の三つ目、「時には沈黙を選ぶこと」はあらゆる状況で通じる万能の教訓ではないかと思っている。最近は、誰もが喋り過ぎるのだ。何も言わないことで、逆に事態が前に進む場合もあり得る……。

「考えてくれ」

「でも……」

「どうせ人事の季節は先だし、今すぐこっちへ来てもらうのは無理だ。でも、頭の片隅には置いておいてくれないかな。俺は諦めないから」

「もしかしたら、それが支援課の基本なんですか？」

「それって……諦めないことが？」

「ええ」

「……そうかもしれない。支援課だけの話じゃないと思うけどな」私は彼女にうなずきかけた。「さあ、署に帰ろうか。今日はまだ、いろいろ後始末もあると思う」

「ええ」

歩き始めたが、私はまた歩みを止めた。二歩ほど先に行った梓が振り返り、不思議そうな表情を浮かべる。

「昨夜は——改めて、ありがとう」

「え？」

「君がぎりぎりで連絡してくれたおかげで、大したことはなくて済んだ」

「いえ」

「俺は、人に二度も命を救ってもらった。だから、この恩は必ず還元するつもりなんだ」

本書は文庫書下ろしです。
この作品はフィクションであり、実在する
個人や団体などとは一切関係ありません。

|著者|堂場瞬一　1963年茨城県生まれ。青山学院大学国際政治経済学部卒業。新聞社勤務のかたわら小説を執筆し、2000年『8年』で第13回小説すばる新人賞を受賞。警察小説、スポーツ小説など多彩なジャンルで意欲的に作品を発表し続けている。主な著書に「刑事の挑戦・一之瀬拓真」シリーズ、「アナザーフェイス」シリーズ、「警視庁追跡捜査係」シリーズ、『内通者』（朝日新聞社版）、『グレイ』（集英社）、『八月からの手紙』（講談社文庫）、『傷』（講談社）など多数。

壊《こわ》れる心《こころ》　警視庁犯罪被害者支援課《けいしちょうはんざいひがいしゃしえんか》

堂場瞬一《どうばしゅんいち》

講談社文庫
定価はカバーに
表示してあります

2014年8月12日第1刷発行

発行者――鈴木　哲
発行所――株式会社　講談社
東京都文京区音羽2-12-21　〒112-8001
電話　出版部（03）5395-3510
　　　販売部（03）5395-5817
　　　業務部（03）5395-3615

Printed in Japan

デザイン―菊地信義
本文データ制作―講談社デジタル製作部
印刷――凸版印刷株式会社
製本――加藤製本株式会社

ISBN978-4-06-277896-1

講談社文庫刊行の辞

二十一世紀の到来を目睫に望みながら、われわれはいま、人類史上かつて例を見ない巨大な転換期をむかえようとしている。

世界も、日本も、激動の予兆に対する期待とおののきを内に蔵して、未知の時代に歩み入ろうとしている。このときにあたり、創業の人野間清治の「ナショナル・エデュケイター」への志を現代に甦らせようと意図して、われわれはここに古今の文芸作品はいうまでもなく、ひろく人文・社会・自然の諸科学から東西の名著を網羅する、新しい綜合文庫の発刊を決意した。

激動の転換期はまた断絶の時代である。われわれは戦後二十五年間の出版文化のありかたへの深い反省をこめて、この断絶の時代にあえて人間的な持続を求めようとする。いたずらに浮薄な商業主義のあだ花を追い求めることなく、長期にわたって良書に生命をあたえようとつとめるところにしか、今後の出版文化の真の繁栄はあり得ないと信じるからである。

同時にわれわれはこの綜合文庫の刊行を通じて、人文・社会・自然の諸科学が、結局人間の学にほかならないことを立証しようと願っている。かつて知識とは、「汝自身を知る」ことにつきていた。現代社会の瑣末な情報の氾濫のなかから、力強い知識の源泉を掘り起し、技術文明のただなかに、生きた人間の姿を復活させること。それこそわれわれの切なる希求である。

われわれは権威に盲従せず、俗流に媚びることなく、渾然一体となって日本の「草の根」をかたちづくる若く新しい世代の人々に、心をこめてこの新しい綜合文庫をおくり届けたい。それは知識の泉であるとともに感受性のふるさとであり、もっとも有機的に組織され、社会に開かれた万人のための大学をめざしている。大方の支援と協力を衷心より切望してやまない。

一九七一年七月

野間省一

東郷　隆　蛇《ナーガ・ラージ》の王（上）（下）
東郷　隆／上田　信 絵　【絵解き】戦国武士の合戦心得〈歴史・時代小説ファン必携〉
東郷　隆／上田　信 絵　【絵解き】雑兵足軽たちの戦い〈歴史・時代小説ファン必携〉
戸田郁子　ソウルは今日も快晴〈日韓結婚物語〉
とみなが貴和　EDGE《エッジ》
とみなが貴和　EDGE2〈三月の誘拐者〉
東嶋和子　メロンパンの真実
戸梶圭太　アウトオブチャンバラ
徳本栄一郎　メタル・トレーダー
東良美季　猫の神様
堂場瞬一　八月からの手紙
夏樹静子　二人の夫をもつ女
夏樹静子　そして誰かいなくなった
中井英夫　新装版 虚無への供物（上）（下）
中井英夫　新装版 とらんぷ譚Ⅰ 幻想博物館
中井英夫　新装版 とらんぷ譚Ⅱ 悪夢の骨牌《かるた》
中井英夫　新装版 とらんぷ譚Ⅲ 人外境《にんがいきょう》通信
中井英夫　新装版 とらんぷ譚Ⅳ 真珠母《しんじゅも》の匣《はこ》
長井　彬　新装版 原子炉の蟹

長尾三郎　人は50歳で何をなすべきか
長尾三郎　週刊誌血風録
南里征典　軽井沢絶頂夫人
南里征典　情事の契約
南里征典　寝室の蜜猟者
南里征典　魔性の淑女牝
南里征典　秘宴の紋章
中島らも　しりとりえっせい
中島らも　今夜、すべてのバーで
中島らも　白いメリーさん
中島らも　寝ずの番
中島らも　さかだち日記
中島らも　バンド・オブ・ザ・ナイト
中島らも　休みの国
中島らも　異人伝 中島らものやり口
中島らも　空からぎろちん
中島らも　僕にはわからない
中島らも　中島らものたまらん人々
中島らも　エキゾティカ

中島らも　あの娘《こ》は石ころ
中島らも　ロバに耳打ち
中島らも 編著　なにわのアホぢから
中島らもほか　輝きの一瞬〈短くて心に残る30編〉
中島らも／チチ松村　らもチチ わたしの半生〈青春篇〉〈中年篇〉
鳴海　章　ニューナンブ
鳴海　章　街角の犬
鳴海　章　えれじい
鳴海　章　マルス・ブルー
鳴海　章　中《なか》継《つぎ》刑事《デカ》〈捜査五係申し送りファイル〉
鳴海　章　フェイスブレイカー
中嶋博行　検察捜査
中嶋博行　違法弁護
中嶋博行　司法戦争
中嶋博行　第一級殺人弁護
中嶋博行　ホカベン ボクたちの正義
中村天風　運命を拓く〈天風瞑想録〉
夏坂　健　ナイス・ボギー
中場利一　岸和田のカオルちゃん

中場利一 バラガキ〈土方歳三青春譜〉
中場利一 岸和田少年愚連隊
中場利一 岸和田少年愚連隊 血煙り純情篇
中場利一 岸和田少年愚連隊 望郷篇
中場利一 岸和田少年愚連隊 外伝
中場利一 岸和田少年愚連隊 完結篇
中場利一 純情ぴかれすく〈その後の岸和田少年愚連隊〉
中場利一 スケバンのいた頃
中山可穂 感情教育
中山可穂 マラケシュ心中
中村うさぎ 倉田真由美 うさたまのいい女になるっ!〈暗夜行路対談〉
中山康樹 リッスン〈ジャズとロックと青春の日々〉
中山康樹 ビートルズから始まるロック名盤
中山康樹 ジョン・レノンから始まるロック名盤
中山康樹 伝説のロック・ライヴ名盤50
永井するみ 防風林
永井するみ ソナタの夜
永井するみ 年に一度、の二人
永井するみ 涙のドロップス

永井 隆 ドキュメント 敗れざるサラリーマンたち
中島誠之助 ニセモノ師たち
梨屋アリエ でりばりぃAge
梨屋アリエ ピアニッシシモ
梨屋アリエ プラネタリウム
梨屋アリエ プラネタリウムのあとで
梨屋アリエ スリースターズ
中原まこと いつかゴルフ日和に
中原まこと 笑うなら日曜の午後に
中島京子 FUTON
中島京子 イトウの恋
中島京子 均ちゃんの失踪
中島京子 エルニーニョ
奈須きのこ 空の境界(上)(中)(下)
中島かずき 髑髏《どくろ》城の七人
内藤みか 尾谷幸憲 LOVE※〈ラブコメ〉
永田俊也 落語娘
中村彰彦 名将がいて、愚者がいた
中村彰彦 義に生きるか裏切るか〈名将がいて、愚者がいた〉

中村彰彦 知恵伊豆と呼ばれた男〈老中松平信綱の生涯〉
長野まゆみ 簞笥のなか
長野まゆみ となりの姉妹
長野まゆみ レモンタルト
長嶋 有 夕子ちゃんの近道
長嶋 有 電化文学列伝
永嶋恵美 転落
永嶋恵美 災厄
永嶋恵美 擬態
中川一徳 メディアの支配者(上)(下)
永井 均 内田かずひろ 絵 子どものための哲学対話
なかにし礼 戦場のニーナ
中路啓太 火ノ児の剣
中路啓太 裏切り涼山
中路啓太 己惚れの記
中島たい子 建てて、いい?
中村文則 最後の命
中村文則 悪と仮面のルール
中田整一 トレイシー〈日本兵捕虜秘密尋問所〉

講談社文庫　目録

編/解説中田整一　真珠湾攻撃総隊長の回想〈淵田美津雄自叙伝〉
中村江里子　女四世代、ひとつ屋根の下
南　淵　明　宏　異端のメス〈心臓外科医が教える病院のウソを見抜く方法！〉
中野美代子　カスティリオーネの庭
中　野　孝　次　すらすら読める方丈記
中　野　孝　次　すらすら読める徒然草
中　山　七　里　贖罪の奏鳴曲《ソナタ》
西村京太郎　天使の傷痕
西村京太郎　D機関情報
西村京太郎　名探偵が多すぎる
西村京太郎　ある朝海に
西村京太郎　脱出
西村京太郎　四つの終止符
西村京太郎　おれたちはブルースしか歌わない
西村京太郎　名探偵も楽じゃない
西村京太郎　悪への招待
西村京太郎　七人の証人
西村京太郎　ハイビスカス殺人事件
西村京太郎　炎の墓標

西村京太郎　特急さくら殺人事件
西村京太郎　変身願望
西村京太郎　四国連絡特急殺人事件
西村京太郎　午後の脅迫者
西村京太郎　太陽と砂
西村京太郎　寝台特急あかつき殺人事件
西村京太郎　日本シリーズ殺人事件
西村京太郎　L特急踊り子号殺人事件
西村京太郎　寝台特急「北陸」殺人事件
西村京太郎　オホーツク殺人ルート
西村京太郎　行楽特急《ロマンスカー》殺人事件
西村京太郎　南紀殺人ルート
西村京太郎　特急「おき3号」殺人事件
西村京太郎　阿蘇殺人ルート
西村京太郎　日本海殺人ルート
西村京太郎　寝台特急六分間の殺意
西村京太郎　釧路・網走殺人ルート
西村京太郎　アルプス誘拐ルート
西村京太郎　特急「にちりん」の殺意

西村京太郎　青函特急殺人ルート
西村京太郎　山陽・東海道殺人ルート
西村京太郎　十津川警部の対決
西村京太郎　南神威島
西村京太郎　最終ひかり号の女
西村京太郎　富士・箱根殺人ルート
西村京太郎　十津川警部の困惑
西村京太郎　津軽・陸中殺人ルート
西村京太郎　十津川警部C11を追う
西村京太郎　越後・会津殺人ルート〈追いつめられた十津川警部〉
西村京太郎　華麗なる誘拐
西村京太郎　五能線誘拐ルート
西村京太郎　シベリア鉄道殺人事件
西村京太郎　恨みの陸中リアス線
西村京太郎　鳥取・出雲殺人ルート
西村京太郎　尾道・倉敷殺人ルート
西村京太郎　諏訪《すわ》・安曇野《あずみの》殺人ルート
西村京太郎　哀しみの北廃止線
西村京太郎　伊豆海岸殺人ルート

講談社文庫　目録

西村京太郎　倉敷から来た女
西村京太郎　南伊豆高原殺人事件
西村京太郎　消えた乗組員《クルー》
西村京太郎　東京・山形殺人ルート
西村京太郎　八ヶ岳高原殺人事件
西村京太郎　消えたタンカー
西村京太郎　会津高原殺人事件
西村京太郎　超特急「つばめ号」《イベント・トレイン》殺人事件
西村京太郎　北陸の海に消えた女
西村京太郎　志賀高原殺人事件
西村京太郎　美女高原殺人事件
西村京太郎　十津川警部　千曲川に犯人を追う
西村京太郎　北能登殺人事件
西村京太郎　雷鳥九号《サスペンス・トレイン》殺人事件
西村京太郎　十津川警部　白浜へ飛ぶ
西村京太郎　上越新幹線殺人事件
西村京太郎　山陰路殺人事件
西村京太郎　十津川警部　みちのくで苦悩する
西村京太郎　殺人はサヨナラ列車で

西村京太郎　日本海からの殺意の風〈寝台特急「出雲」殺人事件〉
西村京太郎　松島・蔵王殺人事件
西村京太郎　四国情死行
西村京太郎　十津川警部　愛と死の伝説(上)(下)
西村京太郎　竹久夢二　殺人の記
西村京太郎　寝台特急「日本海」《メモリー・トレイン》殺人事件
西村京太郎　十津川警部　帰郷・会津若松
西村京太郎　特急「あずさ」《アリバイ・トレイン》殺人事件
西村京太郎　特急「おおぞら」《ハイデッカー・エクスプレス》殺人事件
西村京太郎　寝台特急「北斗星」《ロイヤル・トレイン》殺人事件
西村京太郎　十津川警部　姫路・千姫殺人事件
西村京太郎　十津川警部の怒り
西村京太郎　新版　名探偵なんか怖くない
西村京太郎　十津川警部「荒城の月」殺人事件
西村京太郎　宗谷本線殺人事件
西村京太郎　奥能登に吹く殺意の風
西村京太郎　特急「北斗1号」《スーサイド・トレイン》殺人事件
西村京太郎　十津川警部「悪夢」通勤快速の罠
西村京太郎　十津川警部　五稜郭殺人事件

西村京太郎　十津川警部　湖北の幻想
西村京太郎　九州新特急「つばめ」殺人事件
西村京太郎　九州特急「ソニックにちりん」殺人事件
西村京太郎　十津川警部　幻想の信州上田
西村京太郎　高山本線殺人事件
西村京太郎　十津川警部　金沢・絢爛たる殺人
西村京太郎　伊豆誘拐行
西村京太郎　東京・松島殺人ルート
西村京太郎　秋田新幹線「こまち」殺人事件
西村京太郎　十津川警部　生死を分けた《トリアージ》石見銀山
西村京太郎　悲運の皇子《みこ》と若き天才の死
西村京太郎　十津川警部　長良川に犯人を追う
西村京太郎　新装版　殺しの双曲線
西村京太郎　十津川警部　西伊豆変死事件
西村京太郎　愛の伝説・釧路湿原
西村京太郎　山形新幹線「つばさ」殺人事件
西村京太郎　新装版　名探偵に乾杯
西村京太郎　十津川警部　君は、あのSLを見たか
西村京太郎　南伊豆殺人事件

2014年6月15日現在